元スケルトンの少年
ジャック・パラディオ
「…………」

貴族の令嬢
アデル・ディーン・アルメスト

このまま兵団にいては、
師匠に追いつくことは出来ない。
……それはここ一年で俺が心の中で
ずっと感じていたこと。
「今、楽しいか？

今のままで満足なのか？」
陽気な王国兵団の仲間
エルビス・レーウィル

ジャックの幼馴染み
セリア・カートライト
元スケルトン、入学する!?

ダンジョンの奥地にて剣を500年振り続けたスケルトン、人としての生を受け最強に至る

the skeleton who has wielded a sword for 500 years in the depths of a dungeon is reborn as a man and becomes the strongest.

2

トラジロウ
illustration ファルまろ

author : torajirou
illustration : falmaro

CHARACTERS

ジャック・パラディオ
元スケルトンの少年。500年間磨き続けた極限の剣術を持つ。

アデル・ディーン・アルメスト
貴族の令嬢。ジャックをなにかと気に掛けている様子。

エルビス・レーウィル
王国兵団に所属するジャックの先輩で親友。陽気な性格。

セリア・カートライト
ジャックの幼馴染み。〝剣聖〟の適性を見出され村を発つ。

ミア・パラディオ
ジャックの妹。ジャックにべったりで、負けず嫌いな女の子。

ベルベット・ホワイトホール
王国兵団の隊長。才色兼備の実力者だが、婚期を逃し続けている。

STORY

ダンジョンの奥深く。人間の〝師匠〟に剣術を学び、500年ひたすらに剣を振り続けたモンスター・スケルトン。

ある日彼は、人間の少年〝ジャック〟に精神が乗り移ってしまう。

慣れない人間の体に戸惑いながらも、家族や幼馴染みセリアとの出会いを経て、再び剣術の高みを目指すことを決意する。

活躍と剣の才能が認められ、史上最年少で王国兵団に入団したジャックは、早くも頭角を現し、強敵イビルガリオンをも激闘の末討伐に成功したのだった。

第1章　影の組織

イビルガリオンを討伐してから、約1年が経過していた。

お祭り騒ぎだった状況からほとぼりも冷め、いつも通りの日常へと戻っている。

「ようジャック！　見回りに一緒に行くか？」

「そうですね。行きましょうか」

今日は王都警備の日。

いつものようにエルビスさんと共に王都を見回りしていると、路地裏から悲鳴が聞こえた。

……はぁー、またか。

半年程前から、この手の事件が異様に増えてきている。

先週も同じような事件が1日で3件も起こったし、俺達第6隊の見回りの時だけでなく、他の隊の見回りの時でも多発しているらしい。

とりあえず俺とエルビスさんは、悲鳴が聞こえた路地裏を挟むように二手に別れ、逃げ道を完全に塞いでから悲鳴のあった場所へと向かう。

そこには女性の口を押さえ、連れ去ろうとしている黒い服を身に纏った3人の男。

その男たちのチラッと見えた首元には、気味の悪いトカゲが彫られていた。

……やはり、同じグループの犯行か。

最近、王都を騒がせている犯罪グループ『賭影《とかげ》』。

『賭影』は数年前から王都で活動していた犯罪グループで、以前は脱法ドラッグや裏賭博でちょこちょこと小銭を稼ぐような、小さなグループだったようだが、ここ数年で何故か勢力を大幅に拡大。

今では王都にあるスラム街を牛耳り、王都一の犯罪組織とまで言われている。

「やっぱ『賭影』の構成員か。ジャック、さくっと捕まえるぞ」

「分かりました。エルビスさん、合図ください。一瞬で捕捉します」

「合図なんかいらん！　今すぐ突っ込め！」

反対側に回っていたエルビスさんからその言葉を聞いた俺は、すぐに女性を連れ去ろうとしている男3人の下へ全力で駆けた。

俺達の存在に気づいた男3人は、雑に捕まえていた女性を離すと、武器を取り出して構えた。

2人は剣で1人はダガー。構えは素人から毛が生えたような感じだな。

全員倒すのに10秒もいらない。

俺は師匠の剣ではなく、左腰に差している木剣を握り、腰を低くして構える。

「【――瞬閃《しゅんせん》】」

一瞬で男の1人の懐に潜り込むと同時に、俺の速度に反応しきれていない男の顔面に木剣を叩きつける。

血を吹いて倒れたのを視線の端で確認してから、2人目のみぞおちに【鋭牙《えいが》】を打ち込み、3人目に【連斬《れんざん》】を叩き込む。

流れるような攻撃で３人を行動不能へと追い込んだ。

敵が武器を構えたから殺しても良かったのだが、情報を聞き出さないといけないからな。

団長からも『賭影』はなるべく捕捉するようにと言いつけられている。

「また俺の出番がなかったな。ジャックと一緒にいると本当に仕事量が半分以下になる」

「いいんじゃないですか？　エルビスさん仕事嫌いですよね？」

「嫌いだけど、こういう恰好良い仕事はしたいんだよ。……ってこんなこと話してないで、倒れている男の拘束と女性の治療に当たるぞ」

「分かりました」


それから約１ヵ月が経過した。

そんなこんなで何度も『賭影』の構成員の捕捉に成功しているのだが、捕まるような行動を取っているのは、どれも下っ端の構成員でロクな情報を持っていなかった。

『賭影』が王都で暴れ始めてからかなりの時間が経過するのに、未だに手に入った情報は拠点をスラム街にしているという情報だけだ。

進展のないまま、時間だけが過ぎて行くのかと思ったそんなある日、ベルベットさんとエルビスさん、それから俺は団長に呼び出されたのだった。

「３人共、いきなり呼び出してすまないな」

「いえ。呼び出すということはなにか理由があっての事でしょうし、謝る必要はないです」

いつにも増してピシッとしたベルベットさんが、そう言葉を返した。

団長はベルベットさんのその言葉を受けて、1つ頷くと今回呼び出した理由の説明を始めた。

「昨日、国からスラム街制圧の許可が下りた。そして決行は明日。唐突ですまないが、情報が『賭影』に漏れる前に行動を開始したいんだ」

「明日……ですか？　流石に準備が間に合わないと思いますが」

「そこはすまないがなんとかしてくれ。『賭影』は既にかなりの戦力を蓄えていると聞いている。出陣のタイミングまで悟られたら、こちらが大打撃を食らうだろう。だから情報が漏れる前に叩きたいんだ」

頭を下げてそう頼み込んできた団長に、ベルベットさんは渋い表情をしながらも了承した。

1日でスラム街を制圧するだけの準備を整えるのは厳しくもあるが、それよりもスピードが大事だと言う団長の言葉の方が分かる。

準備が生半可だったとしても、叩きに出た方が被害が少なく済むという計算なのだろう。

今回はこちらが攻め込む側だが、地の利は向こうにあるため、練度が高くともやられてしまう可能性は十二分にあると俺も思ってしまっている。

「分かりました。すぐに準備を整えておきます」

「助かる。エルビス達も大丈夫か？」

「ええ、俺は大丈夫ですよ。それよりも団長。褒章は期待していいんですよね？」

エルビスさんは相変わらず凄い胆力だな。

毎度、あれだけボコボコにされている団長を相手に、啖呵を切れるのは一種の才能だと思う。

イビルガリオンにも怯む様子を見せていなかったし、エルビスさんは度胸だけなら英雄クラスだな。

「……ああ。それなりには褒章を出す予定だ」

「それなら俺は満足です。……それで団長も出陣するんですよね？」

「いや、俺はスラム街の制圧には関わらない。別件で他の所を単独で叩く予定があるんだ」

「別件……。敵の本陣ですか？」

「ふっ、エルビスは相変わらず変に頭が回るな。とりあえず、俺からの話は以上だ」

こうして俺達3人は、団長室をあとにした。

それにしても、いきなり事が進んだな。

急遽、指揮を取らないといけないベルベットさんを少し気の毒に思うが、制圧許可が出たのならここを叩かない手はない。

「隊長も災難ですね。こんな指揮を取らないといけないんですから」

「まあ、それが隊長の仕事だからな。それよりもエルビスとジャックは、傷の具合とかは大丈夫なのか？」

「俺は大した傷を受けていないんで大丈夫です。ジャックは大丈夫なのか？」

「ええ。俺も大丈夫ですので期待してもらって大丈夫です」

「ふふ、それは心強いな。副隊長としての仕事、期待しているぞ」

ベルベットさんからそんな言葉を貰ってから、俺とエルビスさんはこれから隊員に指示を出すと言うベルベットさんを残し、明日に備えて早めに帰宅した。

俺は家についてから、明日のための剣と防具の手入れ、それからアイテムを確認。

そして魔法の試し打ちをしてから眠りについたのだった。

翌日。朝早くに目覚め、外をちらりと見ると空は曇天模様。

いつ雨が降り出してもおかしくない天気の中、俺は身支度を整えて兵舎へと向かう。

昨日の魔法の試し打ちでは、一度だけ強化魔法を発動させることに成功したのだが、暴発し魔力を無意識下で大量に消費して、魔力切れを起こしかけてしまった。

正直、この成功率では今日の戦いで使えなさそうだ。

そんなことを考えながら、俺が兵舎に入るとすでに大勢の兵士が集まっていた。

俺がその兵士達の間を掻き分けながら進んでいくと、周りからは俺を指さし噂話のような声が聞こえてくる。

俺は最年少で剣闘会を4連覇したことで既に王国兵団内で名前を知らない人はいないくらい有名だったのだが、イビルガリオンの一件で羨望の眼差しまで感じる。

少し居心地の悪い視線を感じるため、俺はひとまず副団長室に逃げ込ませてもらうことにした。

「ん？　誰かと思ったら有名人のジャックじゃないか」

「すいません。居心地が悪くてきちゃいました」

「はっはっはっ！　別に構わんよ」

「それであのー、今回のアジトの制圧はどうなんですか？　知っていることがあれば教えて頂きたいんですが」

俺が今日の話を振ると笑顔だったラルフさんの表情が一転した。

なんだこのラルフさんの表情の変わりようは……。

「結構まずい状況なんですか？」

「いや、多分勝てるはずだ。だが、気がかりな情報が一個入ってな」

「気がかりな情報……ですか？」

「ああ。降魔薬っていう名のポーションを、『賭影』が大量に保有してるって噂だ」

「降魔薬？　……聞いたことがありませんね。それってどんなポーションなんですか？」

「その名の通り〝魔〟を体内に入れる薬だ」

「魔力ではなくて、〝魔〟ですか？」

「そうだ。一時期、隣国の帝国が魔王軍相手に使用していたポーションだ。ストレングスポーションよりも長時間、身体能力が上昇する代わりに、体に合わなかったり一定時間が過ぎると使用者が魔物へと変貌してしまうポーションなんだよ」

そんなポーションがあるのか？

俺が人間に憑依《ひょうい》したことから、一概にあり得ないとは言えないのだが。

……そのポーションを俺が飲んだらスケルトンに戻れたりもするのだろうか？

「そんなポーションを、なんで『賭影』が持ってるんですか？」

「詳しくは知らん。恐らくだが、帝国が運用できずに放棄した降魔薬を、どこからか掻き集めたんだろう」

「それ、厄介すぎますね。魔物ってどんな魔物にもなり得るんですか？」

「いや、基本的にリビングデッドになると聞いた。魔物になる分ならまだ大丈夫だが、身体能力の上昇幅がエゲつないらしい」

スケルトンじゃないことに若干テンションが下がるが、問題はそこではないな。

どれくらい身体能力が上がるのかが重要だ。

俺でも対処できないほど上がるのなら勝ち目はない。

そんな危機的な状況なのに、強い相手と戦える。

そんなことを考え、俺はワクワクするような気持ちが大きくなっていた。

「それで、どの程度強くなるんですか？」

「噂だが、リビングデッドに成り下がれば大丈夫だが、降魔薬に適合した只の一般人が帝国騎士を殴りころしたと聞いている」

「それが本当なら……倒すのなんか無理じゃないですか？」

帝国騎士は王国騎士と比べても遜色ないと考えていいだろう。

……ということは、鍛えに鍛えたエリート騎士を、只の一般人が身体能力だけで殺したことになる。

もし手練れが適合したとしたら、正直俺でも止められるかは怪しい。

「まあ、これはあくまでも噂だ。『賭影』が降魔薬を持っているのかどうかも噂。この降魔薬の効果も全て噂にすぎない。……信憑性は高いがな」

「信憑性が高いなら、事実だと思って対処しないとダメですよね」

「対処しようにもどうしようもないと思うぞ。敵の身体能力が高くなるか、魔物となって襲い掛かってくるかの二択だからな」

「『賭影』が噂通りに降魔薬を持っていたとしたら、この任務は成功するんですかね？」

「さあな。さっきも言ったが、全てが噂程度でしか入ってきていない。仮に持っていたとしても、どのくらいの量を保有しているのかにもよるし、結果はやってみないと分からない」

ラルフさんから不穏な情報を聞いてしまった。

ただ、強い相手と戦うことを願っていた俺にはまたとない話。

降魔薬が適合した人間ならば、かなりの強さを期待出来そうだ。

「これはかなり厳しい戦いになりそうですね」

「そうだな。現場組は色々と大変だろうが頼んだぞ。それじゃ、そろそろ行くか」

俺はラルフさんと副団長室を出て、1階へと向かった。

1階は先ほどよりも人で溢れていて、いつもはだだっ広く感じる兵舎が窮屈に感じる。

そんな兵舎を見ながら、俺はラルフさんと別れて、ベルベットさんのいる第6隊が集まっている場所へと向かった。

「隊長、お疲れ様です。昨日は先に帰ってすいませんでした。大丈夫そうですか？」

「おっ、ジャック!!　……んんッ！　き、気にするな。帰宅は私が命じたのだからな。指示は滞りなく出来たぞ」

「それなら良かったです。昨日の今日で伝達ミスもあるのではと思っていましたので」

ベルベットさんと軽く話していると、先ほど別れたラルフさんが兵士達の前にいて、大きな声を出して兵士達の話をやめさせた。

……今から、ラルフさんから隊ごとの役割と配置が言い渡されるのだろう。

俺たちの第6隊は手練れが揃っているから、ほぼほぼ前線だろうけどな。

っと、そういえばエルビスさんが見当たらないな。大事な日なのに、もしかして寝坊でもしているのだろうか。

俺がキョロキョロとエルビスさんを探している間に、ラルフさんから俺達の隊の配置を言い渡された。

やはりと言うべきか、俺の予想通り最前線のようだ。

どうやら隊の組み換えもあるようで、隊長格以外の剣闘会優勝者は一時的に最前線であるこの隊に配属されるみたいだな。

ラルフさんの指示により、剣闘会優勝者達が加わったことで人数の増えた第6隊を、副隊長の俺の部隊と隊長のベルベットさんの部隊の2つに分けるようだ。

俺は戦闘なら自信はあるが、指揮を実戦では取ったことがないし不安でしかない。

エルビスさんがいれば安心なんだが……本当にあの人はなにをしているんだ？

ベルベットさんにより第6隊の選別が行われていき、俺の隊に配属された中で見知った顔はホーウィーとオリバ。

ホーウィーは俺に次ぐ優勝経験の多さで、その実力は俺もよく知っている。

オリバは前回の大会でブロックに恵まれたのもあったが、初めての優勝を果たした。

俺に対してイキっていた頃と比べても、大分鍛錬を積んで強くなったとは思うのだが、どうしても去年のことで戦闘面以外は不安が残るな。

この隊をまとめなきゃいけない不安はどうしても残るが、副隊長ならばやらないといけない。

隊も分けられて役割も決まり、俺達はいよいよスラム街へと向かうことになった。

スラム街への移動を開始する直前、団長と共に階段を下りてきたエルビスさんが見えた。

エルビスさんも俺に気が付いたようでこちらに寄ってくる。

「エルビスさん、どこ行ってたんですか！　もう配置決めも終わりましたよ。早く行きましょう」

「悪いな。俺は今回の制圧には一緒に行けない」

「……えっ？」

「俺は団長についていくことにしたんだよ」

遅れて姿を見せたエルビスさんからの突然の宣言。

一瞬思考が止まるが、すぐにエルビスさんに理由を聞く。

「……なんでですか？」

「俺から志願したんだよ。今のままじゃ、ジャックの後ろばっかついていくだけだしな。一皮剥ける切っ掛けとして、俺はあの人の戦いを見てみたいって思ってんだ」

「いや、俺がエルビスさんの後をついて行っていただけなんですが」

「そう思ってるのはジャックだけだ。まあ、せいぜい俺がいない苦労も味わうがいい！」

笑顔でエルビスさんはそう言うと、団長と兵舎を出て行ってしまった。

俺はそんなエルビスさんに声すらもかけられず、その後ろ姿を見送ることしかできなかった。

エルビスさんがいないことには、正直不安は大きいが、今更無理ですなんて言えない。

自分の頬を思い切り叩いて気合いを入れ直し、隊を引き連れて俺はスラム街へと向かった。

「ここがスラム街ですか……？」

　ベルベットさんの後についていき、着いたのは王都内とは思えない廃れた街並み。

　ゴミなども散乱しているし、目に入る全て建物に経年劣化が見られる。

「ああ、そうだよ。かなり異色だろ？　王都には3つの顔があると言われていて、その顔の1つだ」

「ええ。とても王都内とは思えないです。上級地区もこのスラム街もまた別の街のようですね」

　曇天模様のせいもあるのだろうが、活気溢れる王都とは思えないほど、どんよりとした重い空気がこのスラム街から立ち込めているように感じる。

　ボロボロのテントや大量のゴミが、この嫌な不気味さを際立たせているな。

　……と言うか、生活感はあるのにスラム街から人の気配が一切ないのが、少しひっかかる。

「あの、制圧すると言ってましたが、具体的には何をどうするんですか？」

「その言葉の通り、このスラム街にいる『賭影』の構成員の捕捉。それからアジトを制圧することが目的だ。攻撃してくるものや投降しないものの殺しの許可をもらっているから、思う存分やってくれて構わない。殺し合いも行われるからそれも頭に入れて置いてくれ」

「はい。わかりました」

「……ジャックは人を殺めるのは初めてか？」

「…………いえ、何度かあります」

「そうか……。なら心配はいらなそうだな。同じ人間だからと言って決して優しさはみせるなよ？　悪い人間は魔物よりも危険だからな」

「分かってます。……隊長もご無事で」

この体では人間を殺した経験はないが、スケルトン時代では何度もある。

今となっては若干の抵抗があるが、悪党に手を抜くほど俺は甘くはない。

ベルベットさんの言う通り、魔物だと思って全力で斬り伏せにかかろう。

俺はスラム街の入口前で隊長と別れ、もう一方の入口を目指す。

作戦では2つの入口から挟みこみ、一気に制圧する予定となっている。

人気のないスラム街の入口に着き、早速隊列を組み突撃するのだが……実戦で行うのは始めてだ。

突撃前の静寂に包まれる中、微かにスラム街から人の息遣いのようなものが聞こえる。

人の気配はしないと思っていたが、どうやら人はいるようだ。

隊員にハンドジェスチャーで合図を出し、警戒を促す。

人はいるのに気配がしないということは隠れているということ。

もしかしたら、こっちの動きが筒抜けで待ち伏せされているのかもしれない。

そう考えた瞬間、真反対に待機している隊長の部隊から、突撃の合図である赤い閃光が打ち上げられた。

その合図と共に俺たちは、スラム街への突撃を開始する。

俺達が突撃したと同時に、左右の建物から大勢の人が顔を出した。

手には弓を持っていて、狙撃の構えを取っている。……やはり待ち伏せしていたようだ。

「左右に展開！　建物を制圧！」

俺の短い指示によって隊は半分に割れ、弓の射線を切りながら、ボロボロの建物中へと侵入を開始する。

敵から奇襲を仕掛けられたが、高所からの有利な位置で弓を放っているにもかかわらず、ほとんど当たっていないことから、練度が相当低いことが分かった。

俺は右側の建物に入り、中で更に隊を分散させて捜索を開始する。

弓兵を見つけて、捕らえるが……俺と同い年くらいの子供ばかり。

他の兵士からも捕らえた報告が来るが、どれも子供のようだった。

「お前たち、『賭影』のメンバーなのか？」

「シラナイ！　ワルイヤツ、ウバイニクル。タノマレタ！」

たどたどしくそう言った弓兵の子供。この子は多分、スラム街の住民だ。

攻撃してきた者への殺しの許可は貰っているが、この子供たちは『賭影』に使われているだけの子供だと思う。

俺は隊員に拘束を指示して、子供を捕まえてから建物を出ようとしたとき、外から大量の人の気配を感じる。

――まずいっ！　この建物からの攻撃は罠だったのか。

建物内の弓兵は囮で、本陣は外で待ち伏せていたようだ。

隊を分断させて、建物に誘い込むのが目的だったのか。

多分、俺達を逃がさないように外から蓋をするように攻め、数の暴力で殲滅《せんめつ》する気だろう。

完全に誘い込まれたが、相手の意図にはいち早く気づけたため、俺は兵士を集めて突破を試みる。

建物から抜けてしまえば、後ろに控えている部隊にも合図を送れるしなんとかなるはず。

そう考え、勢いよく建物を降りて行き、出口を目指した。

窮地でも兵士が俺の指示に従ってくれるのは助かるな。

俺がイビルガリオン討伐で更に名を上げたのが、功をそうしているのかもしれない。

建物の出口に辿り着くと、そこには黒い服をまとった人間が大勢立っていた。

あれが『賭影』の連中だろう。一体、スラム街のどこに身を潜めていたんだか。

少し思考を巡らせたあと、俺が先陣を切って突っ込んでいく。

降魔薬を使用していないことを願いながら、【音斬《おんざん》】で人の壁に穴を開ける。

そして俺の開けた穴に兵士達を突っ込ませて、その穴を徐々に広げていった。

俺は容赦を一切せず、敵の隊の中から斬り殺すだけ斬り殺していき、統率を乱すため、指示を飛ばしている人間に狙いを定めて突っ込んでいく。

斬り合ってみた限り、敵に力はない。降魔薬を使っている様子はないな。

心配が杞憂に終わったことにホッとしながらも、ピンチの状況は変わらないため、そのピンチを脱するべくとにかく腕を振り斬り続ける。

あともう少しで、敵の指揮官に到達できる。

その瞬間、俺に気づいた指揮官は胸元から青いビンを取り出し、口に入れた。

青いビンの中身を飲んだ指揮官は藻掻き、苦しんだ末に皮膚がドロドロに溶けていく。

口から血を吹き出した挙句に、顔から地面へと倒れた。

俺だけでなく敵も困惑しているようで、その周辺で一時的に敵味方の手が止まった。

そんな中……最初に動き出したのは顔から地面に倒れた指揮官。

その指揮官は動きだしたと同時に、隣にいた『賭影』の連中を襲い始めた。

俺は唖然としながらその光景をただ見ている。

襲われている指揮官付近にいた『賭影』の構成員は、襲い掛かってきた指揮官から逃げるために俺達への包囲を解き始める。

なにが起こっているのかよくわからないが、これは絶好のチャンスだ。

俺は1人、奇妙に動いている指揮官を袈裟《けさ》斬りすると、残った『賭影』の構成員も殺しにかかる。

敵の指揮官がいなくなったことで、指揮系統が崩壊し、敵の人数は俺達よりも多かったのだが楽に殲滅することに成功した。

俺達は立ち止まらず、すぐに反対側の建物にも押し入って、『賭影』の構成員を後ろから攻撃し始める。

今度は俺達と建物の中にいる隊とで『賭影』の構成員を挟み撃ちにし、連中を楽々と殲滅することに成功した。

「そっちは無事か？」

俺は制圧した建物の反対側に入り、隊員に声をかける。

「ジャック、助かったよ。軽症者は出たけど、敵が仲間割れをしてくれたお陰で被害は最小限で済んだ」

こっちの隊の指揮を任せたホーウィーさんが、俺にそう話した。

……俺達のところと同じように、こっちでも敵が仲間割れをしたのか。

多分、あの指揮官が飲んでいた液体が降魔薬だろう。

運よく適合せず向こうが勝手に自滅してくれたみたいだ。

この結果を見る限り、聞いてたように、こちらが害を被るだけのポーションではなく、敵にとってもリスクのあるポーションのようだな。

それだけに適合者が現れたときが怖いのだが。

指揮官がなぜ服用したのかは分からないな。失敗しているところを見ると、最後の賭けって感じなのかもしれない。

とりあえず無事に殲滅できたことでホッと一息つけるし、今の戦闘でかなりの『賭影』の構成員を殺れたと思う。

転がっている死体の数からかなりの数が死んでいるからな。

下手すれば、こちら側に待機していた敵は全て屠《ほふ》れたのかもしれない。

…………ん？

向こう側からこちらに向かってきている集団が見えた。

人数は少ないが、先ほど蹴散らした敵よりも威圧感がある。

大柄で肥えた男が6人いて、その後ろにはボロボロの大男の姿が見えた。

「追い込んだのに殺られたのかよ。やっぱ使えねぇ奴らだな」

「もしかして全員殺られたのか？　ノヴァさんに怒られるのは俺達なのによ」

「だから嫌だったんだ。使えないカス共だけを取り込むのはよぉ」

「それにしても先頭のこいつガキじゃねぇか。他の奴らもヒョロヒョロ。ぶっはっは！　兵団も余程人手不足なんだろうな。こんなヒョロガリ軍団に負けたのかよ」

「女がいれば楽しみもあったんだがなぁ」

6人が思い思いに喋りながら、ゆっくりとこっちに迫ってくる。

俺も剣を構えるが、全員それなりの手練れだろう。

どうするか。ここは一度、引くか？　……いや、敵が俺らを舐めているならチャンスだ。

舐めている相手ならば勝機は大いにある。久しぶりに全力で立ち向かおうか。

「倒すぞ」

俺は短く隊のみんなに戦闘を行うことを伝えた。

その言葉に反応し、全員が武器を構えたのを音で感じる。

相手の武器は、以前戦ったオーガを彷彿とするような打撃系の武器。

感覚的には、ゴブリン襲撃のときを思い出して対処すれば大丈夫なはず。

「さてと、誰から行くか？」

「さっきの賭けで一番負けたやつからでいいだろ。負けの発散をさせるべきだしな」

「それお前じゃねぇか。……まあいいけどよ。面白そうなやつは簡単には殺すなよ」

「ああ、ただ殺すだけじゃ済まさせねぇよ」

軽い口調でとんでもないことを言い合っている敵。

……だが、やはり完全に俺達を舐めている。

数的に不利な状況にもかかわらず、わざわざ1人だけでこっちに向かってきているのが何よりの証拠。

俺は背後の敵の警戒に回り、この1人前へと出てきたやつの対処は、隊のみんなに任せよう。

多対1なら、流石に勝てるはずだ。

駄目そうだった時のため、即座に助太刀できるように準備は整えておく。

俺の指示に従って、ホーウィーが指揮する隊が前に出た瞬間、即座に戦闘が開始された。

鉄の鈍器を持った敵はニヤニヤと笑いながら、鈍器を振り回している。

まず最初に動いたのは、オリバ。距離を取った位置から、遠距離攻撃である【風刃《ふうじん》】を使った。

だが、この攻撃はあっけなく敵の鈍器の一振りで消し飛ばされてしまった。

オリバはかなりの速度で斬りかかったはずなのだが、敵の余裕が崩れることはない。

余裕の表情でオリバの攻撃に合わせて、鈍器を振り下ろしている。

オリバの攻撃と敵の振り下ろした鈍器がぶつかる。そう思った瞬間に、敵は体から血を吹き上げた。

一瞬なにが起こったのか分からなかったが、ホーウィーが敵の懐に潜り込んでいたことに、傍から見ていた俺もようやく気が付く。

どういう技を使ったのかは分からないが、傍から見ていた俺ですらホーウィーは認識から外れていた。

剣闘会でもそうだったが、ホーウィーは対人戦で相当な強さを誇るな。

タネが分からない限り不可避の攻撃だろう。

ホーウィーの攻撃を受けて、無防備となった敵にオリバの【風刃旋斬《ふうじんせんざん》】が直撃した。

その瞬間を見計らって、後ろに控えていた隊全員で突撃をかます。

至るところから刺されてできた傷は、致命傷に達するレベルで深く、巨体の敵はそのまま地面へと倒れた。

「ぶっはっは！　イキってってやられてんじゃねぇか！」

「でも、こいつら相当やりそうだぜ」

「力を使う前にやられてどうすんだか」

「これ以上の失態は不味いな。流石に。後ろが怖くて見れねぇよ」

「流石に兵士なだけあって、見た目以上に強いようだしな。……流石に全員本気で行くか」

1人があっけなくやられたことで、敵の表情が変わった。

それにしても本気……？　降魔薬か？

俺が警戒しながら5人の敵の様子を見ていると、敵は懐から降魔薬を取り出しそれを服用し始めた。

「ああ!!　ぎぎまっだぁ！！！」

「ごっぢもぎぎまっだぜええええええええ」

ダミ声で叫びながら体を震わせている降魔薬を服用した5人。

体は異様に赤くなり始め、目は真っ赤に充血している。

それに加え、ありとあらゆる血管が浮き出ている。

色々とおかしな変化が見えたのだが、先ほどの指揮官のように皮膚が溶けることも吐血することもなく、なんとかだが意識も保っているように感じる。

これは適合したということなのだろうか。

その変化に若干の恐怖を感じるが、魔物と考えれば大丈夫。

つい最近イビルガリオンと相対した俺からすれば、こいつらなんかゴブリンに等しい。

そう思っていたのだが、敵は腰を落として踏み込むと、こちらに向かって一気に猛スピードで突っ込んできた。

かなり速い！

ホーウィーの隊を目掛けて突っ込んできたのがわかった俺は、すぐさま間に割り込み、剣で受け止める。

相手は拳なのに対して俺は剣。

中指と薬指の間から俺の剣が刺さり、右拳の半分くらいまで刺さったのだが痛がる気配がない。

それどころか左手で追撃をしてくる始末。

後ろの3人がその光景を見て、俺になにか仕掛けようとしているのが見えた。

更にもう1人が、俺に突っ込む体勢を整えている。

「ホーウィー！　後ろの3人を少しの間だけ頼む！　その間に俺がこいつら2人を倒す」

簡潔に指示を出し、俺は一度距離を取って場を落ち着かせる。

だが、俺が距離を取ったと同時に突っ込んできたもう1人の適合者。

ここまで身体能力が上がるのかってくらいスピードが上がっているが、俺は冷静に敵を観察できている。

しっかりと、先ほど同様に剣で受け切りながら軽い攻撃も入れる。

体を動かすごとに痛がる様子は見せていないが、敵の体が損傷していくのが分かった。

薬の力で無理やり動かしているだけで、体には強烈な負荷がかかっているのだろう。

それから数回の攻防を繰り返し、急所に攻撃を加えたことで、ようやく適合者たちの動きが鈍くなってきた。

適合者は動きが鈍くなっている自分の足を思い切り叩きながら、無理やり動かそうとしているが……動かないものは動かない。

「ぐっぞぉ！　なんでだおぜない!!」

「ぐずりはぎいでるのによぉ!!」

ダミ声でそう叫びながら、動けなくなっている2人。

俺はその2人に対し、冷静にトドメを刺しに向かう。

「**【四連斬《しれんざん》】**」

【四連続】の斬撃で2人の巨体を斬り伏せ、地面に倒れるところを確認した後に、俺はホーウィーとオリバを見る。

向こうの戦況は3人の内の1人は地面に伏せていたが、未だ2対2の状態で戦闘が行われている。

ホーウィーもオリバも傷を負っているようだし、すぐに助太刀に入ろう。

「まずいぞっ!!　あいつら、降魔薬打ってるのにガキに負けやがった!!」

「ノヴァさあああん!!　ノヴァさんきてくれえええええ！！！！」

俺が助太刀に入ろうとしたことに気づいた2人は、突如として大声で叫び始めた。

ノヴァ……？　後ろのボロボロの奴のことか？

1歩引いて警戒をするが、一向に助ける気配はない。

俺はボロボロの男のそんな姿を見て、一度止めた足を動かし、未だに叫んでいる2人に斬りかかる。

結局、最後の最後までノヴァという名前を叫んでいたが、ボロボロの男が助けに来ることなく、2人とも地面へと倒れた。

そして、俺はすぐに後ろのボロボロの男へと視線を向ける。

2人が呼んでいたノヴァという人物。

……少し距離を置いたまま、一向に近づく気配を見せない。

ただ、危ない雰囲気はビンビンに感じる。

「ホーウィーは隊を引き連れて、少し下がっていてくれ。あいつは俺1人で対処する」

「………分かった。隊は任せてくれ」

俺の言っていることが理解出来たのか、二つ返事で了承したホーウィー。

これは相手を舐めている訳ではなく、死傷者を少しでも出さないためのもの。

あのボロボロの男相手ならば、1対1で戦うのが一番良い選択だと俺は考えた。

隊のみんなでは戦いについていてこれない。

あのボロボロの男を見て、俺はそう結論付けたのだ。

息が詰まりそうなほど嫌な空気を感じながら、1歩また1歩とボロボロの男へとにじり寄っていく。

ようやく顔が見える位置まで近づき、その男の正確な姿は……先ほどの奴らよりも大柄な男。

ただ、遠くから見えた通り、右腕はなく、左足もない。

左足の部分には代わりに木のような棒が見え、更には左目は潰れていて、口は右側に大きく裂けている。

古傷も至るところにあり、見るからにボロボロなのだが……先ほどの降魔薬を使用していた連中と比べても、圧を段違いに感じる。

鋼鉄のように鍛え上げられた男の体は、筋肉が張り裂けんばかりに膨張しており、左腕は俺の体並みに太く、右足も同様に筋肉によって太い。

男が放つ、その圧倒的な〝武〟のオーラに、俺は思わず息を飲んでしまう。

「がっはっは！　俺相手に1人で来るとは中々勇気があるじゃねぇか。小僧」

恐ろしく低く威圧的な声を発する男。こいつが恐らくボスなのだろう。

俺は一言も発さずに、この男に対して最大限の警戒をしながら様子を窺う。

「ったく。それに比べて、うちの連中は本当にどいつもこいつも使えねぇやつばかりだな」

そう言ってから男は背中に差していた巨斧を握る。

巨体の男と同じ大きさの巨斧を片手で2度素振りをしてから、こちらを睨みつけてきた。

果たして勝てるのだろうか……？　強敵相手にワクワクしているが、それと同時にそんな疑問が頭を過ぎる。

「なんで立ち止まってんだよ。俺を倒すんじゃねぇのか？　それとも見逃してくれんのかよ」

「誰が見逃すか。俺がお前を殺す」

俺は感じる圧を押しのけ、1歩ノヴァに近づく。

巨斧の間合いにだけは、気をつけなければいけない。あの長さの斧を片手で振り回してくるはず。

予想以上に間合いは広いと、頭に入れておかなくてはいけない。

俺は1つ深呼吸してから、一気に距離を縮めて懐に潜りこむため、【瞬閃】の構えを取る。

1対1で且つ、初見相手にならば絶対的な強さを見せる【瞬閃】。

ほとんど不可避の攻撃を繰り出せるはずだ。

相手が攻撃の素振りを見せるまで俺は、【瞬閃】の構えでジッと待つ。

敵の攻撃のタイミングに合わせて、一気に距離を詰めてやれば終わりだ。

俺は次第に縮まっていく距離を測る。1歩ずつ、近づいてくるノヴァに俺は最大限の集中をする。

俺が斧の間合いに入ったのか、ノヴァは斧を振り上げた。

俺が動くのは、まだだ。

振り上げた斧を振り下ろした瞬間に、俺は一気に力を解放する。


「――【瞬閃】」


敵の攻撃の間合いが広いため、【瞬閃】のベストな距離ではないのだが関係ない。

一瞬で懐まで距離を詰めて、斬りかかる。……敵は懐に潜りこんだ俺を見ていない。

いや見ていないのではなく、俺のスピードを追えていないのかもしれない。

「【四連斬】」

【瞬閃】とのコンボで、【四連斬】を叩き込む。

俺の放った4つの斬撃はしっかりとノヴァに命中し、腹部を【四連続】で斬り裂いた。

手ごたえは完璧。不可避の【四連斬】をノヴァに浴びせることに成功。

「チッ、いてぇじゃねぇか。攻撃は軽いがスピードは中々のもんじゃねぇか」

斬り裂いた後、俺はすぐに距離を取ったのだが、ノヴァは平然としている。

おかしい。手ごたえは確実にあったはずだ。

俺はジッと立っているノヴァを見上げる。

確かにノヴァにはしっかりと4つの斬り傷が見え、大量の血が流れている。

……なのに痛がる素振りを見せていない。

口では痛いと言っていたが、この様子を見るにダメージが入っているのかすら怪しい。

「薬中どもがやられる訳だぜ。おい、お前年はいくつだ？」

「答える筋合いはない」

「くっくっく。この俺を見てもその態度か。いい気概だな。気に入ったぜ！」

そう言うとノヴァは巨斧を投げ捨て、素手となった。

隻腕でファイティングポーズをとると、俺にかかってくるように手のひらをクイクイと煽っている。

恐らくだが、巨斧では俺の攻撃に対応できないと考えての素手なのだろう。

俺はその挑発に乗るように立ちあがり、剣を再び構える。

「遊んでやるよ。そのかわり俺が素手で勝ったらお前は俺のもんだ」

「絶対に殺す」

俺とノヴァが向かいあい、第2ラウンドが開始された。

速度では俺が勝っているが、単純なパワーでは負けている。

生半可な攻撃では決定打になり得ないことは先ほどの攻防で分かったし、一撃で仕留める強力な攻撃を放つ必要がある。

「さあ、早くやろうぜ。言わなくても分かるだろうが、俺の拳は斧よりも強いぜぇ」

丸太のように太い拳を突き出しながら、そう嗤うノヴァ。

そんなノヴァの拳を見て、なんとも言い難い悪寒を感じた。

……これは本気でいくしかないようだ。

この1年で俺は、イビルガリオン討伐の時に使用した魔法を自在に扱えるようになった。

そして、この魔法を使用している最中にのみ【光速斬《こうそくざん》】を使用することができる。

「**【筋力増強《きんりょくぞうきょう》】**」

自身の感覚に任せるがまま、俺は強化魔法を発動させる。

全身に巡らせた魔力が力となって、俺の体を軽くし、力が溢れてくる。

イビルガリオンとすら互角以上に渡り合った【筋力増強】を使った状態での戦闘。

人間相手ならば負ける道理がない。足に魔力を大量に送り、その魔力の籠った足で全力で地を蹴った。

周りの世界が止まったかと錯覚するような、超高速の動きでノヴァの懐目掛けて突っ込む。

またも、ノヴァの視線は俺の方を向いていない。

俺が致命的な一撃を浴びせることが出来ないと高を括っているのか、それとも単純に姿を追えていないだけなのか。

どっちかは分からないが……もうこの男が動くことはない。

「**【光速斬】**」

懐に潜り込んだ俺は、ノヴァ目掛けて【光速斬】をぶっ放す。

イビルガリオンでも受け切ることの出来なかった一撃。

ノヴァの肩口に師匠の剣が刺さり、そのまま腰辺りまで到達。

両断されて、ようやく自分の身に何が起こったのかを理解出来たのか、俺に向かって拳を振るおうとしたが、その拳が俺に到達することはなく、ノヴァの上半身は地面へと落ちた。

「ぐっぞがぁ――まだだ！　まだ終わっちゃいねぇぞ!!」

上半身と下半身が斜めに分断されたにもかかわらず、平気な顔で喋り続けているノヴァに、俺はトドメの一撃を食らわせる。

剣を頭目掛けて突き刺し、脳を貫く。

不死身に思えたノヴァも、流石に脳への一撃で絶命したようで、言葉を一切発さなくなった。

絶命後も体は動いていたのだが、次第に動かなくなり、静けさが訪れる。

……終わったか。

実に気持ちの悪い相手ではあったが……どこか物足りない。

俺は強敵相手に期待していた気持ちを裏切られたような感覚に襲われた。

「ジャック、大丈夫か？」

「ええ、大丈夫です。敵のボスらしき人物は倒しましたので」

背後で待機してもらっていたホーウィーが、すぐに駆け寄ってきたようだ。

俺は自身の無事を伝え、すぐに次なる指示を出す。

隊を2つに分けて、1つの隊は引き返して今起きたことの報告。

そして俺が率いるもう1つの隊は、このまま先へと進みベルベットさんの隊と合流する。

もしかしたら、このノヴァと呼ばれる男がボスではない可能性もあるからな。

考えた通り、すぐに隊を分断させて俺はスラム街を進んで行くと、前方に王国兵士の鎧《よろい》を身に着けた大軍が見えた。

先頭には……ベルベットさんがいる。どうやら無事のようだ。

「ジャック!!　隊の人数が減っているが……大丈夫だったか!?」

「はい。スラム街に入ってすぐに包囲されましたが、無事に撃退することが出来ました。隊の半分は報告に戻らせているだけですので、心配はいらないです」

「そうか……。流石はジャックだな。初めての指揮でここまでしっかりとこなすんだからな」

こうしてベルベットさんと合流した後、一度先ほどの戦闘跡地まで戻り、ノヴァや適合者の死体を回収した。

これで、ひとまずは大丈夫……か。

「ジャック、詳しい説明を聞いていいか?」

「ええ、大丈夫ですが……。みんなの前での説明でも大丈夫でしょうか?」

「それもそうだな。急かしてすまなかった。とりあえずはこの死体の後処理をしてからだな」

俺はベルベットさんの指示に従い、スラム街の住民の対応と俺達が殺した『賭影』の死体の処理を行った。

それから隊長級を集め、スラム街でなにがあったか説明を行い、長い1日は終わった。

スラム街制圧から、ノヴァとの戦い。物足りなさはあったが、久しぶりに全力で戦うことの出来た日だった。

その翌日。

ベルベットさんに呼び出され、スラム街制圧後の情報を教えてもらった。

どうやらスラム街を制圧したあと、捜索隊が捜索したところ、とある建物の地下にスラム街での『賭影』の本拠地を見つけ、そこから大量の降魔薬が発見されたようだ。

それから俺が倒したあのノヴァと呼ばれていた男が『賭影』の幹部で、このスラム街でのボスだったらしい。

「そうだったんですか。不死身かと錯覚するような肉体を持っていましたし、単純な筋力だけなら俺を遥かに凌《りょう》駕《が》していたので……納得ですね」

「『賭影』の幹部を倒すとはな。イビルガリオン討伐に続き大手柄だったぞ」

「ありがとうございます。……それでアジトの中には、その薬しかなかったんですか？」

「いや、部屋の更に奥が監禁部屋になっていて、そこに誘拐されていた人たちが監禁されていた」

「よかった……。監禁されていた人達を助けられたんですね」

「助けられた……。まあ……そうだな……」

どこか歯切れの悪いベルベットさん。

「——その監禁部屋、なにがあったんですか？」

「…………人体実験のようなものが行われていた。この薬の効果を試すような実験と、人の体を弄《いじ》るような行為も確認できてな」

「人体実験……ですか」

「……手遅れだった人達もいるが、助けられた人達がいたのも事実だ。素直に助けられたことを喜ぼう」

『賭影』は、噂以上の極悪組織だったようだな。

本当に魔物なんかよりも、邪悪なものを感じる。

「そうですね……。エルビスさん達の方は大丈夫ですかね」

「そりゃあ団長が当たっているからな。何の心配もないさ」

それから、おれはベルベットさんとしばらく『賭影』について話したあと、兵舎を後にした。

兵舎を出ると日はすでに落ちていて、かなりの時間話していたのだと分かる。

俺は兵舎を出たそのままの足で、エルビスさんの家へと向かう。

ベルベットさんは団長がいるから大丈夫と言っていたが、流石に心配ではあるからな。

こっちの状況の報告もしたいし、暗くなってしまっているが、今すぐあって話がしたい。

夜の王都を出ると、俺はすぐにエルビスさんの家へと辿り着いた。

「エルビスさん。開けてください！」

ドアを叩き、開けるように促すと、扉がゆっくりと開く。

そして、中から寝ぼけ眼のエルビスさんが顔をだした。

「ん？　ジャックか。無事だったんだな……。……ふぁーあ、そんでどうしたんだ。こんな時間に……」

「本拠地に乗り込んだって言ってたから、心配して来たんですよ」

「いや……。明日で良かっただろ……」

「とりあえずいれてください」

「おいおい、勝手に入るな。眠いから明日にしてくれよ」

文句を垂れるエルビスさんを無視して、俺はずかずかと部屋の中に入った。

その後、すぐにお互いの戦いについての話をする。

「そっちはどうだったんだ？　手強い敵はいたか？」

眠そうにしながらも、俺にそう聞いて来たエルビスさん。

「ええ。不死身に近い筋肉の化け物みたいな人間がいまして、かなり強かったです」

「不死身の筋肉の化け物……？　なんだよそれ、本当に人間かよ？」

そこから、俺はエルビスさんにノヴァとの戦いについて話をした。

エルビスさんは、いちいち大きなリアクションを取ってくれるから話していて楽しいんだよなぁ。

「それにしてもあのオリバと組むなんて、なにが起こるか分からねぇな」

「そうですね。俺なんかずっと裏切るんじゃないかって疑ってましたから。スラム街突入時、『賭影』の連中に待ち伏せされてたことも含めて、隊の中に裏切りものがいるんじゃないかと思ってたんで」

「まあ、そこに関しては兵士の中の誰かが情報を流したんじゃなくて、情報が洩れてた可能性が高いな」

「えっ？　なんでですか？」

「俺と団長が攻めに行ったのは知ってるよな？　敵の本拠地、どこだったと思う」

本拠地？

そういえば2人が向かった先は、スラム街ではないんだもんな。

……馬鹿な俺の頭では検討もつかない。

「いや分からないです。隣町とかですか？」

「違う、違う。……上級地区だよ」

「上級地区!?　上級地区に『賭影』の本拠地があったんですか？」

驚きの事実に本当にびっくりした。

あの一般人立ち入り禁止区の中に、敵の本拠地があったのならそりゃ見つからない訳だ。

「ああ。俺もギリギリまでどこに行くのかは知らされてなくて、上級地区の門を潜ったときは震えたね」

「『賭影』の連中は、どうやって上級地区に本拠地を構えたんですか？」

「貴族とグルだったのさ。『賭影』が金を流して、貴族はアジトを用意した」

「そんなことが可能なんですか……。腐敗し切ってますね」

「実際にやってたことだからな。今回の件で一層、上級地区の管理体制が厳しくなりそうだ」

「そりゃ、王都を脅かしていた悪党の本拠地が、上級地区にあったとなったら厳しくなるでしょうね。それで敵はどうだったんですか？」

「特になにもなかったわ。……いやまあ、なにもなかったって言ったら語弊はあるが、団長が一瞬で全ての敵を倒したから、俺は本当になにもやらないまま終わった」

「へー、団長ってやっぱり強いんですね」

「そりゃあな。俺なんか確実にいらなかったわ」

そんなこんな話をしたところで時間も時間なため、今日はお開きになった。

まだ疲れが取れていないから、帰って寝ようか。

エルビスさんと別れ、俺は1人寮へと戻ったのだった。

第2章　物足りない日々

『賭影《とかげ》』を壊滅に追い込んでから、月日が流れて更に約1年が経過していた。

俺はその後も兵士として、違法ドラッグを売りさばいているチンピラ集団の摘発、不正に金を巻き上げている詐欺グループを捕まえたりと、〝賭影壊滅〟と比べると小さいながらも戦果を残せた。

そんな感じで着々と王都での地位を上げていっていた俺だったが、着々と上げていっている成果とは裏腹に、自分の中で物足りなさが増して行っているのが分かる。

そんな日々の生活に悶々としている中、今日アデルの父親の家にお呼ばれした。

イビルガリオンの時以降も、アデルからは何度か指名で依頼を貰っていて、俺への態度は依然おかしいままだが、良好な関係は築けている。

「なんでエルビスさんも呼ばれているんですかね？」

「確かに最近はジャックの指名ばっかだったもんな。チッ、このモテ男がっ！」

「そんなんじゃないと思いますよ。特にそういう気は感じないですし」

「それはお前が鈍感野郎だからだろ」

「……この話は平行線のまま行くんでやめましょう」

「まあいいや。そんなことより、今日はなんだろうな。俺はプロメトル学園入学のことだと思うけどな」

「……プロメトル学園ですか」

〝プロメトル学園〟

イビルガリオンを討伐した時、エルビスさんがアデルの父親に話を持ち掛けていたものだ。

俺自身、このプロメトル学園が気になり自分で調べたのだが、どうやら学園とは将来有望な少年少女を集めて育成する機関らしい。

それに学園内にダンジョンがあると耳にした。

調べた限り興味がないと言えば嘘になるが、退団してまで行きたいとは思わない。

俺は兵団に恩を返しきれていないしな。

そんなこんな俺が学園についての思考を巡らせていると、エルビスさんは大きくあくびをした。

「はぁー……。それにしても眠いわ。最近兵士の方の仕事が忙し過ぎるんだよ……昇格の件、本当に断ればよかったわ」

「団長補佐なんて凄いことじゃないですか。そんなこと言ったら他の人に妬まれますよ？」

そう。エルビスさんは半年程前から第6隊を抜けて、団長補佐となった。

団長補佐は秘書的な役割なのだが、その頭の使いそうな役職になぜかエルビスさんが団長から指名された。

団長からの期待の表れだと思うのだが、エルビスさんがこうして愚痴を漏らしている時点で、失敗だったのではと思わざるを得ないけどな。

そんな感じでエルビスさんの態度に心の中で苦言を呈していると、あっという間にアデルの家へとたどり着いた。

……いつ見ても見慣れない大きな家だな。毎度の如く緊張しながら、ベルを鳴らす。

俺がベルを鳴らしたと同時に家の扉が開き、アデルが出てきた。

まるで、扉の前で待機していたレベルの速度だったが、俺は特に触れずにアデルが門を開けるのを静かに待った。

「ジャ、ジャック様!!　お、お久しぶりです！」

「やあ、アデル。久しぶり？　1ヵ月前にもあったと思うけど……」

「ひ、1月は長かったです……！　それよりもお父様がお待ちですのでどうぞ中へ」

「アデル、俺は久しぶりだぞ？　おーい、アデルー？　聞こえてるかー？」

完璧に無視されているエルビスさんを置いて、案内されるがままアデルの家へと入って行く。

通されたのはいつもの部屋ではなく、少し豪華な応接室のような場所。

そこにはアデルの父親が座っていた。

「いやいや、急に呼び出して悪かったね。2人共」

「全然大丈夫ですよ。俺たち休日は大抵暇してるか魔物を狩ってるだけなんで」

「急な呼び出しだった訳ではないですし、エルビスさんの言う通り、気にしなくて大丈夫ですよ。

それで用件というのは？」

「覚えているかは分からないですが、2年前の約束についての話です」

　2年前の約束……。

エルビスさんの予想通り、学園入学の件で間違いはなさそうだ。

「それってプロメトル学園入学の件でしょうか？」

「覚えていましたか。その件で私は学園長に推薦をしたのですが、実はつい先日、正式にその推薦が受理されました」

……ということは、俺はプロメトル学園に入学する権利を得られたということなのだろうか。

興味がないというのは嘘になるが、散々お世話になった王国兵団を辞めてまで入学するのはどうかという思いが俺の中では強い。

「本当ですか！　ありがとうございます！　かなり無理なお願いだったと思いますが、頼んで本当に良かったですよ！　流石はアルメストさんですね！」

「ジャック君の実績も認められて推薦が受理された訳ですから、私だけの力ではないですよ。ただ、エルビスさんがそこまで喜んでくれたのなら、推薦した甲斐はありましたね」

「ジャック、良かったな!!」

エルビスさんは、俺の心境を知らずに喜んでくれている。

俺は入学するとは一言も言っていないのだが、俺をプロメトル学園に推薦してくれたアデルの父親。

そしてアデルの父親に俺を売り込み、滅茶苦茶に喜んでくれているエルビスさん。

こんな2人の前で、入学するなんて言ってませんけど――とは言い出せない……。

「それでは入学の詳しい話につきましては、決まり次第またご連絡いたします」

「分かりました。決まり次第、俺とジャックの方でまた向かわせてもらいます！」

「分かりました。それでは私はこれで。あっ、アデルがお2人とお話をしたがっていましたので、ちょっと呼んできますね。座ってお茶を飲みながら待っていてください」

アデルの父親はそう言い残すと、応接室を出て行った。

これは……もしかして学園の入学が決まってしまったのか？

俺は完全にアデルの父親が離れた後に、アデルの父親の前では言えなかった、このもやもやとした気持ちをエルビスさんにぶつける。

「あの…………。非常に言いにくいんですが、俺学園へは行かないですよ？　兵団への恩も返せていませんし」

隣で喜んでいるエルビスさんに俺がそう伝えると、目を真ん丸にして驚きの表情を浮かべた。

「はぁ!?　なんでだよ!!　プロメトル学園だぞ、プロメトル学園!!　行かない理由なんてないだろ！」

「いや、だから……兵団への義理もありますし、在籍してたった数年で辞められないですよ。それに俺はプロメトル学園に入学したい訳じゃないですし」

「いやいやいやいやいや！　ジャックはプロメトル学園について色々と調べて回ってただろ！　義理なんて考えなくていいんだよ！　俺とスタンさんとラルフさんで無理やり入団させたんだからな！　それに入団の時の書類にもいつ辞めてもいいようにサインさせただろ！」

何故か物凄い勢いで食ってかかるエルビスさん。

……俺がプロメトル学園について調べ回っていたのも知っていたのか。

確かにウェンディーさんやラルフさんからも学園についての情報を貰っていたからな……じゃなくて、それとこれとは関係ない。

いつ辞めてもいいように入団時に条件をつけてもらったが、それは俺がどうしても兵団を離れなきゃいけない事情が出来たときのためのだ。

現状は離れる理由はないし、短くともあと数年は兵団に残って恩返しをしたいと思っている。

「でも、俺にとっては恩返しもまだ出来ていない状況なので。調べた結果、プロメトル学園に通うメリットはないと感じたのも本当です」

俺がそう告げ、エルビスさんが反論しようとしたその瞬間。

応接室の扉が勢いよく開けられ、そこからアデルが凄い勢いで部屋の中へと入ってきた。

「ジャック様!!　プロメトル学園に行かないってなんででしょうか!?」

悲痛な叫びにも聞こえるアデルの声が、応接室に響き渡る。

……どうやら俺とエルビスさんの会話が、部屋の外にも聞こえてしまっていたようだ。

「聞こえていたなら分かると思うけど、俺は学園にメリットを感じていないから。兵団でもまだ――」

そこまで言いかけたとき、アデルは俺達の真ん前の席に立つと、机を思い切り叩き物凄い形相で捲くしたて始めた。

「プロメトル学園のメリットなんか数えられない程ありますよ!!　私やジャック様に負けず劣らずの才能を持った少年少女が、切磋琢磨するために王国全土から集められるんです！　それに最先端のトレーニング施設の充実さに加えて、一芸に特化した優秀な教師陣。更に普通では絶対に見ることの出来ない書物がたくさん置かれた書物庫に……なんといっても、〝魔女〟の武器が眠ってると言われている学園ダンジョンがあるんです!!」

目を血走らせながら力説するアデルに、俺は若干引いてしまう。

ただ……〝魔女〟の武器。

俺もプロメトル学園を設立したと言われている〝魔女〟については、学園の情報を調べた時に噂で聞いたことがある。

魔法に加えて、剣術もトップクラスの才能を持っていたとされている学園設立者の〝魔女〟。

大昔のため噂はそれだけなのだが、魔法も剣も扱える女性という部分で、俺はどことなく師匠なのではないかと勝手に推測していた。

師匠ではない可能性のほうが高いのだろうが、少しでも可能性があるのであれば、俺はその武器とやらを調べてみたいと思ってしまった。

「アデル、その魔女の武器って一体なんなんだ？」

「気になって頂けましたか!?　魔女の武器というのはですね、プロメトル学園の設立者であり魔女の異名を持っていた方が、学園ダンジョンの最奥に保管したと言われている武器なんです！　この武器は世界的にも有名な武器でして、世界中の様々な人が狙っているのですが、学園ダンジョンには学生しか入ることができないんですよ！　教師陣もダンジョンに入ることが出来ないみたいですので、本当に学生のみしか入ることのできない特殊なダンジョンなんです」

アデルからそんな追加情報を聞いて、最近感じなかったワクワク感を覚えてしまった。

だが……兵団は辞めたくない。

俺が気になったのなら即座に兵団を辞め、プロメトル学園に行けばいいのだが……。

自分でも理解できない感情が働いていることだけは確かだ。

「学生しか入ることが出来ないのに、その学生には一握りの人しかなれない。それに学生の大半はダンジョンにすら興味を示さないので、もう誰も手にすることが出来ないと言われている、まさしく伝説の武器ですね！」

「……そうなのか。……それは確かに少し気になるな」

頬を紅潮させて力説してくれたアデルに俺がそう小さく呟くと、アデルは小さくガッツポーズをした。

何故そこまで力説したのかは分からないが、俺はまんまとアデルの口車によってプロメトル学園に興味を持ってしまっている。

「プロメトル学園についてはこんな感じですね！　まだまだメリットはありますし……ジャック様も今後を見据えるならば、絶対に入学するべきだと思います!!　時間はありますし、じっくり考えるべきです！　えーっと、それではわたくしはこれで失礼致します」

語るだけ語り、嵐のように応接室を去って行ったアデルを見送る。

何故力説しに来たのか分からないアデルを見て俺が呆けていると、隣でにやついているエルビスさんの顔が視界に入った。

「…………なんですか。その顔」

「別になんでもないけど！　まあ、学園については時間もまだある訳だし、じっくり考えるんだな。っし、それじゃ帰るか！」

こうして俺は心に1つ引っかかりを残したまま、アデルの家を後にした。

それから1週間が経過した。

ここ1週間は学園のことが頭をちらつき、トレーニングや職務に全く身が入らなかった。

隊内での模擬戦で何度か完璧に攻撃を入れられ、ベルベットさんからも心配されたほど。

こういった状態になった時にいつも相談しているエルビスさんとは、隊が別となったため話す機会はなくなり、誰にも相談出来ずに抱え込んでいたのだが……。

今日、突然俺はエルビスさんから呼び出しを受けた。

なにやら話したいことがあるとのことで、団長室へと向かう。

「失礼致します」

ノックをしてから団長室へと入ると、そこにはエルビスさんだけでなく、団長の姿もあった。

呼び出された場所が団長室だったし、いるとは思っていたが……一体何の用なのだろうか。

「よう、ジャック。やっときたか」

「エルビスさん……。一体何の用でしょうか？」

にやにやとしているエルビスさんの考えが分からず、俺はそう質問したが、指を1本突き立てて左右に振るだけで、答えようとはしない。

そんなエルビスさんを不思議がっていると、団長が1つ机を指で叩いてから言葉を発した。

「エルビスから剣闘会を開いてくれと頼まれたんだ」

剣闘会……？

剣闘会なら半年に1度、今も定期的に開かれているし、エルビスさんが頼むものでもないと思うんだが。

現に先月行われたばかりだしな。

「剣闘会なら、ついこの間行ったばかりじゃないですか？」

「ちっちっ。考えが浅いぞ、ジャック」

人指し指を立て、横に振りながらドヤ顔をするエルビスさんにイラッとしながらも、理由が分からないため俺は話を促す。

「………どういうことですか？」

「俺が団長に頼んだのは全兵士参加の剣闘会だ。もちろん今まで不参加だった団長も参戦してのな」

「まあ、そういうことだな。今までは時間の都合上、小規模の剣闘会を行っていたが、今回は全兵士参加の剣闘会を開く。エルビスの発案前から検討していたことだが、タイミングも良いし近々行うことにしたんだよ」

へぇー……。エルビスさんにしては、珍しく面白そうなことを立案したな。

団長やラルフさん、それに今まではブロックが違った隊長たちとも、剣闘会で戦えるって訳か。

これは……流石に心が沸き立つ。

「ジャック、それだけじゃねぇぞ。今回、俺はもう1つ団長にお願いしたことがある」

「まだ別のことを頼んでいたんですか？」

「そうだ。今回の剣闘会でジャックが優勝したら、即座に兵団を辞める権利を貰った。元々書面ではいつでも辞められる契約だが、流石に即座には無理だからな。ただ、この権利のお陰でジャックはすぐ辞めることが出来るって訳だ」

「いや、あの……何度も言いますが、俺は兵団を辞める気はないですよ？　エルビスさんの中では俺が辞めるみたいになってるのかもしれませんが」

「俺の中では――か。ふっ、まあいいや。辞める権利が貰えるだけだ。ジャックがそう言うなら別に権利を使わなければいいだけだろ？」

　確かにその通りだが、なんだか色々と裏があるように感じてしまい、俺は気に食わない。

　この剣闘会の立案も、その権利目当てな気がするしな。

　何故エルビスさんがそこまでして俺を学園に入れようとしているのか、本当に理解が出来ない。

「おい。話はそこら辺でいいだろ。とりあえずそういうことだ。再来週に行う予定だからジャックも頭に入れておけ。詳しい話が決まったら全兵士に通達するからな」

「…………分かりました」

　非常に面白い試みだと思ってはいるのだが、いまいち乗り切ることが出来ない。

　なんとも言い難い感情に襲われるが、俺は頭を下げて団長室を後にし、寮へと戻った。


　それからあっという間に時間は過ぎ、剣闘会の日を迎えた。

　普段と同じように寮を出て兵舎へと向かうと、そこには溢れんばかりの人の姿が見えた。

　一般の人が押し掛けているのか、お祭り騒ぎになっている。

　俺がそんな光景を前に呆気に取られていると、何処からともなくやってきたエルビスさんが声を掛けてきた。

「よお、ジャック。すげぇ人だろ。王国兵団の全兵士が出場して試合を行うって大々的に宣伝したら、こんなにも人が集まったんだぜ」

呆けている俺に、ドヤ顔でそう告げてきたエルビスさん。

やはりこの人の考えていることは理解出来ない。

身内の大会にわざわざ一般の人を集める必要なんてない訳だし、一体なにをさせる気なのだろう。

「……人を集める理由が分からないんですが。剣闘会を行うだけですよね？」

「そうだが……やっぱやるからには面白い方がいいだろ？　長いこと剣闘会にも出ていなかった団長も参加するんだし、大勢の人を集めた方が全員の気分も乗るはず。——それに、ジャックが俺に負けたとしても、これだけ大勢の人の前なら言い訳できねぇだろ」

楽しそうな表情から一変。

俺を挑発するような表情へと変えたエルビスさん。

「別に人がいようがいなかろうが、言い訳なんてする気はないですよ。そもそもエルビスさんには絶対に負けませんから」

「ふっ、いいや。〝勝負〟に勝つのは俺の方だ」

挑発ではなく、圧倒的な確信を以てそう断言してくるエルビスさんに、俺は少しイラッとする。

万が一俺が負けるにせよ、それはエルビスさん相手にではない。

なのにもかかわらず、全てを見透かしたような態度で〝勝負〟に勝つと断言するエルビスさんに、さらにイラッときてしまう。

……俺をイラッとさせることがエルビスさんの狙いなのだとしたら、まんまと乗せられているな。

「それじゃ試合までにしっかりウォームアップしとけよ。俺と当たる前に試合に負けたら許さないからな」

「それはこっちのセリフです。それだけ大口叩いたんですから、俺と当たる前に負けないでくださいね」

「ああ、もちろん。――死んでも勝ち上がるさ」

何時にない真剣な声音でそう呟くと、エルビスさんは1人兵舎へと向かって行った。

そんなエルビスさんを見送ってから、俺は訓練所へと向かい準備運動を行った。

エルビスさんにあんなことを言われて、負ける訳にはいかないからな。

入念にウォームアップを済ませると、段々と人が訓練所付近へと集まり始め、最後に団長が壇上へと上がった。

どうやらそろそろ剣闘会が始まるようだな。

「急な話だったが、よく集まってくれた。事前に伝えてあると思うが、今日は王国兵団の兵士全員が参加する剣闘会となっている。日頃の訓練の成果を遺憾なく発揮し、全員が優勝を目指して頑張ってくれ。……それと、成績優秀者には褒賞もあるから期待していいぞ。俺からは以上だ」

褒賞。その言葉を聞いた兵士達が沸き立った。

怠そうにしていた兵士達の目にも光が灯り、気合いが入ったように思える。

物欲という分かりやすいものだが、確実に士気が上がってしまったな。

それから団長と入れ替わるように、壇上へと上がったウェンディーさんが、予選の組み合わせ表を張り出してから、兵士達に試合を行う場所の指示を出している。

そんなウェンディーさんの的確な指示で、あっという間に集められた兵士たちが移動を始めて、訓練所の壇の前はガランとなった。

　人が捌けた壇の前で、エルビスさんが組み合わせ表を見ながら口をあんぐりと開けているのが見える。

　くっくっ。どうやらエルビスさんは隊長格２人がいる、死の予選ブロックに入ってしまったようだな。

「エルビスさん。良い組み合わせだったみたいですね」

「ジャック……ッ！」

「さっきまでの威勢はどうしたんですか？　予選であっさり負けたら、あの発言を俺はずっとネタにしますから」

　俺がニヤけながらそう伝えると、エルビスさんは顔を赤くして後ろを向いた。

「……相手が隊長格だろうが、俺は絶対に負けねぇ。ジャックはシード枠だろ？　時間があるなら俺の試合を見に来い」

「対戦相手の視察をしたかったんですが……そうですね。エルビスさんが負けるとこを見る方が面白そうなので、見に行かせてもらいます」

「俺の負けを期待しているところ悪いが、俺はどんな手を使ってでも勝ち上がるぞ。ジャックとやるまではな」

　先ほどまで口をあんぐり開けて呆けていたのに、恰好つけてそう言ってきたエルビスさん。

　……ただ、俺はエルビスさんが出来ないことは口にしないのを知っている。

　だからこそ、エルビスさんの発言の１つ１つが引っかかる訳なんだが。

「そこまで言うなら期待してます」

試合場所へと向かったエルビスさんの背中に声を掛けた。

エルビスさんがいなくなった壇の前で、俺も予選ブロックの確認を行う。

今日の予選は4人1組のブロックで総当たりで行われ、そのブロックで一番成績のよかったもの1名とシード権持ちが試合を行い、その試合の勝者が明日の決勝トーナメントへの出場権を手にすることができる。

だからギリギリシード権を逃したような実力者が、予選を勝ち上がりそのままの勢いでシード持ちと戦えば番狂わせも大いにあり得るのだが……エルビスさん以外のブロックは、番狂わせが起こり得ない面白味のなさそうな組み合わせだ。

団長もラルフさんもベルベットさんも、実力が頭2つほど抜けているため、予選で番狂わせが起こることはほぼほぼないんだが、番狂わせを起こすかもしれないと思われていた隊長格の2人も同じグループだし、これはエルビスさんの死のグループ以外は順当に進むだろう。

団長の試合も見たいが、シード権持ちの試合時間は全て被っているため見れないし、大人しくエルビスさんの試合を見に行くか。

俺は早々とそう決めて、エルビスさんが試合を行う場所まで向かった。

試合会場に着くと俺よりも早くベルベットさん、そしてラルフさんが陣取っており、エルビスさんの応援に駆けつけていたようだ。

俺も2人に会釈をしてから、隣へと向かう。

「よう。ジャックも来たのか」

「エルビスさんに見に来いって言われたんで」

「はっはっは。エルビスの奴、珍しく気合いが入っていたもんな。あんなに気合いを入れているエルビスは初めて見たし、下手すりゃ勝ち上がるかもしれないな！」

「いや……流石にそれは厳しいと思いますよ。実力的には負けている訳ですから。ですよね？　ベルベットさん」

「…………私もエルビスが勝ち上がると思っているぞ。常にやる気を見せていないからあんなんだが、私はずっと王国兵団一の天才だと思っていたからな。まあ、エルビス以上の天才が入団してきてしまったから今は2位だが」

エルビスさんへの意外な評価に、素直に驚いてしまう。

エルビスさんが王国兵団一の天才。ベルベットさんはエルビスさんをそんなに買っていたのか。

「おっ、どうやら初戦が始まるみたいだぞ」

「初戦から第7隊の隊長が相手みたいですね」

ラルフさんのその声で会場の方を見ると、エルビスさんと第7隊の隊長が対峙しているのが見えた。

エルビスさんは決して背が低い訳ではないのだが、体格差はまるで大人と子供のよう。

それほどまでに第7隊の隊長は横にも縦にも大きい。

「力とリーチ差を加味したら、勝ち目はなさそうですね」

「そんなことはないだろ。エルビスは上手く立ち回るさ」

程なくして審判の合図で試合が開始された。

試合内容は見に来いと豪語したにもかかわらず、ビックリするほどの泥試合。

第7隊の隊長がとにかく攻撃を繰り出し、それからエルビスさんがとにかく逃げまくるといった試合内容。

そして試合終了間際に、軽くエルビスさんが放った突きが命中し、その一撃が唯一の有効打と認められ、エルビスさんの勝利で終わったのだが……。

おおよそ剣闘会と呼ぶには相応しくない試合内容に、エルビスさんに対してのブーイングが鳴りやまなかった。

ラルフさんも頭を抱え、ベルベットさんも重いため息を吐いていたが、当のエルビスさんはキメ顔で俺に人さし指を立て、1勝したことをアピールしていた。

……このメンタルだけは見習うものがあるな。


それから試合は順調に進んでいき、もう1人の隊長格である第2隊副隊長には手がバレていたということもあり、真っ向からの打ち合いを制しエルビスさんが勝利。

続く一般兵士との試合では先の試合のせいで、ボロボロの状態ではあったが難なく勝利を収め、俺の予想に反し、エルビスさんは予選ブロックを勝ち上がった。

ただ、2戦目以降は楽が出来なかったということもあり、エルビスさんは現状肩で息をしている状態。

この後のシード持ちである第4隊副隊長相手に勝てるかどうかなのだが、今度こそ難しいと俺は思う。

実力で劣っている上、第2隊副隊長を相手にノーガードの打ち合いに持って行ったせいで、疲労に加えてダメージが見るからに大きい。

万全の状態でないのに実力以上の相手。流石にエルビスさんの快進撃はここまでだろう。

俺も試合があるため最後まで見れないのは残念だが、意地は見せてもらった。

ラルフさんとベルベットさんに挨拶を済ませてから、試合会場へと向かう。

俺の試合会場である兵舎内の多目的ホールに着くと、既に予選を勝ち抜いたであろう兵士が待っていた。

謝罪をしてからコートの中へと入り、予選を勝ち上がった兵士と対峙する。

見知らぬ兵士だが……予選を勝ち上がっただけに練度はそこそこ高そう。——ただ、俺の相手ではないはず。

審判から木剣を受け取り武器を互いに構えたが、やはり打ち込む隙はかなりある。

エルビスさんの初戦のように、逃げ回られたらどうしようもないが、定められているエリアは半径５ｍ程と狭い。

このエリアで逃げ切るなど、俺相手には通用しない。

「それでは本日最終試合。試合開始っ！」

そんな審判の声と共に試合が開始された。

俺が試合前から思っていた通り、隙を見つけて打ち込むだけでいい簡単な相手だったが、10発ほど攻撃を打ち込んだところでふと気が抜けてしまった。

そこの隙を突かれて一撃を浴び、流れで連続攻撃を受けてしまう。

最近、非常に多い現象で相手に手応えがないと、やる気がなくなり集中が途切れてしまう。

この体では一瞬でも集中が途切れると、スケルトンだったときの感覚のズレを修正出来なくなるのだが、まさにその現象が起こってしまっている。

そこから俺は、なんとか修正しようと切り替えたのだが、結局試合終了時間まで修正できず、試合は序盤の優勢のお陰で勝ったものの、俺が有効打12発。

相手の兵士が有効打10発と、負けてもおかしくないほどのギリギリの勝利であった。

「剣闘会を全勝しているジャックさんにここまで戦えたので自信がつきました。次は絶対に勝ちますから！」

「あぁ……。えーっと、楽しみにしてますね」

自信満々でそう言われ、苦笑いで俺は言葉を返す。

結果だけを見れば接戦だったが、毎日のように感じていた物足りなさを拭えず、苦い顔をしたままコートを後にすると、試合を終えたベルベットさんの姿があった。

「一歩間違えれば負けていた試合だったじゃないか」

「……そうですね。かなり危なかったです。ベルベッドさんは勝ちましたか？」

「もちろんだ。私はジャックと公式の場で戦いたいと思っているからな。予選から全力を出させてもらった」

ニヒルにそう笑うベルベットさんを、俺は少し羨ましく感じてしまう。

「そういって貰えるのは光栄です」

「ああ。だがな、私が戦いたいのはそんなやる気のないジャックじゃない。言い方は悪いがあの程度の相手に接戦。正直、残念という気持ちが強い」

「それはすいませんでした。最近、なんだか調子が出なくて」

「日頃の職務を見ていて私もそう感じていたよ。もしかしたらスランプって奴なのかもな。……ふっ、随分と〝人間〟らしくなったな」

もしかして俺が人間ではないことに気づかれていたのか？

ベルベットさんの不意の言葉に体がビクッと反応してしまう。

「ベルベットさん。それってどういう……」

「いや、深い意味はないぞ。入団時は同じ人間とは思えないほど、その年齢で成熟し切っているように感じていたからな。ジャックもスランプに陥っているのを見て、人間らしく感じただけだ」

笑顔でそう語るベルベットさんに他意はなさそうだ。

ホッとしつつもこの話題は嫌なため、俺は話題を無理やり変える。

「そういえば、他のブロックはどうなったか知っていますか？」

「ああ。団長、副団長共に無事勝ち上がっていたぞ。……そしてエルビスも勝ち上がったみたいだ」

「えっ……。あれだけボロボロだったのに勝ったんですか？」

「私も直接見たわけではないから詳しくは知らないが、シード戦でも勝ったと聞いているよ。ただ、やはりダメージもかなり大きいみたいで、今は医務室に運ばれているらしい。……ジャックのために頑張っていたんだ。会いに行ってやったらどうだ？」

「………………ええ。そうですね。顔を見せに行ってきます」

情報を教えてくれたベルベットさんにそう告げ、俺は渋々ながら医務室へと向かう。

それにしてもエルビスさん……本当に勝ったのか。

流石にあの状況から勝てるとは思っていなかった。

なんて声を掛けようか迷いながら医務室へと辿り着き中へ入ると、ベッドに寝そべっているエルビスさんの姿が見えた。

無言で近づくと、気配を感じたのか寝返りを打ってこちらを見たエルビスさん。

「ジャックじゃねぇか。見てたか？　俺は約束通り勝ち上がったぞ」

「最後の試合は見てないですが……どうやらそのようですね」

「へっへっ。そっちはどうだったんだ？」

「勝ちましたよ。結構ギリギリでしたが」

「ギリギリ……ねぇ。本気で俺が勝っちまうかもな」

「それはないです。そもそもそんな体では明日の決戦に出られないんじゃないですか？」

「俺はどんなことがあろうとジャックと戦うぞ。そして……必ず勝つ。俺は出来ないことは口にしない。ジャックなら分かるだろ？」

真剣な眼差しで俺に告げてきたエルビスさん。

見るからにボロボロなのに、俺は言い知れぬ恐怖を感じた。

俺と当たるまでは倒れないという意志。そして絶対に倒すという気迫を感じ思わず息を呑む。

「…………楽しみにしてます。それじゃ俺はこれで」

ベッドに寝そべるエルビスさんを残し、俺は医務室を後にする。

ボロボロのエルビスさんをからかおうと思っていたのだが、完全にやり返された気分だ。

予選の試合も納得のいくものではなかった俺は、この言い表せない気分を払うべく、ひたすらに木剣を振り続けた。

そして翌日。

今日は決勝トーナメント。

昨日の予選を勝ち抜いた16名によって、試合が行われていく。

相手が予選を勝ち上がった猛者しかいない上に、４戦全てに勝たなければ優勝できないというかなりハードな１日なのだ。

昨日は結局、夜中まで剣を振り続けたのだが、雑念が晴れることはなく、今ももやもやとした気持ちを抱えながら兵舎へ向かおうとするが、訓練所には凄まじい数の観客が押し寄せていた。

今日は兵舎の門が朝早くから開放されていたみたいで、場所取りで昨日よりも多くの一般人が詰め寄っていたみたいだ。

今までの剣闘会でもこれほどまでの人は集まらなかったから、この剣闘会が如何に注目を集めているのかが分かるな。

俺は人混みを掻き分けて、兵舎の中へと入る。

朝早くということもあって、兵舎の中にはまだぼちぼちとしか人がいない。

俺はそのままの足で副団長室に行き、ラルフさんの下へと向かう。

……？　ノックをしても反応がない。おかしいな。ラルフさんはいつも一番乗りで兵舎にいるはずなのだが。

結構な回数ノックをしたのだが、結局反応がなかったため、珍しいがラルフさんはまだ来ていないのかもしれない。

仕方なしに俺は1階へ戻ろうとしたのだが、そこで階段を上ってくる団長とばったり会った。

「よう、ジャックじゃねぇか。調子はどうだ？」

「おはようございます。調子は……まあまあですね」

「そうか。……なあジャック。絶対に勝ち上がって来いよ、俺はジャックと戦えるの楽しみにしているんだからな」

そう言って肩をポンッと一回叩いてから、3階へと向かっていった団長。

やはり他の人と比べて団長は纏《まと》っているオーラが違う。

一度くらいはあの人と本気で戦ってみたいな。……戦うためには勝ち上がらなくてはならない。

昨日の自分の不甲斐なさに不安を覚えつつも、みんなが揃うのを1階でストレッチしながら待つ。

それにしてもトーナメントの組み合わせも気になるところだが、いつ発表されるのだろうか。

1回戦の対戦相手のことを考えながら、しばらく待っているとラルフさんが兵舎に入ってきた。

「ラルフさん、おはようございます」

「おう、ジャック。こんなに早くに来て、随分気合いが入ってるな」

「そうですね。団長やラルフさんと戦える貴重な機会なので」

「確かにそうだな。俺も久しぶりにジャックと戦いたいし負けてられないな」

ラルフさんとそんな話をしながら、副団長室へと一緒に向かう。

本選は訓練所の真ん中で行われるため、剣闘会の日は副団長室で見学するのが通例となっているのだ。

「あの、トーナメントの組み合わせっていつ発表されるんですかね？」

「あー、どうだろうな。もう少ししたら1階に張り出されると思うが……。ジャックは別に相手なんか気にならないだろ？」

「いや、気になりますよ。初戦で団長やベルベットさんなんかと当たったりしたら、初戦から激闘ですからね」

「確かにベルベットが初戦にきたら面倒だな。逆にエルビスが初戦ならラッキーなんだが」

「そういえばエルビスさんは大丈夫ですかね？　昨日、結構酷い状態だったんですが」

「さて、どうだろうな。1日でどこまで回復してるかは分からないが、エルビスなら心配ないと俺は思うぞ」

昨日は肩を貸さないと歩けない状態だったが、やる気だけは満ち溢れていたから、俺も心配はしていないんだが。

……どちらかと言えば棄権してくれた方が、俺の心の持ちようとしてはありがたい。

ラルフさんとエルビスさんの話をしていると、副団長室の扉がノックされた。

ラルフさんが返事をすると扉が開き、よぼよぼ歩きのエルビスさんが入ってきた。

「噂をすればだな……。おい、エルビス。その体で大丈夫なのか？」

「ええ、大丈夫ですよ！　歩きづらいだけで、試合では普通にできますから！」

そうは言っているが、どう見ても大丈夫そうには見えない。

長い木の棒を支えにしながら老人のように歩いている姿は、これから試合に出る人ではないな。

「……棄権したほうがいいんじゃないですか？」

「大丈夫だっての。試合になれば普通に戦えるさ」

「死んだら元も子もないですよ」

「おい、ジャック。敵の心配をしているなんて随分と余裕だな。聞いた話じゃ昨日は随分とギリギリの勝ちだったじゃねぇか」

「それとこれとは関係ないでしょう。普通にしているだけですよ」

「……なあ、本当は俺に棄権してほしいんだろ？　実は俺が怖かったりしてな」

「挑発には乗りませんよ。……俺は下でトーナメント表が張り出されていないか見てきます」

「待て、俺らも行くから……おいっ！」

心を読まれたかのように図星を突かれ、なんだか居心地が悪くなり、俺は逃げるように副団長室を出る。

今のエルビスさんはなんだか一番嫌だ。

上手く言い表せないが、全てを見透かされているような錯覚に陥っている。

2人を置いて副団長室を出た俺は、受付前へと向かってトーナメント表が張り出されていないか確認をする。

掲示板前には兵士の人だかりが出来ていて、どうやら丁度張り出されたようだ。

人混みを掻き分けて確認すると…………。

俺の1回戦の相手には、エルビスの文字がはっきりと書かれていた。

嫌だ嫌だと思う時程、当たってしまう。

1回戦でさえ当たらなければ、エルビスさんは負けていた可能性が高いのに。

そう心の中でぼやくが、ぼやいたところでトーナメント表の相手が変わる訳ではない。

嫌な感じを覚えながら、俺が掲示板前で突っ立っていると、俺を追ってきたであろうラルフさんとエルビスさんが遅れてやってきた。

「おーい、ジャック。トーナメントはどうだった？」

「えーっと、ラルフさんは第5隊の隊長さんとですね」

「俺は1回戦誰とだ？」

「………俺ですよ」

俺が、足を引きずりながらこっちへ向かってきたエルビスさんにそう告げると、口角を思い切り上げて、悪い笑みを見せてきたエルビスさん。

「ふっはっは！　やっぱり神様は俺とジャックとの試合を所望しているようだな！　しかも第1試合じゃねぇか。……おい、ジャック。これで逃げられなくなったぞ？」

「それは俺のセリフですよ。そんなボロボロの状態で初戦が俺とは。……よく喜べますね」

「当たり前だろ。俺は優勝がしたいんじゃない。ジャックに勝ちたいだけだからな。……俺を殺す気でかかってこいよ？」

今まで見たことのないような殺気の籠った目で、そう告げてきたエルビスさん。

戦う前からのまれかけているが、絶対に大丈夫だ。

実力では俺の方が確実に上。それに加えて、昨日の激闘でエルビスさんは動くのもギリギリの状態。

　全てにおいて俺が優位に立っている。

「試合前からバッチバチだな。それよりも2人共、早く試合会場に行ってこい。第1試合ならすぐに始まっちまうぞ」

「ラルフさん。歴史的一戦ですから、しっかり見ていてくださいね」

「歴史的一戦ねぇ。エルビスが負ける未来しか見えないが、楽しみにしておく」

　そう言って訓練所へと向かって行ったエルビスさんの後を、俺もついて行く。

　足を引きずりながら、所々痛そうに腕を擦っているエルビスさん。

　こうして後ろから見れば、益々負ける要素もビビる要素もないんだけどな。

　兵舎を出て訓練所へと入ると、溢れんばかりの歓声が聞こえてきた。

　……凄い観客だな。こんな人数の前で戦うことになるのか。

「こりゃ宣伝した甲斐があったな。昨日も凄かったが、それ以上だ」

　そう呟くエルビスさんの後についていき、コートに着くと、既に審判の姿があった。

　諸々の確認を行ったあと、どうやらすぐに試合が始まるようだ。

「今日は時間が押しているため、すぐに試合に入らせてもらう。両者準備はいいか？」

「もちろん。いつでも戦えるぜ」

「俺も大丈夫です」

　そう返事をし、審判から木剣を受け取って互いに構える。

　怪我の影響か、エルビスさんの構えには若干のブレがあるが、それ以上に楽しそうに笑っている表情に目がいってしまう。

〝殺す気でかかる〟。

エルビスさんに忠告されたように、殺す気でいくしかない。

「それでは決勝トーナメント第1試合。エルビス対ジャック。試合開始」

観客の声援が鳴りやまぬ中、審判の合図によって試合が開始された。

エルビスさんは先手を取るためか、開始の合図と同時に踏み込んできたのだが……怪我の影響もあり遅い。

いつも見ているよりも動きは目に見えて遅く、木剣を使用しなくとも捌けるレベル。

エルビスさんは本気なのだろうが……俺が不用意にビビりすぎていたことが分かる。

俺はエルビスさんの攻撃を全て躱しながら、適当に攻撃を当て試合が終わるのをひたすらに待つ。

言い知れぬ恐怖もなくなり、また俺を襲うのは退屈という感情。

痛みを堪え汗をまき散らしながら、全力で戦ってくれているエルビスさんには申し訳ないけどな。

試合時間が残り1分を切り、俺が与えた攻撃は30を超え、受けた攻撃は0。

もうエルビスさんに逆転の目すらなくなったその時、唐突に武器を下ろしたエルビスさん。

怪我の具合も酷いし俺はもう諦めたのかと思い、こっちも武器を下ろしたのだが、なにやら目には殺気が籠ったままだった。

「どうだ？　今、楽しいか？」

「…………」

試合と全く関係ないそんな質問に俺は首を傾げる。

楽しいか……。エルビスさんには悪いけれど、全く楽しくない。

最近の日常と同じく、あくびをかみ殺すのに必死になってしまうほど、平凡で退屈な試合内容。

「エルビスさんには申し訳ないですが、全く楽しくないですよ。俺を倒すと言っていたから期待していたんですけどね」

未だに飄々《ひょうひょう》とした態度を取っている、エルビスさんへの意趣返しとしてそう言ったのだが、何やら満足そうに頷ているエルビスさん。

楽しくないと言われて喜んでいる……そんな風にも見えた。

「なあ、ジャックはそれで……。今のままで満足なのか？」

満足なのか？　また変な質問だ。

俺ではなく、エルビスさんの自分自身への問いならまだ分かるのだが。

「エルビスさんこそ、俺に一方的にやられて満足なんですか？」

「満足な訳ねぇだろ。だから俺は団長の傍に張り付いて、死に物狂いで鍛えてんだからな。怪我をして万全ではないとは言え、それでも俺の実力はまだこの程度だ。……で、もう一度聞く。ジャックは俺と戦っていて満足なのか？」

「満足ではないですよ。……でも」

「でもじゃないだろ。お前が感じているように、もう王国兵団で働いていても団長しかジャックと対等に戦える人はいないだろう。かといって、団長がお前だけに構っていられるかと言われたら無理。違うか？」

「………………そうですが」

「兵団のためにとか……。そういうのはジャックに求めてないんだ。誰もな。自分を鍛えるためにプロメトル学園に行くべきだ。学園を調べていたんだから分かってるだろ？　プロメトル学園に通うであろうセリアちゃんは、イビルガリオンと同じB級魔物を単騎で討伐している。恐らくセリアちゃんだけでなく、そんな奴がゴロゴロとプロメトル学園に入学するんだよ」

腕を止めて、そう熱弁するエルビスさんの言葉に、俺の心が揺さぶられているのが分かる。

このまま兵団にいても、師匠に追いつくことは出来ない。

……それはここ1年で俺が心の中でずっと感じていたこと。

そんな俺の心境の変化を、エルビスさんは正確に把握していたのだろう。

「才能があり、己を鍛えることだけを考えてこれまで生きてきた者達が集まる場所。そこに入学すれば、今のジャックに必要なものがあるかもしれないぞ。ジャックが長年探してきたものが、プロメトル学園で見つかるかもしれないぞ。例の魔法使いのこととかな」

その一言で俺の心は完全に傾いた。

……その事は俺もプロメトル学園を調べていたから分かっていたこと。

恐らく師匠がこの学園に関わっていて、師匠の残したものがダンジョンに眠っている。

ただの噂だろうと流していたが、エルビスさんも独自に調べ上げていたのか。

「さて、ジャックもう一度問おう。このままで満足なのか？」

「そ、それは……」

そう告げられ、俺の心は一気に焦り出す。

プロメトル学園には行く気がなく、兵団に残るつもりでいる。

そう決めたはずなのに俺は、エルビスさんの話術で学園へ行きたいという思いが強くなってしまった。

「ジャック！　このまま兵団に残って腐るのか、それとも自分を鍛えるために環境を変えるのか。この場で決めて選ぶんだっ！　ジャックの人生だ。悔いのない方を選べ！」

審判は俺達の様子を窺いながらも、試合終了の声を上げる体勢を取ったのが見えた。

脳がパンクするのではないかと思う程、俺の思考はぐるぐると駆け巡っており、悩みに悩んだ末……。

「俺は……学園に行きたいです」

そう宣言すると、エルビスさんは見慣れた笑顔を浮かべた。

イビルガリオンと対峙した時もそうだったが、この笑顔を見ると安心する。

「なら優勝して自分の手で掴み取るしかないな。俺に勝ってそう宣言したんだ。死んでも優勝しろ。そして、自分の道を自分で切り開け！」

エルビスさんのその一言で、靄《もや》がかかっていた心が晴れたように、何をすべきかが見えた。

観客がぽかんとしている中、審判の試合終了の声が響き、俺はエルビスさんに深々と頭を下げる。

色々思うところがあったが、全ては俺を思っての行動。

やはり俺にとってエルビスさんは言葉では言い表せない恩人である。

俺を思ってくれている人の期待に応えるためにも、この剣闘会で絶対に優勝して学園へ行こう。

第3章　全力の剣闘会

試合終了後すぐに、片膝をついてぐったりとしているエルビスさんに駆け寄り、肩を貸して訓練所を後にする。

　そのまま医務室へと運び込み、エルビスさんの治療を待っていると、試合を見ていたのかラルフさんとベルベットさんが医務室へと駆けつけてきた。

「試合見てたぞ。まずはジャック、2回戦進出おめでとう。エルビスもよくその体で戦ったな」

「ぶっ倒れる覚悟で戦ったんですけどね。やっぱジャックには敵いませんでしたよ」

「はっはっは。まあ、兵団内でもジャックに勝てるのは極一部だろうしな。ただ、最近はジャックも調子を落としていたみたいだから、エルビスの勝利を少しは期待したんだが……」

　そういって俺の表情を窺ってきた、ラルフさんとベルベットさん。

「どうやらエルビスが吹っ切れさせちまったみたいだな」

「俺を負かしたジャックが誰かに負けたとなれば、俺の評価も落ちますからね。優勝してもらうためにも、人肌脱いだって訳ですよ」

「あーあー。本当余計なことしてくれたな。戦うのは俺達なんだぞ？」

「私は大歓迎ですよ。本気のジャックと戦わなければ意味がないですから。なんでしたら……調子を取り戻したみたいで、ワクワクしてきました」

そう言い、俺に対して好戦的な笑みを向けてきたベルベットさん。

ベルベットさんには昨日、俺のやる気が見えず残念と言われていたからな。

もしベルベットさんが勝ち残れば、俺はやる気に満ちた戦いを行うことが出来るはず。

本気を見せたいといった意味でも、絶対に戦いたい相手。

「それより2人共、俺の見舞いに来てて試合はいいんですか？」

「俺はもうそろそろだな。副団長としての威厳を保つためにも、1回戦敗退は避けたいし……準備しに行ってくるわ」

「私も試合まではもう少し時間があるが……たった今、絶対に勝ち残りたい理由が出来た。エルビスも大丈夫そうだし、私も準備に戻らせてもらう」

2人はそう言い残し、気合いの入った様子で背を向けた。

その後ろ姿からは、オーラのようなものが見える。

「3人共、気合い入りまくりだな。こりゃ団長の優勝が固いと思われてたが、一気に分からなくなってきたぞ」

ラルフさん、ベルベットさん、そして俺を見たエルビスさんが、嬉しそうにそう話す。

一番ボロボロで1回戦敗退なのに、エルビスさんが一番楽しそうだな。

「もしかして剣闘会を決めたときから、こうなることを狙ってたんですか？」

「んな訳ないだろ。俺が狙ってたのは、ジャックをやる気にさせることだけだ。ラルフさん、そして隊長をやる気にさせたのはジャック、お前の力だよ」

やる気にさせたのは俺の力……か。

やはり俺からしてみれば、全てエルビスが仕組んだことのように思えてしまう。

過大評価なのかもしれないが、エルビスさんの試合中の言葉は、それだけ俺の心に響いた。

「どちらにせよ面白い剣闘会になりそうですね。俺も約束した通り、絶対に優勝しますので見ていてくださいよ」

「もちろんだ。しばらく休んだら、副団長室の特等席で観戦させてもらうぜ。ジャックもまだ試合までは長いだろうが、準備に行ってこいよ」

「ええ。そうさせてもらいます」

エルビスさんと医務室に残った俺は、そう短い会話を終えて、2人の後を追うように退室する。

あの様子ならば大きな怪我もしていなさそうだし、心配はいらないだろう。

宣言した通り、俺は自分が最大限の力を出せるように尽力しようか。

そしてこの剣闘会で優勝を果たし、エルビスさんが用意してくれた次のステージへと進もう。


剣闘会はどんどんと進んでいき、全ての1回戦が終了した。

1回戦では番狂わせは一切なく、トーナメント表を見て勝つだろうと思った人達が順当に勝ち進んだ。

続く2回戦の俺の相手は、第3隊の隊長であるベイジルさん。

1回戦ではオリバとの激戦を制して勝ち進んでおり、1回戦の疲労度から考えると正直苦戦する相手ではないと思う。

ただ、慢心はせず勝利のために全力で戦う。

以前までの退屈で気合いの入らなかった気持ちは一切ない。

俺は試合会場の訓練所に向かい、先に到着していたベイジルさんと向かいあう。

そして審判から木剣を受け取り、互いに剣を構えた。

「やっぱり順当に勝ち上がったみたいだな。剣闘会での無双ぶりを見て、1度は手合わせしたいと思ってたから戦えて嬉しいぜ」

「俺も戦えて嬉しいです。欲を言えば、万全の状態で戦いたかったんですが……」

「それはすまねぇな。予想以上にオリバって兵士が強くて、延長に次ぐ延長でかなり疲弊させられちまった。ただ、遠慮はいらねぇぞ。俺はこの試合が最後だと思って全てを出し切るつもりで戦うから、本気でかかってきてくれ」

「もちろんです。本気で戦い、そして勝たせてもらいます」

俺がそう宣言すると、ベイジルさんは歯を見せてニッと笑った。

互いの準備は万端。後は審判の合図を待つだけ。

試合前は独特の緊張感があり、観客の声援がやけに大きく聞こえる。

「それでは互いに準備は大丈夫でしょうか。……それでは第2回戦。ジャック対ベイジル、試合開始！」

審判の確認から、すぐに試合開始の合図が出された。

俺は試合前の会話通り、初っ端から本気で倒しにかかる。

「**【筋力増強《きんりょくぞうきょう》】**」

本選では魔法の使用が許可されているため、エルビスさんの試合では使わなかったがこの試合では最初から使う。

そもそも【筋力増強】を使用してしまうと、退屈な戦闘が更に退屈になってしまうため、最近は全く使用していなかったのだが俺は久しぶりに解禁する。

本音を言えば、使用せずにギリギリの試合を楽しみたいところだが、エルビスさんとの優勝するという約束があるため、油断をする余裕なんて俺にはない。

「ふっはっはっ。初っ端から魔法かよ」

「本気で倒すと約束しましたので。ベイジルさんには悪いですが、何もさせずに勝たせてもらいます」

そう宣言をし、直立した状態から一気にベイジルさんの懐へと潜り込む。

ベイジルさんの視点からは、急に視界から消えたように見えたはずなのだが、流石は隊長なだけある。

咄嗟に前蹴りを行い、潜り込んだ俺に牽制を入れてきた。

……ただ、俺相手に不用意な片足立ちは悪手だ。

潜り込んだ姿勢から、俺は地面に滑り込むように更に体勢を低くして前蹴りを躱すと、大きく回転するように勢いをつけて、ベイジルさんの軸足を後ろから蹴り払う。

前蹴りの体勢で、更に軸足も前へと蹴り上げられたベイジルさんは、体勢を崩し尻もちをつくような形で地面へと倒れた。

すぐに立ち上がるために、体勢を立て直そうとしているが……遅い。

蹴り払いを行った勢いで立ち上がった俺は、尻もちをついたベイジルさんの利き腕を上から叩いて木剣を落とすと、無手となり無防備となったベイジルさんの首元に木剣を突きつけた。

そんな一瞬の俺の攻撃に、ベイジルさんは口が半開きのまま固まっていたのだが、状況を理解したのか大きな声で笑ったあと、両手を上げた。

「あっはっは！　こりゃつえーわ！　疲弊していたとか関係なしに俺の完敗だ」

一瞬の出来事にベイジルさん同様、呆気に取られていた観客だったが、ベイジルさんの敗北宣言を聞いて大きな歓声を上げた。

審判は観客以上に固まっていたのだが、観客の大歓声を聞いてから、疑問を抱えたような声音で俺の勝利を宣言した。

俺は審判の判決を聞いてから、首元に当てた木剣を離し、尻もちをついているベイジルさんに片手を差し出して起こす。

「まさか剣闘会で秒殺されるとは思わなかったぜ。それも気絶じゃなくて降参でよ」

「すいません。俺もしっかりと試合をしたかったのですが……」

「おいおい、謝るのは俺の方だろ。俺の実力が足らずに力が拮抗していなかったせいで、試合にならなかったんだからな。……ただ、高みを見られたのはいい機会だった。これから本気で研鑽し、少しでもジャックの実力に追いつくから、また機会があったら試合してくれよな」

「はい。もちろんです」

起こした状態のままベイジルさんと握手を交わし、俺は試合会場を後にした。

折角の試合があっという間に終わってしまった。

【筋力増強】を使わずに戦えばよかったという考えが、今となって襲ってくる。

そんなことを考え、俺は俯きながら試合会場から副団長室へ戻っていると、通りすがりに誰かが俺の肩に手を置いた。

俺が顔を上げて確認をすると、肩に手を置いた人物はベルベットさんだった。

「試合見ていたぞ。相手に何もさせない圧勝劇だったな」

「……そうですね」

「……勝ったというのに浮かない顔をしているな。物足りなかったか？」

「物足りないというか、なんというか……。まあ、魔法を使わなければ良かったなと、少し後悔しているって感じですね」

「そうか……ただ、安心していいぞ。準決勝は私か副団長のどちらかがジャックと試合をすることになる。恐らくどちらが勝者だったとしても、本気を出して勝ち進んでと思わせてみせるよ。だから、準決勝では絶対に手を抜くんじゃないぞ」

ニヒルにそう笑うベルベットさんの表情を見て、もやもやとしていた後悔が自分の中で霧散していくのが分かった。

俺の全力に応えてくれる人がここにいる。

そう分かるだけで、体の奥底が熱くなっていくのを感じる。

「…………期待してますね。大きい声では言えませんが、俺はベルベットさんと戦いたいので。準決勝で全力の試合をしましょう」

「ふふっ。任せてくれ。相手が副団長だろうが、軽く圧倒して勝ってくるさ。それじゃ行ってくる」

そう言い残して、ベルベットさんは俺と入れ違いで試合会場へと向かって行った。

……やはりベルベットさんはかっこいいな。

エルビスさん、ラルフさん、ベルベットさん。この3人には、俺は一生頭が上がりそうにない。

俺が副団長室に着き中へと入ると、エルビスさんが窓から身を乗り出して、下の試合会場を覗き見ていた。

「おっ、ジャック。ようやく来たか！　早くこっちにこい！　ラルフさんと隊長の準々決勝が始まるぞ！」

エルビスさんの声に誘われ、俺も窓際へと移動する。

下を覗き見ると、既に試合会場にはラルフさんの姿が見え、そのすぐ後に先ほど別れたベルベットさんが姿を見せた。

先ほどまで仲良く会話をしていたのだが、視線を合わせるなり、遠くから見ていても分かるほどバチバチに火花を散らしている2人。

ただ、険悪なムードでは決してなく、お互いに負けられないという思いがぶつかった非常にワクワクする火花の散らし方をしている。

両者共に審判から木剣を受け取り……ようやく試合が始まる。

果たしてどちらが勝つだろうか。

ラルフさんの戦いは基本に忠実で、まさに努力によって鍛え上げられた戦闘スタイル。

派手ではないが、隙が無くただただシンプルに強い。

一方のベルベットさんはスピードに長けた戦闘スタイル。

剣の才能に加え、魔法の才能も生かした目新しい戦い方をしてくる。

魔法が解禁されたことにより、身体強化の魔法によって、木剣をレイピアのように扱えるようになったことで、今回の試合では更に強さに磨きがかかっている。

試合が開始された。まず攻撃を仕掛けたのはベルベットさん。

いきなり、魔法を発動させてラルフさんを襲う。……多分だが、あの魔法は【氷槍《ひょうそう》】だろうか。

先手を打たれたラルフさんだったが、その【氷槍】に驚いた様子は一切見せず、淡々と魔法を叩き落とした。

ただ、ベルベットさんは魔法を放っただけではなく、【氷槍】を撃つと共に突っ込んでいる。

ベルベットさんが上手くラルフさんの懐へと潜り込んだと思った瞬間には、怒濤《どとう》の連続突きを繰り出していた。

しかし、そんな不意を突くような変則的な動きにも一切慌てず、全ての突きを完璧にガードしたラルフさん。

いきなり繰り広げられた激しい攻防。

その一連の高度な攻防に今大会一、会場が大きく沸いた。

それから試合は一進一退の攻防が続き、今大会で一番の激しい戦闘なのにもかかわらず、ここまで互いに被弾ゼロというおかしな戦況となっている。

最初はバッチバチに斬り合っていた攻防に観客も大きな歓声を上げていたのだが、ギリギリで攻撃を掻い潜りながら攻撃を放つ2人の鬼気迫る戦闘が続くにつれて、段々と観客が静まり返っていった。

どちらかが1発でも攻撃を貰えば観客も息をつけ、沸くタイミングもあるのだろうが、互いに被弾がゼロのせいで試合をしていない俺達ですら思わず息を呑んでしまう。

見ているだけで汗が滲むほどの疲労感があるのだから、戦っている2人はその比ではないほどの疲労があるはず。

……ただ、戦っている2人から笑みが零れていて——俺も今すぐに飛び込んで交じりたいと思うほどに楽しそうに戦っていた。

このまま試合は決着せずに永遠に続くのでは……。

この試合を見ている誰もがそう思っていたのだが、ここで動いたのはまたしてもベルベットさん。

体の周りに氷塊を漂わせると、そこから更に黄色いオーラも纏い、最後の攻撃を開始する。

先ほど以上の突きを繰り出しながら、体の周りに漂わせていた氷塊でも攻撃をする。

対するラルフさんは両方を防ぐのは無理と判断したのか、突きのみを的確に防ぎながら氷塊は完全無視している。

剣闘会のルール上、試合に影響があるのは木剣が当たった回数のみ。

氷塊をいくら受けようとも、被弾回数にはカウントされない。

そんな判断を攻防の中一瞬で行ない、ラルフさんは氷塊による攻撃を無視する判断をしたのだろう。

ベルベットさんの息もつかせない突きと、宙を舞う氷塊による同時攻撃。

そして突きに絞って攻撃を完璧に防ぎ続けているラルフさん。

このまま決着せずに延長戦までもつれ込む。

この試合を見ている観客がそう思ったのだが、決着がついたのは本当に一瞬の出来事だった。

なんてことないベルベットさんの突きが、ラルフさんの肩下に刺さったのだ。

そこからは塞き止められていた水が流れるように、連続で突きが当たっていき、1度攻撃を受けてからのラルフさんのガードは常にワンテンポ遅れていた。

さっきまでの接戦は嘘のように、結果だけ見るならばベルベットさんの圧勝で終わった。

審判からベルベットさんの勝利が告げられて、試合会場の中央で両者が握手をした瞬間、今大会一番の歓声が上がった。

本当に凄い試合だったな。

体の底から湧き立つものを感じ、俺が思わず拳に力を入れていると、隣で試合を見ていたエルビスさんが頭にそっと手を置いた。

「今の試合を見て逸る気持ちは分かるが、一旦落ちつけよ」

「……そうですね。試合に感化されて、つい力が入ってしまいました」

俺がそう告げると、エルビスさんは嬉しそうに笑った。

「この大会を提案した俺に感謝するんだな。強者と本気で戦える機会は滅多にないんだぞ」

「全てひっくるめてもちろん感謝してますよ。エルビスさんが気に掛けてくれていなければ、こんな気持ちになっていませんでしたからね」

「だったら、しっかり優勝して……俺との約束を果たせよな」

未だ熱気の収まらない試合会場を見下ろしながらそんな会話をしていると、背後の副団長室の扉が開いた。

中に入ってきたのは、厚手の服装に毛布で包まれたラルフさんだ。

「ラルフさん、試合見てましたよ！　凄い試合でしたね。間違いなく今大会のベストバウトでした。……それでどうしたんですか？　その厚手の服装！」

「おい、試合見てたんじゃねぇのかよ、エルビス」

「見てましたけど……。ここからじゃいまいち分からないんですよ」

「ベルベットの氷塊をもろに食らって、体の底からキンキンに冷えてんだ」

エルビスさんの問いに、そう返答したラルフさん。

なるほど。さっきの試合で途端に、ラルフさんのガードがワンテンポ遅れた理由が分かった。

ベルベットさんのあの氷塊は、ダメージを与えるのが目的だった訳じゃなくて、体を冷えさせて動きを鈍くさせるのが目的だったのだろう。

そのベルベットさんの術中にハマり、ラルフさんは氷塊を受けて動きが鈍くなってしまった。

恐らく先ほどの決着の裏には、こんな事情があったと推測できる。

「凄いですね。あの氷塊の攻撃の意図には、遠目で見てても気づかなかったです」

「おっ。ジャックは気づいたか。俺も気づいたのは体が動かなくなってからだったわ。まあ、気づいていたとしても、氷塊と連続突きの同時処理なんて俺には無理な話だったから、結果は変わらなかっただろうがな」

乾いた笑いをしながら、そう告げてきたラルフさん。

確かに氷塊と連続突きの同時攻撃を処理するのは至難の業。

俺は【筋力増強】を使用すれば、防ぎきることは出来るだろうが、初見でやられていたらかなり危なかったと思う。

「って、そんな話をしている間に試合が終わってるぞ。またしても団長が一撃で勝利を決めたみたいだな」

「相手って第2隊の隊長ですよね？　やっぱり団長は頭2つ分くらい飛びぬけてるんですね」

「いや、それは団長を舐めすぎだ。俺は副団長として長いこと団長の傍にいるが、体2つ分くらいは飛びぬけた実力を持ってる。規格外の化け物だよ。あの人は」

体2つ分……。

聞いたことのないたとえで、どれだけのものなのか想像もつかない。

ただ、一撃で倒しているにもかかわらず未だに全力を見せていないようだし、ラルフさんの比喩は正しいのだろう。

「ジャック。話はいいが、早く向かった方がいいんじゃないか？　この試合が終わったら準決勝だぞ」

「確かにそうですね。それじゃ2人共、行ってきます」

「俺の仇を討ってきてくれよ。そんで化け物の団長をしっかり討伐してこい！」

「とにかく楽しめ。そして、俺との約束を守ってキッチリ優勝してこい！」

「はい！　優勝してきます！」

ラルフさん、そしてエルビスさんからの声援に返事をしてから、俺は副団長室を後にした。

いよいよ準決勝、そして相手はベルベットさん。

ラルフさんとベルベットさんの試合を見てから、体が火照って仕方がない。

全力に全力で答える。

俺は集中力を高めながら訓練所へと出ると、反対側の入口からベルベットさんも姿を見せた。

互いに中央の試合会場に着き、ニヒルな笑顔を見せているベルベットさんと固い握手を交わす。

俺はすぐに手を離し、審判の下へと向かおうとしたのだが、ベルベットさんはガッチリと握手したままで、俺の手を離す気配が一切ない。

俺がそんな様子に首を傾げていると、唐突にベルベットさんが顔を近づけてきた。

「なあ、ジャック。賭けをしないか？」

「賭け……ですか？」

「ああ、お互い勝った方の言うことを1つ聞く。どうだ？」

……なんだかアデルとの試合を思い出すな。

王都ではこういった賭けが流行っているのか？

軽い罰ゲームとかならより気合いも入るだろうし、いいかもしれないが……。

「ちなみにベルベットさんが勝ったら俺に何をさせる気ですか？」

「結婚」

………………うん。

冗談かと思い、ちらりと顔を見るが真面目な表情をしている。

冗談ではなく、どうやら本気で言っているようだ。

久しぶりに聞いたベルベットさん節。

「いや。ね、あの……ですね。ほら、賭けとかはやっぱりいけないですし、やめておきましょう！」

「そうか……。残念だ」

本当に残念そうなトーンでそう言ったベルベットさん。

……誰か早く貰ってあげてほしい。

試合前からいきなり調子を狂わされたが、いよいよ試合が始まる。

今大会、一番盛り上がった試合をしたベルベットさんと、今のところ全ての剣闘会で無敗のまま優勝している俺。

そんな2人の戦いだからなのか、先ほどのラルフさん対ベルベットさんの試合の時よりも観客は大盛り上がりしている。

「凄い歓声ですね」

「ああ、嬉しいかぎりだ。私達含め、ここにいる全員の記憶に残る試合がしたいな」

そんなベルベットさんの声に1つ頷き、大歓声の中、訓練所の真ん中で審判の指示を待つ。

「それでは木剣を渡す。両者、定位置について」

俺とベルベットさんが木剣を受け取って、互いに向き合い構える。

ベルベットさんはもう見慣れた独特な構え。

ラルフさんとの試合のときのように、木剣をレイピアに見立てて使う気だろう。

対する俺は面白味の一切ない、オーソドックスな中段の構え。

「それでは準決勝、ベルベット対ジャック。試合開始ッ！」

「【氷槍《ひょうそう》】」

審判のスタートの合図と共に、【氷槍】を放ってきたベルベットさん。

先手を打たれたが、これは先ほどのラルフさんとの試合で見ている。

焦ることは一切なく、俺は淡々と【氷槍】をガード。

そして、【氷槍】と共に突っ込んでくるのも知っている。

「さすがにバレているな」

「さっきの試合みてましたので」

レイピアの不規則な軌道の攻撃をしっかりと見極めて防ぐ。

不規則だろうが、攻撃は俺に向かって飛んでくる。

俺が対処さえ間違えなければ、被弾することは絶対にない。

「【鋭牙《えいが》】」

レイピアの突きの合間に、こちらも剣技で突きを放つ。

レイピアの動きに合わせ、【鋭牙】をカウンターで放ったのだが、これは楽々と避けられた。

序盤は完全にペースを握られてしまっている。

カウンターでの【鋭牙】をしっかりと決めたかったのだが、そう簡単にはいかないよな。

それからベルベットさんは、規則正しい前進と後退を細かく繰り返しながら、こちらの動きに合わせて不規則な突きを放ちまくっている。

ベルベットさんの突きは、ほぼノーモーションで放たれる上に、木剣が弾丸のようなスピードで

放たれるのだ。

改めて、これを難なく防ぎきっていたラルフさんは化け物だと思う。

俯瞰してみるのと体感するのとでは、訳が違うことを身を以て知った。

「【四連斬《しれんざん》】」

突きの合間に四連斬を繰り出すも、距離を取られあっさりと躱される。

レイピアの少し距離を取る構えが、この剣闘会のルールとマッチしすぎているな。

腕の長さと木剣の長さが合わさり、ベルベットさんの攻撃範囲はかなり広い。

それにもかかわらず、攻撃していない時はそこから更に1歩離れているため、俺は2歩踏み込まないと届かない位置まで常に距離を取られている。

これは下手したら……。良いところすら見せられずに負けてしまう可能性がある。

まだ序盤だし、最初にこちらがカードを切りたくはなかったのだが、対抗するには【筋力増強】しかない。

「【筋力増強】」

大きく木剣を振り回しつつ、隙を作って【筋力増強】を使用した。

俺が願うのは、この楽しい時間が【筋力増強】によって、あっという間に終わらないことだけ。

「ふっ、ようやく本気か」

「ずっと本気でしたよ。ただ、ここからは少しだけ攻撃スピードを上げさせてもらいます。……どうかついてきて下さい」

俺が魔法を使用したことに笑ったベルベットさんに対し、俺はそう言葉を溢して攻撃を再開する。

ベルベットさん相手にすべきことは、まず距離を詰めること。

「【瞬足《しゅんそく》】」

【筋力増強】を加えての【瞬足】によって、一気に突きを打たせない位置まで近づき、後手に回らないように攻撃を繰り出す。

ここからは距離の取り合いによる駆け引きが始まった。

中遠距離で戦いたいベルベットさんと、間合いを詰めて突きを簡単に打たせたくない俺。

ありとあらゆるフェイントを織り交ぜながらの激しい攻防の間に、互いに距離を詰めたり離れたりの高度な駆け引きが行われる。

この攻防で大事なのは〝どれだけ打てるか〟ではなく、〝如何に自分の得意な距離に持ち込めるか〟だ。

俺が距離を詰めた瞬間に放たれる突きが凶悪すぎて、こちらの被弾回数が増えていくが、こちらもすかさず近距離から攻撃を入れていく。

試合終盤へともつれ込んだが、お互いに得意距離を譲らずに攻撃を当てた回数もほぼ互角。

正直、あっさりと勝負が決まるかと思ったが、ベルベットさんは【筋力増強】を使用している俺に対して、大量の汗を吹き出し、顔を歪めながらも必死に食い下がってきている。

こちらも決して余裕ではないのだが、どうしても楽しさが勝ってしまい顔がにやけてしまう。

……やはり本気の試合は面白い。

そんな俺のにやけ面を余裕の笑みと捉えたのか、無理やり距離を取ってきたベルベットさんは、ラルフさんとの試合で見せた氷塊を体の周りに漂わせた。

この同時攻撃は先ほどまでの突きを、完全にガードしていたラルフさんですら、防ぎきれなかった攻撃。

この攻撃に関しては【筋力増強】下で初見でもないのだが、防ぎきれるかは定かではない。

俺は追撃を止め、氷塊を警戒しつつ攻撃を待ち構える。

攻める気なしで待ち構えている俺に対して、一度汗を拭ってから向かってきたベルベットさん。

無数の氷塊とベルベットさんの高速突き。

全方位から攻撃が飛んでくるような感覚に、どう防ぐか頭がパンクしそうになるが、俺はひとまず正面から向かってきたその素早い突きをいなす。

そんな突きと同時に、右下と左上から氷塊が飛んできたのを視界の端で捉え、体を無理やり捻って躱したのだが、その瞬間に突きによる追撃が肩口に突き刺さった。

こちらも即座に斬り返しに動こうとするが、漂う無数の氷塊を前に迂闊《うかつ》に飛び込むことが出来ず俺の行動を制限させる。

……………これは無理だ。

この戦いで初めて俺の額から汗が流れると同時に、そんな思考が頭を過ぎる。

ベルベットさんの高速突きを受けつつ、ほぼ全方位から飛んでくる氷塊を躱すのは絶対に出来ない。

一度の攻防でそう悟った俺は、イビルガリオン戦以来のピンチを感じた。

試合時間は残り僅か。現状では俺が多くの攻撃を当てているはずだが、このままだと試合終了までには確実に巻き返される。

――だとするならば、試合終了前に決着をつけるしかない。

氷塊と高速突きのコンビネーションは、確かに【筋力増強】を使用した俺でも不可避の攻撃だが、唯一の弱点は精密さを要することと攻撃の威力の弱さ。

多くの攻撃を当てた方が勝利者となる剣闘会ルールなら、威力は求められていないし速さを突き詰めるのは自然だが、戦闘不能に持っていける威力ならば話は別。

ベルベットさんの得意な速度と手数に合わせ、同じ土俵に乗ることはない。

こちらは一撃の重さと威力に全てをかけて、戦闘不能による勝利を狙う。

俺はじっくりとベルベットさんが仕掛けてくるのを待ち、剣を大きく振りかぶる。

あまりにも異様な俺の構えにベルベットさんも一瞬目を丸くさせたが、俺の意図に気が付いたのか、ニヤリと口角を上げてからゆっくりと近づいてきた。

俺が若干ながら攻撃回数を上回っているからこそ、ベルベットさんは大振りの構えを見せている俺に近づかなくてはいけないこの状況。

渾身の一撃を躱されたり、受けられたりすれば一気に戦況は変わり、今度は俺から仕掛けなくてはいけなくなるためこの大振りは使えなくなる。

そうなれば俺の敗北はほぼ確定となるため、この攻防で勝敗が決する。

木剣を振りかぶったまま、ベルベットさんをジッと見据え、距離を推し量る。

慎重かつ大胆に。

ベルベットさんの攻撃が俺に当たってから動きだすのが確実なのだが、俺は彼女が間合いに踏み込んだ瞬間に踏み込み、渾身の一撃を振り下ろした。

「【音斬《おんざん》】」

ベルベットさんは俺から攻撃を放ってくるとは思っていなかったのか、意表を突かれた形となり、俺の踏み込みに合わせて踏み込んでしまっている。

咄嗟の判断で木剣を上段で構えて且つ、無数の氷塊を俺とベルベットさんとの間に集めたようだが……関係ない。

俺の放った渾身の【音斬】は、集まった氷塊を一瞬で砕き、上段で構えたベルベットさんの木剣に直撃する。

氷塊のガードによって威力は弱まったものの、それでも威力を殺しきれずに吹っ飛んだベルベットさんだったが、まだ目が死んでいない。

体勢を立て直される前に、俺は即座に追撃をかけて全身をバネのように使い、右からの全力の薙《な》ぎ払いを放つ。

追撃の速度に今度は氷塊を挟めず、なんとか木剣でガードをしてきたベルベットさんだったのだが、不十分な体勢だったためか十分なガードとはいかず、ゴギリと鈍い音が鳴ったと思った瞬間に木剣を手から離した。

そんな状況でもまだ木剣を拾おうと動いたベルベットさんだったが……間に入った審判に止められ、結果は俺の審判ストップ勝ちで試合は終了となった。

俺は即座に木剣を離し、倒れているベルベットさんの下へと駆け寄る。

本気の一撃だった故、確実にどこかしら怪我を負わせてしまったはず。

「ベルベットさん！　大丈夫ですか？」

「……ああ。威力を殺しきれなかっただけで心配はいらない」

駆け寄り声を掛けた俺に対し、そう返事をしたベルベットさんだったが、顔を歪めており大粒の汗をかいている。

右腕を左手で押さえているが、右腕がぶらぶらとしているのが傍目でも分かった。

「……いや、絶対大丈夫じゃないですよね！」

「これくらいの怪我なら大丈夫さ。――それよりもいい試合をありがとう。私相手にも本気で戦ってくれて嬉しかった」

「それはエルビスさんともベルベットさんとも約束したんで。でも、そのせいで腕が……」

「ふふっ。だから、このくらいの怪我なら心配いらない。それよりもジャック。私に勝っておいて優勝しなかったら許さないからな。第6隊の副隊長としても、絶対に団長を倒して優勝してこい」

「……分かりました。絶対に優勝します！」

必死の笑顔でそう告げてきたベルベットさんに、俺は優勝宣言をして医務室へと向かうベルベットさんを見送る。

本当ならば付き添って行きたいところだが、この次の試合が団長対第1隊のクレイグ隊長との準決勝。

そして、すぐにその試合の勝者との決勝戦が始まるため、時間的に付き添う時間はない。

付き添ってくれている兵士さんに介抱は任せ、俺は約束を守るためにも決勝戦に向けての準備を行うことを決めた。

俺も試合会場を後にしようとしたとき、どうやらベルベットさんと入れ違いで団長が訓練所へと入ってきたようだ。

「やはり決勝の相手はジャックか。これは久しぶりに楽しい試合が出来そうだな」

「はい、俺は勝ちました。……団長はもう準決勝で勝ったつもりなんですね」

「クレイグは兵団内ではトップクラスの強さなのだろうが、俺が逆立ちして戦ったとしても負けない相手だ。ここまでの試合通り、一撃で決めるつもりだからすぐに試合が出来るように準備をしておけよ」

そう自信満々に語った団長と、その後ろを気まずそうについてきたクレイグ隊長。

確かクレイグ隊長は、隊長のみが参加する剣闘会で9割は優勝しているはず。

ベルベットさん以上の実力を持つクレイグ隊長相手に、逆立ちしても負けないと言い切る団長。

それほどまでに実力差があると知り、手の平に汗が滲んでいくのが分かる。

ただ、それ以上に俺を襲うのは、強敵と戦えるというワクワク感。

俺は2人と入れ違って訓練所の端へと移動し、準決勝を観戦することに決めた。

「それでは準決勝第2試合。団長対クレイグ。試合開始！」

2人が向かいあって、すぐに試合開始の合図が出された。

一撃で決める。そう言っていただけに、団長から動くと思ったのだが、先に動いたのはクレイグ隊長。

空中に素振りをすると同時に、木剣を振った部分から火柱が迸った。

クレイグ隊長の魔力の流れから見て、恐らく魔法だろう。

一瞬にして現れた火柱は、飛ぶ斬撃のように団長を襲っていったのだが、団長は木剣を肩に担いだまま微動だにしない。

火柱のせいで団長が微動だにしていないことが見えていないのか、火柱に隠れるように団長に向かって突っ込んでいるクレイグさん。

まずは斬撃のような火柱が団長に触れる――そう思った瞬間。

団長は傍から見ていた俺ですら視認出来ない速度で、肩に担いでいた木剣を振り下ろすと一瞬で火柱を消し飛ばした。

この団長の一振りは、魔力の流れも残滓も一切見えなかったため、恐らくだけどただの力業。

クレイグ隊長からしたら、力業で魔法が相殺されるのはたまったものではないだろうが、これが団長の力ということなのだろう。

そこからはあっけない幕切れだった。

姿を隠していた火柱が消えたことで、姿が露わになってしまったクレイグ隊長に一瞬で詰め寄って、拳を顎に叩き込んだ団長。

その一発で完璧に意識を失い、膝から崩れ落ちるクレイグ隊長だったが、追撃の左ハイキックが倒れるクレイグ隊長の横っ面に直撃し、吹き飛ぶように地面を転がる。

下手したら今のコンビネーションで死んでしまったのではという考えが俺の頭を過ぎったのだが、地面に伏せているクレイグ隊長の指先がピクリと動いたことで生存は確認出来た。

試合を拳と蹴りで勝利した団長に対し、一瞬の出来事すぎたのか歓声は上がらない。

そんな沈黙の中、震えながら見つめていた審判がか細い声で団長の勝利を宣言したのだった。

その後、すぐにクレイグさんはすぐにタンカで運び込まれ、団長は木剣を肩に担ぎ直すと1歩も動かず仁王立ちのままだ。

あの化け物とこれから戦うのか。

目の前で実力を見せつけられ、絶対に勝てると思っていた自信もゴリゴリと削られているのが分かる。

……ただ、俺はやらなければならない。

目を瞑り、大きく深呼吸をしてから試合会場へと再び足を踏み入れる。

とにかく楽しもう。全力を出しても大丈夫だと言い切れる相手。

ジャックに憑依して培った全てと、スケルトンだった時に身に付けた全てをぶつける。

そう決めて吹っ切れた俺の口角は自然と上がっていた。

「俺の試合を見て、心が折れるかと思ったが……杞憂だったみたいだな」

「そんなことないですよ。正直、かなりビビってます」

「ふっ、安心しろ。俺を恐れているやつの顔には見えないからよ」

試合前にそう軽口を叩きあったあと、俺は審判から木剣を受け取ると、すぐに木剣を団長へと向ける。

相手は超ド級の魔物並みの実力者。

集中力を最大限に高めて最大級の殺気をぶつけたのだが、そんな俺を見て団長はただ楽しそうに笑った。

「それでは決勝戦を開始します。団長対ジャック！――はじめっ！」

「**【筋力増強】**」

審判の試合開始の合図と共に、俺は【筋力増強】を使用した。

様子見などせずに、最初から全力で行く。

力の配分なんて考えていたら、即座にやられてしまう可能性が高い。

制限時間よりも速く倒すぐらいの気持ちで、俺は【瞬足】も併用し、トップスピードで剣を構えていない団長目掛けて突っ込む。

「【音斬】」

初手から【音斬】。俺の全力を、団長の脳天目掛けて振り下ろす。

油断しているであろう序盤に、一撃で勝負を決めにいったのだが……団長は肩に担いでいた剣を合わせて、俺の【音斬】を完璧にガードした。

俺の【筋力増強】を使った【音斬】に、対応できるのか。

流石は団長。そう甘い相手ではない。

俺は一度仕切り直して、団長から距離を取った。

一度剣を合わせただけだが、やはり段違いで強いのが分かる。

団長はそんな警戒をしている俺を一睨みしてから軽く口角を上げると、本気で戦うに値すると評価してくれたのか剣をゆったりと構えた。

……こうなると、さっきの一撃は入れておきたかったな。

俺は木剣を腰に差し、上体を落とし――【瞬閃《しゅんせん》】の構えを取る。

初見殺し的な意味合いが強い【瞬閃】。

同じ兵団だから、初見殺しではないが……今回は【筋力増強】を使用している。

「直線的な技は俺には通用しないぜ」

そう言いながらゆったりと近づいてくる団長。

それはまさに強者の姿。どこか『賭《と》影《かげ》』のノヴァを思い出す。

ふぅー。団長の空気に飲まれないように一息ついて集中し、団長との距離をしっかりと推し量る。

あと3歩、2歩、1歩――。

俺が動こうとしたその瞬間、団長が地面を蹴り、思い切り突っ込んできた。

「【瞬閃】」

突っ込んできた団長に合わせて焦りつつも、【瞬閃】を使った。

瞬く間に、突っ込んできた団長と交差する。

狙いを定めて、俺は木剣で胴体目掛けて打ち込む。

――くっそ。痛てぇ！

胴体を打ち込む際に、団長に手首を思い切り打たれてしまった。

ただ、こちらも団長の胴体に完璧に当てることに成功している。

一切の手加減をしなかったし、打ち込んだ箇所も良かったため、相当なダメージが入っているはず。

振り返って団長の様子を窺うと、俺が当てた箇所をじっと見ながら、凶悪な笑みを浮かべている姿が目に入る。

その不気味な表情に思わず全身が強張った。

「久しぶりに攻撃を当てられたぞ」

「本気でやったので、怒らせてしまったならすいません」

「ふっ。怒るわけないだろ。俺も本気を出す。ジャック、俺を楽しませてくれよ」

そう宣言すると、団長の体に黄色い稲妻のようなものが走った。

そしてその瞬間、団長が消えて目の前から攻撃が飛んでくる。

頭で認識は出来ていなかったが、体が勝手に反応しその攻撃を受け止めた。

「……!?　俺の本気を受け止められたやつは本当に久しぶりだ」

その言葉と共に姿がまた消えた。

思考を停止して、団長の攻撃だけに意識を集中させる。

後ろ。からの左。

気配を感じ取ったと同時に、反射的に体を動かす。

左。いや、右。

速すぎる。

後ろ。いや、左。

紙一重で攻撃をなんとかガードしているが、このスピードで動ける人間がいることに驚きを隠せない。

剣技としての駆け引きは一切なく、今は本能だけで防ぐ。

攻撃を防げているのも自分で驚くくらい、俺は団長の攻撃を脳では把握できていない。

反撃の隙など到底無く、不規則に現れ、飛んでくる攻撃になんとか対応するだけ。

隙があれば、【光速斬《こうそくざん》】をぶち込む。

頭では一発逆転を狙える、その1つだけを考える。

そこから高速で動き、攻撃してくる団長を必死にガードしていると、いままで視認出来ていなかった団長の動きがようやく止まった。

その額には滝のように汗が流れていて、疲労によって止まったことが分かる。

昔、エルビスさんが団長の本気は、時間制限のあるタイプだと言っていたがこういうことだったのか。

……この千載一遇のチャンスを逃す手はない。

一瞬だけ躊躇《ちゅうちょ》したが、俺はそんな思考を振り払って**【瞬足】**で一気に距離を詰め、木剣を振り上げる。

「団長、全力でガードしてください」

俺がそう忠告したと同時に、再び団長の体に稲妻のようなものが走ったのが分かった。

それを確認し、俺は全力で剣を振り下ろす。

「**【光速斬】**」

俺の渾身の【光速斬】に対抗して、下から剣技を発動させた団長。

「**【雷神撃《らいじんげき》】**」

切っ先まで稲妻を帯びた剣と、俺の光速で振り下ろされた剣がぶつかり合う。

互いの武器は木製の剣なのにもかかわらず、激しい衝撃音が訓練所に鳴り響いた。

振り下ろした俺の手には、木剣の柄しか握られていない。

先ほどの一撃で木剣は耐えきれずに刃の部分が跡形もなく、消え去ったのだ。

そんな互いの渾身の一撃が激しくぶつかり合った衝撃によって、俺もそして団長も吹き飛んだのが分かる。

地面に何度も叩きつけられながら転がるが、試合はまだ終わっていない。

すぐに立ち上がろうと藻掻くが、団長の一撃で全身に強い痺れが残っていて、身体を動かすのが困難な状況。

なんとか歯を食いしばりながら立ち上がった俺は、ゆっくりと団長の方を確認すると、団長は依然として仰向けで倒れたまま。

そして団長の手に握られている木剣も、俺の木剣と同じように炭のように黒ずみ小さくなっていて、もう武器としての役割を果たしていない。

この想定外の結果に、審判も判定に困っているのか、立ち上がった俺と倒れている団長を見ながらおどおどとしている。

しばらくの沈黙のあと、ようやく団長がゆっくりと起き上がった。

下手したら死んでいる可能性もあるのでないかと思っていたが……どうやら無事ではあったらしい。

「……ふっ、ジャックも武器が粉砕したのか。武器を新たに用意して再戦するのが望ましいのだろうが……俺は力を使い果たした」

団長は片手を押さえながら、静かにそう告げた。

正直、俺も魔力切れでこれ以上の戦闘は厳しい。

身体の節々も痛いしな。

「よって、今大会の優勝者はジャックだ」

俺も団長からされると思った、別日の再試合の話に同意しようとしたその時、団長によって俺の優勝が宣言された。

団長の敗北宣言とも取れるその言葉に、観客は大歓声を上げる。

俺は必死に反対しようとしたのだが、俺の言葉は歓声によってかき消されて、誰の耳にも届かない。

そんな俺に対し、団長が俺の傍まで寄ってくると、俺の手を取り起こした。

その瞬間、更にもう一段階歓声が大きくなったのが分かる。

ある程度のパフォーマンスを終えたあと、団長と一緒に肩を貸し合いながら兵舎へと引き上げたのだった。

「――団長さっきの試合結果、俺は納得いってないですよ！」

「納得もなにも引き分けの時点で俺の負けみたいなものだ」

「いや、引き分けは引き分けです！」

「俺が負けを認めて、お前が勝ったんだ。それよりついてこい」

納得がいかないまま、ずかずかと上へと向かう団長の後をついて行く。

向かった先は団長室。

中に入ると、団長は机の中を漁った。

そして布のようなものを引っ張りだすと俺に渡してきた。

「これ、なんですか？」

「王国兵士の腕章だ。今じゃあまり使われていないものだがな」

広げて見ると、確かに王国兵団のエンブレムが刺繍《ししゅう》されている腕章だ。

「俺にこの腕章をくれるんですか？　……この腕章にどんな意味が？」

「一種の権限のようなものだ。王都内にいるのであれば、この腕章をつけていれば王国兵士としての権限を行使できる」

「……あ、ありがとうございます」

あまりその良さが分からないが、とりあえずお礼を伝える。

王国兵士としての権限って、悪党には武力行使ができるのと、裏門が使えることぐらいだよな？

ただ、悪党には権限なんかなくても俺は武力を使う。

だから、実質使える権限は裏門の使用ぐらいか。……いらないな。

「はっはっ！　ありがとうございます、か。ジャックに負けたことで、俺はエルビスとの賭けに負けた。つまりジャックは退団するということ。俺がこの腕章を渡したのは、学生だろうと兵士として少しは働けって意味だからな」

「そうだったんですか……」

「まあ、いつでも兵士としての籍はあるって意味でもあるが。ジャック、いつでも戻ってこい。

……次は辞められる契約は結ばないが」

「ありがとうございます。いつか必ず戻ってきます！」

「ああ。ジャックとの試合、ここ数十年で一番面白い試合だった。戻ってきたときは再戦しよう」

「こちらこそ、望むところです」

俺がそう了承すると、団長はニッと笑う。

ニヒルに笑った団長を見て、やっぱりこの人はカッコいいなと、ふと思った。

「それじゃ表彰式に行くか。観客が待っているぞ」

「……はい」

エルビスさん、ラルフさん、ベルベットさん、団長。

王国兵団の人達は、本当にいい人ばかりだった。

王国兵団に入って良かった。

そしていつかもう一度、王国兵士として働きたいと心の底から思ったのだった。

俺は受け取った腕章をしまい、団長と共に再び訓練所へと向かう。

訓練所にでると大きな歓声が未だに上がっていた。

その中を堂々と進む団長の後ろを俺はついて行く。

「王国兵団最強の男！」

「ジャック、お前が一番だっ！」

「ジャックくーんっ！　こっちみてー！」

俺に対しての様々な声が聞こえる。

俺はどうしたらいいか分からず、適当に苦笑いするぐらいしか出来ていない。

先ほどまで試合をしていた場所に簡易的な壇が作られていて、俺がそこに立ち隣に団長が立った。

俺は壇上に上がっているのに団長の方が高くなってしまっていて、若干の恥ずかしさがある。

そんな俺の気持ちなぞ知る由もないウェンディーさんが、表彰式を始めた。

「それでは、王国兵団剣闘会の表彰式を始めます！　今大会は特別な大会ということもあり、今までの大会とは違って全兵士による剣闘会となりました」

意気揚々とウェンディーさんが喋り始めた。

そして何気なしに振り向いたウェンディーさんが、パチンッと俺に向かってウインクをする。

「その今までで一番過酷な大会を、見事勝ち抜いた王国兵団最強の兵士は……第6隊副隊長ジャック!!」

溜めに溜めて言い放たれた俺の名前に、観客からは大きな歓声。

そして、兵士たちからは大きな拍手が送られた。

俺はそんな拍手と歓声に、下手くそな笑みを浮かべて対応する。

「そして今大会の特別褒賞として、特別な指輪と最上級回復ポーションが贈られます！」

そう言ったウェンディーさんが俺の傍まで寄ってきて、褒賞を手渡してきた。

ウェンディーさんは俺が褒賞を受け取ったことを確認すると、ニコリと笑いかけて、小さな声でおめでとうと言ったあと元の位置へと戻った。

俺は受け取った褒賞品をじっくりと見てみる。

この指輪だが、魔力が籠められているのが見えた。

多分、この指輪は永続魔法が付与された装飾品だと思う。

王都のお店で永続魔法が付与された装飾品が売られているのを一度だけ見たことがあるが、確か白金貨10枚以上していたはずだ。

目的は学園の入学許可だった訳だし、こんな高価な代物を貰えるとは思っていなかったな。

はたしてどんな魔法が籠められた指輪なのだろうか。

効果をウェンディーさんは言わなかったから、後のお楽しみってことなのだろう。

……それとポーションの方は、最上級回復ポーションのようだ。

こちらは聞いたことがないポーション。

俺達王国兵団や冒険者が一般的に使用しているのは、低級回復ポーション。

それより回復効果が高いポーションなのは、間違いないと思うけど……。

詳しくは分からないからこのポーションに関しても、今度薬屋で調べてみるのもアリだな。

色々な褒賞を貰った俺に続いて、準優勝者として団長も呼ばれ、何かしらの褒賞を貰っていたが表情は変わらないまま。

団長室のときとは違って、あまり嬉しそうではないな。

そのまま団長の表彰が終わると、すぐに団長から締めの言葉があって剣闘会は閉幕となった。

全兵士参戦だから当たり前だが、今回の大会は今までの剣闘会の中でも、群を抜いて面白かったな。

団長やベルベットさんと、全力で戦えたというのも大きい。

なんといっても燻《くすぶ》っていた俺に、全力を出す機会をくれたエルビスさんだ。

約束通り、優勝を果たしたことをいち早く報告したい。

表彰式を終えてから急いで兵舎に入ると、エルビスさんが兵舎の入口で待ち構えていた。

その後ろにはベルベットさんもラルフさんもいる。

「ジャック！　見てたぜ、あの団長に勝つなんてな！　優勝おめでとう!!」

「本当にな。流石の俺も団長に勝つとは思ってもみなかったぞ。……ロダの村で幼いジャックを勧誘した、俺の目に狂いはなかったってことだな！」

「ふふっ、団長にジャックの力を見せつけてやったな。……かっこよかったぞ」

「皆さん、ありがとうございました！」

俺は頭を下げてお礼を伝える。

今日の大会での成績はここにいる3人の力添えがなければ、確実に違うものとなっていた。

特にエルビスさんが俺のために動いてくれていなければ、数年をモヤモヤとした気持ちのまま王国兵団で過ごすことになっていただろうし、感謝してもしきれない。

「それでよ、これから祝勝会＆慰労会をやるんだが、ジャックもくるよな？」

「はい。もちろん行きます」

「よしっ、主役も誘えたことだし、あとは場所決めだな！」

「またリュウグウですか？」

「馬鹿！　今回は賭けてないから駄目だ！　手頃ないいところを探そう」

「私はウェンディーを誘ってくるとしよう」

「ジャックも呼びたい人を呼んでくるといいぞっ！」

「あっ、１人だけ心当たりがあるので、声をかけてきますね」

「了解。それじゃ誘ったら、いつもの門に集合な！」

そう言って早々に散っていった３人を見送り、俺も勧誘しに向かう。

慰労会に誘いたい人と言われ、真っ先に思いついたのは団長。

今日の試合のことについても話したかったし、人間でありながらあれ程の実力を身に付けた経緯も気になるからな。

俺はそう思い立ち、すぐに団長室に向かったのだが団長は部屋にはいなかった。

団長室にいないとなると、もう既に帰ってしまった可能性が高いが……まだ諦めたくない。

今回の優勝で退団が決定したし、ゆっくりと話せる機会は今日ぐらいしかないだろうしな。

俺は諦めずに団長を探し、ようやく医務室で休んでいる団長を発見した。

「団長、ここにいたんですね」

「……ん？　ジャックか。どうした、俺になんか用事か？」

「えーっと、慰労会をエルビスさんたちとやるんですが、団長も一緒にどうかなと」

「……ふっ。……いや、俺はいい。俺がいたら俺の悪口で盛り上がれないだろ？」

その言葉を聞いてビクッとなった。

確かにエルビスさんによる、団長の悪口は酷いものだ。

特に団長の秘書的な役職についてからは酷いもので、誇張したものまねまでやっている始末だからな。

「い、いやそんなことないですよ……」

「別に隠さんでいい。それに久々に長いこと本気を出したから、身体を休ませないといけない。俺はもう歳だからな」

そうは言うが、歳を気にする人のスピードではなかった。

肉体も俺なんかよりも引き締まっているし、一種の冗談と受け取って俺は聞き流す。

「そうですか。今日の試合について話したかったんですが、休養が必要と言うのであればしょうがないですね」

「ジャックの方は疲労とかはないのか？」

「いや腕の痛みと、魔力切れの症状が酷いです。ただ、そこまで支障があるわけではないので心配はいらないかと」

「いや、症状が軽くでも出ているなら、念のために回復魔法を掛けてもらうといい」

そう言って団長は奥にいた回復術師を呼ぶと、俺の回復を命じた。

回復術師の方はすぐに俺の下へと駆け寄るとヒールを掛けてくれた。

ヒールがされている箇所が温かくなり、次第に痛みが大分やわらいでいく。

回復魔法は本当に便利だな。俺もいつか回復魔法を使えたらいいんだけど……。

「それとこれも飲んでけ」

そう言うと団長がいきなり、ヒールを掛けられている俺にポーションを投げてきた。

……これは確か、さっきの表彰式で団長が褒賞として貰っていたポーションだ。

「これなんですか？」

「魔力ポーションだとよ。俺は使わないからやる。せっかくの慰労会、魔力切れの状態じゃ辛いだろ？」

「多少は辛いと思いますが……団長はいいんですか？」

「ああ、俺は魔力切れとはあまり縁がないからな」

「それじゃ遠慮なく頂きます。ありがとうございます！」

俺のお礼の言葉に片手をひらひらとさせて応えた団長に、もう一度会釈をしてヒールが掛け終わった俺は医務室を後にした。

団長も兵団内ではかなり恐れられているが、常に気を遣ってくれる優しい人だ。

折角だし、ゆっくり話をしたかったが無理には誘えないからな。

少し残念な気持ちを残しつつ、俺は貰った魔力ポーションを飲みながら一度寮へと帰り、準備を整えてから王都と兵舎を繋ぐ門へと向かったのだった。

第4章　新たな道へ

激闘の剣闘会を優勝で飾り、豪勢な祝勝会兼慰労会を行ってから1週間が経過した。

ここ1週間は特に忙しく、俺の退団が急遽決まったため、副隊長としての仕事の引継ぎで休む暇が全くなかった。

エルビスさんと団長を交えて行った話し合いで、退団は1ヵ月後と決まったのだが、溜まっていた休暇の消化なども行わないといけないらしく、1週間で引継ぎ作業を行ったのだ。

肝心のベルベットさんが副隊長をつけないと言い張ったのもあって、本当に酷い1週間を過ごした。

今日でようやく引継ぎも完璧に終わり、明日からの休暇の報告を行うため、隊長室に入るとベルベットさんは俺を見るなり、〝いつも〟の質問をしてきた。

「なあジャック、学園に本当に行くのか？」

「え、ええ。まあ、はい」

「そうか……」

ベルベットさんの質問に、戸惑いながらも答える。

ちなみにこのような質問を、今週だけで既に30回はされている。

つまり1日3回以上はされていることになり、なんなら顔を合わせる度に聞かれている。

こんなに質問されると行きませんと、つい言ってしまいそうになるから困るんだよな。

ベルベットさんもエルビスさんから、俺の優勝した時の条件を聞かされていたとは思うのだが、かなり動揺しているように見受けられる。

優勝を応援してくれていたし、ベルベットさんもエルビスさんと同じような思考で接してくれていたと思っていたんだけど……。

剣闘会が終わったあとの慰労会で酔っぱらってしまったときも王国兵団に残るように必死に頼まれたしな。

ここまで誰かに自分を必要とされたことがなかったため、嬉しい反面で後ろ髪を引かれるような思いもかなり大きい。

「……えーっと、明日からの休暇についての話をしに来たのですが大丈夫でしょうか？」

口を閉ざしたまま呆けているベルベットさんに、俺はそう問いかける。

「あ……ああ、溜まっている休暇の消化だよな？　私も事前に聞いているから大丈夫だ。久しぶりの長期休暇ゆっくりするといい」

「ありがとうございます。実家に戻る予定ですので、王都にいないということだけ頭に入れて置いてください」

「そうか、久しぶりに故郷に帰るのか。分かった、頭に入れて置こう」

「よろしくお願いいたします。それでは失礼——」

ベルベットさんにきっちり報告をし、部屋から退出しようとしたのだが、思い出したかのように呼び止められた。

「ああー、すっかり忘れていたが、さっきエルビスがジャックを探しにきてたぞ」

「えっ、本当ですか？　……何の用だろう。伝言ありがとうございます。会いに行ってきます」

「そうしてあげるといい。多分だが、団長室にいると思うぞ」

「はい。それでは今度こそ失礼致します」

俺は深々と頭を下げて、今度こそ隊長室を後にした。

それにしてもエルビスさんが用事。……一体なんだろうか。

エルビスさんには、明日ロダの村に帰ることを伝えてあるから、それ関連の話かもしれない。

なんとかして俺も休みを取って帰ると、意気込んでいたしな。

そんなことを考えながら団長室に着いた俺は、扉をノックしてから中に入る。

部屋の中に団長の姿はなく、エルビスさんが１人でせっせと書類整理を行っている姿だけがあった。

「エルビスさん、来ましたよ」

「おお、ジャックか。どうしたんだ？」

「どうしたって……隊長が探しにきたって言ってたんで、こちらから出向いたんですよ」

「ああ、そういうことか！　大した用事ではないんだけど、このあと時間を空けておいてくれ」

「別にいいですけど、何の用事ですか？」

「んー、帰郷した時に頼みたいことがあってだな。……まあ、詳しい事は後で話す」

「分かりました」

詳しくは教えてくれなかったが、帰郷した時に頼みたいことね……。

トーマスのことだろうか。なんだかんだ言ってエルビスさんは弟思いだからな。

なんとなくそんなことを考えながら団長室を出て、訓練所へと向かい、俺はエルビスさんの作業が終わるのを訓練しながら待つ。

訓練所で剣を振り始めてから1時間ほどが経過した辺りで、兵舎からエルビスさんが出てきたのが見えた。

「いやいや待たせて悪かったな。適当にサインしてた書類が見つかっちまって書き直しさせられてたんだわ」

「エルビスさんもしっかり仕事しましょうよ。団長にはお世話になってるんですし」

「それは俺の性格に合わない書類整理をやらせる団長が悪い。そういった作業の時の集中力は本当に続かないからな！」

胸を張ってそう答えたエルビスさんを白い目で見つつも、話が本題に進まないため、俺から話を促すことにする。

「……それで俺に用事ってなんですか？」

俺がそう尋ねるとエルビスさんは周りをキョロキョロと見回しながら、誰もいないことを確認すると、俺の耳元までよってきて小さな声で話した。

「実は、帰郷の件を団長に伝えたんだが却下されたんだ」

まあ、大方予想通りではあった。

帰郷となると1週間ほどの休みがないと出来ない訳だし、急に取れる訳がないもんな。

「まあ、予想通りって感じじゃないですか？　それでどうしたんですか？」

「実はな、団長の目を盗んで帰郷しようと思ってんだ」

　耳元でそう言ってきたエルビスさんの言葉に耳を疑う。

　無断欠勤をして、帰郷しようとしてるってことだよな？

　俺のために色々と動いてくれていたエルビスさんと、同一人物とは思えないほど情けない顔をしている。

　……まあ、俺の見慣れたエルビスさんはこっちなのだが。

「いやいや、止めた方がいいと思いますよ。無断欠勤がバレたら下手すればクビですよ。折角、団長の側近にまで昇格したんですから」

「クビならクビでいいんだよ。ジャックのいない王国兵団は面白くねぇからな」

「だったら、なんで俺を学園に入れようと画策したんですか」

「いや、それとこれとは別だろ。ジャックは確実に学園に行った方が成長できるしな。俺が面白いかどうかとは別だ」

　そう即答したエルビスさんがカッコよく見える。

　提案されているのは、しょうもない無断欠勤なのに。

「……それはありがたいですけど、やっぱり止めた方がいいですって。エルビスさんの家族も悲しむと思いますよ」

　俺がそう告げると、ようやく考え直してくれそうな表情に変わった。

「それにクビになったら、行く宛てがないですよね？　俺が学園に入学してからも時々王国兵団には遊びに行くんで、エルビスさんがいなかったら寂しいですよ」

この一言が決め手となったのか、項垂れて固まったあとに、天を仰いで頭を掻きむしった。

……そこまで帰郷したかったのか。

「わーったよ。今回は大人しく王都で待ってるわ。その代わりジャックに俺の家族への伝言を頼む。特にトーマスにはよろしくな」

「任せてください。……トーマスへの伝言は少し嫌ですが」

「はっはっは！　そういや、トーマスとはよく喧嘩してたみたいだもんな。ただ、俺を止めたんだから、しっかり伝言頼むぜ。……それと、これから自棄酒に付き合ってもらう！」

「えー、明日朝早いんですけど」

「うっさい。ジャックが止めたんだからな。ほれ、俺が奢ってやるから。行くぞ！」

こうして夜の王都でエルビスさんの自棄酒に付き合った。

愚痴の内容が仕事関連ばかりだったため、どうやら家族に会いたいというよりも、仕事を休みたい思いの方が強そうだったな。

そんなところもエルビスさんらしいと言えばらしいんだけど。


翌朝。

外が明るくなり始めた辺りまで付き合ったため、疲れが全く取れていない。

早朝に出発するって言ったのに、全然帰してくれなかった。

寝惚け眼を擦りながら、準備を整えて俺は厩舎《きゅうしゃ》へと向かう。

今回もアリエル号を借り、ロダの村を目指す。

背の低い俺用に特注の鞍を作ったため、馬には1人でも乗れるようになった。

アリエル号を優しくなでて、感謝を伝えてから跨る。

「それじゃ気をつけてな。昨日伝えた通り、家族によろしく言っておいてくれ」

「俺、トーマスから嫌われてるんで多分無理かもしれませんけど、伝える機会がありましたら伝えておきます」

俺と同じようにかなり眠そうにしながらも、見送りに来てくれたエルビスさんと別れて、王都を旅立つ。

初めて王都に来た時より、心身共に大きく成長したと思う。

体も大きくなったが、それに比例して傷も増えた。

果たしてそんな俺を見て、父さんと母さんはどんな反応をするのだろうか。

頑張ったと褒めてくれるのか、頑張りすぎだと叱ってくれるのか。

王国兵団のことも伝えたいし、そんな王国兵団を辞めることも伝えなければならない。

色々と伝えたい気持ちが先行してしまっているのか、大分ハイペースで進んでいる。

そしてそのまま道に迷うこともなく、俺はロダの村へと辿り着いた。

数年振りのロダの村だったが、廃村となっていることはなく、しっかりと昔のままの形で残っている。

「うっわ、懐かしい」

そんな懐かしい故郷の光景に、思わず言葉が漏れた。

村ののどかな光景、村の外から見える棒を隠していた広場の大きな木を見て、様々な思い出がよみがえる。

早く家族と会って色々報告をしたい。

そんな気持ちが一気に大きくなり、俺は王都と違い無警戒な村に入ると、急いで家へと向かう。

昔となにも変わらない家。王都の生活に慣れすぎて、ボロく感じるその家のドアを叩いた。

「はぁーい！　ちょっと待っててください！」

中から母さんの声が聞こえた。

久しぶりのその声にテンションが上がる。

「お待たせしま……し……た？　ジャ、ジャック!?　ジャックなの!?」

ドアを開けて俺を見た母さんは両目を大きく開き、俺の体をぺたぺたと触っている。

2年振りだが、母さんの見た目は特に変わりはない。

……それと今、俺の顔が緩みきっているのが分かる。

「母さん、久しぶり」

「やっぱりジャックなのね!!　なんで帰ってくるって言ってくれないのよ！　ちょっとミアとランスも呼んでくるわ!!」

「あっ大丈夫だよ。数日間は滞在する予定だから」

俺のその言葉に絶望したような顔で、俺を見つめてきている母さん。

なんか変なことを言ったかと疑問に思っていると、急に両肩を摑んできた。

「数日？　数日だけなの!?　せっかく帰ってきたのに!?」

「まあ、そういう約束で来ているから。本当はもう少し居たいんだけど、流石に何日もこっちに居られない」

「そうなの…………なら尚更、呼んでこなくちゃね!!」

そう言うと、母さんは走って畑の方へと行ってしまった。

そんな母さんの行動を止める隙もなく、俺はただ呆けるしかなかった。

……仕方がないから、俺は家の中で待っていようか。

家の中へと入り、懐かしみながら狭い家を歩く。中も本当になにも変わっていないな。

俺はそのまま何気なく、ミアと使っていた自室に入った。

「え？　うっわぁ……」

中に入り、部屋の変わりように驚く。

部屋に入りまず見えたのが、訓練所にもある鎧のつけたカカシと同じもの。

訓練所にあるやつと比べたら作りは甘いが、カカシが身に着けている皮の鎧は傷みに傷み切っていて、何度も何度も打ち込んでいるのが見て分かる。

そして、カカシの横には石で作られた筋力トレーニング器具が散乱していて、とても女の子の部屋とは思えないもので溢れていた。

俺と一緒に使っていたときの方が、まだ部屋として成り立っている。

ミアの部屋を見てドン引きしていると、家の扉が開いた音がした。

どうやら母さんが、2人を連れて帰ってきたようだな。

俺もミアの部屋を出てリビングに向かうと、猛スピードで玄関からミアがこっちに来ている。

避ける暇もなく、思い切り胸に飛びつかれた。

足を踏ん張ってこらえようとしたのだが、俺は吹っ飛ばされて壁に勢いよく頭をぶつける。

「いってぇ……。ミア、急に飛びつくなっ」

「えへへ！　おにいちゃんおかえりっ!!」

満面の笑みで俺の胸元で笑っているミア。

その笑顔に怒りも忘れ、俺もつられて笑ってしまう。

「……ああ、ただいま」

それからリビングへと移動し、4人でテーブルを囲んで話をした。

久しぶりの家族との会話は、本当に楽しいもので心が安らぐ。

話を聞く限り、ロダの村はゴブリンのスタンピード以降、これといった事件もなく平和に時が過ぎていったようだ。

そのせいもあって、話の中心は俺の話ばかりだった。

王都の街についてだったり、兵士や冒険者の仕事に、剣闘会での成績、イビルガリオン討伐、『賭《と》影《かげ》』を壊滅させたことなどを話している内に、どんどんと時間が過ぎていった。

母さんと父さんは俺の話を時々辛そうに聞いていたが、ミアは終始目を輝かせながら聞いていた。

ミアにイビルガリオン戦で受けたひっかき傷を見たいと言われたので見せると、母さんは卒倒しかけてしまった。

母さんには、あまり危険な目にあったときの話をしては駄目だと心に誓う。

「それで、ミアは鑑定終わったんだろ？　どうだったんだ？」

「えーっとね、【竜戦士《りゅうせんし》】ってでた！」

「【竜戦士】？　なんだそりゃ。ミアは竜になれるのか？」

「うーん、分からない！　でも神官の人も困惑してたし、珍しい職業だとは言ってた！」

「それじゃセリアみたいに、王都にお呼ばれすることになるかもしれないのか？」

「うーん？　どうだろう……。鑑定から1月ぐらい経つけど王都から人は来てないし、お呼ばれはなさそうかなー」

「そうなのか……。【竜戦士】って名前からして凄そうなのにな」

ミアは才能があるとは思っていたけど、また凄そうな適職だったようだな。

それにしても竜戦士か……。いつかは竜のようになれるのだろうか。

師匠からドラゴン討伐について聞いているので、俺としてはその才能は計り知れないものなのではと勝手に思っている。

「ねね、おにいちゃん！　剣士ごっこやりたいっ！」

「ああー、そうだな。久しぶりにやるか。父さんも交えて」

「いや、俺はいいよ。ミアにすら手も足も出なくなって自信喪失中なんだ」

「へー、父さんが手も足も出ないか。ミア、そんなに強くなったのか」

「えへへ！　毎日頑張ったからね！　おにいちゃんより強くなってるかもしれないよ？」

「確かにあの部屋を見たら、強くなってそうだもんな」

俺がそうぽろりと言葉を漏らすと、目を見開いて驚いた様子を見せたミア。

「えー！　秘密の特訓部屋見たの!?　勝手に見たら駄目だよっ!!」

「いや、入団前まで俺の部屋だったし見るだろ……。それに今更隠すことじゃないだろうし」

頬を膨らませてなぜか怒っているミア。

それにしても、ミアは父さんが手も足も出ないほどに成長しているのか。

父さんもそこそこ強かったはずだし、これは楽しみだな。

早速2人で庭へと移動して、木の棒を構える。

久しぶりの木の棒に、こんなところでも懐かしい気分になる。

「おにいちゃん、手加減は駄目だよ!!　全力で来てね！」

「ああ、もちろん。全力で行くよ」

「ありがとう！　【竜化《りゅうか》】」

ミアも木の棒を構えて、俺の合図によって試合が開始される。

なにかの戦技を発動させてから、まず仕掛けてきたのはミア。

ゆったりと歩くように近づいてきた。

――と思ったその瞬間、ミアは俺の視界から消え、一瞬にして懐に潜りこんだ。

「【音斬《おんざん》】」

あまりの速度につい反射で放ってしまった【音斬】を、ミアは平気な顔で受け止めた。

嘘だろ？　この至近距離からの【音斬】を受け止められるのなんて、兵士の中でもいないぞ。

「あっぶなぁ!!　やっぱおにいちゃんの攻撃凄く速いよっ」

【音斬】は速いとかではないと思うんだがっ！

くそっ！　ミアの追撃がしつこい！

ミアは剣技を使用している訳ではないのに、異常な速度で打ち込んでくる。

ガードするのに必死で攻撃に転じられていない。

この2年で一体なにがあったんだ……？

「なんで当たんないのー？　ミアの方が動き速いのにっ！」

「俺が攻撃を予測しているからだ」

「予測……？　あっ、そっか！」

俺がそう告げたその瞬間から、ミアの動きが急に変わった。

攻撃に緩急をつけて、攻めてきたのだ。

前までは、こんな技術を持ち合わせていなかったんだけどな。

「はい、まず1発！」

「くそっ！」

緩急に惑わされて、ミアに先手を打たれてしまった。

攻められっぱなしで【音斬】以降、一度も攻撃に転じられていないしこれはまずいぞ。

戦闘開始前に使った戦技か？

ミアの見た目に変化はないのだが、身体能力が上がっているのかもしれない。

なにが起こっているのか分からないが、このままでは押されっぱなしで負けるのが目に見えている。

大人げないが、魔法を使わせてもらおう。

「**【筋力増強《きんりょくぞうきょう》】**」

団長とも張り合うことが出来るようになる、この【筋力増強】。

そんな【筋力増強】の魔法を発動させて、ミアと相対する。

まさかミア相手に使わざるをえないとは思っていなかったが、使ったからには全力で倒させてもらう。

「いくぞっ」

「さあ、こぉい！　……って待って、速いっ！　ちょ、ちょっと、待ってってって!!」

構えているミアに、俺は猛スピードで襲い掛かる。

スピードがミアを上回ったことで、次は俺が一方的に攻めている。

ミアのように緩急をつける技術は使わない。

一気に押して押して押しまくる。袈裟斬りに、逆袈裟、水平斬りに唐竹。

ありとあらゆる方向から一気に俺の攻撃を受けたミアは、ガードが間に合わずにあっという間に3発食らった。

「ふぅー、俺の勝ちだな。攻めは良かったけど受けはまだまだだな」

「くやしいぃ……！　裏技も使ったのに負けちゃったよっ!!」

俺は余裕ぶってこんなことを言っているが、内心ヒヤヒヤしている。

ミアの奴どんだけ強くなってるんだよ。

まさか、魔法まで切らされるとは本当に思っていなかった。

「でも見違えるほど強くなってたな。一体どうやって特訓してたんだ？」

「スタンさんに教わったんだよ！　特訓のスケジュールとかも全部スタンさんが組んでくれたの」

なるほど。スタンさんがミアを育てたのか。

道理で強くなっている訳だ。

「なるほどな……。そういえばさっき言っていた裏技ってなんだ？」

「えっ？　気づいてなかったの？」

「動きが早くなったのは気づいたけど、何をしたかは分からなかったわ」

ちょっとムッとした表情をしているミア。

ミアも裏技として使ったんだし、気づかない方が普通じゃないのか……。

「【竜化】。ほら見て、ここにちょっと鱗《うろこ》が見えるでしょ？」

ミアが指さしている腕をよーく見てみると、確かに赤い鱗のようなものが生えている。

だが本当に少しだけで、戦闘中では気づかないレベルだ。

「確かに生えてるな……。これ竜になってるのか？」

「分かんない！　でも、この技を使うと力が湧いてくるの！」

「そうなのか。王国兵団の中でこんな技使っている人なんか見たことないし、もしかしたら竜戦士特有の技なのかもしれないな」

「スタンさんもそう言ってた！　だからもっと練習しろって！」

的確な指示。スタンさんはいい師匠になってくれているようだな。

ミアに関してはスタンさんに任せておけば、俺を越えるような戦士に育て上げてしまうかもしれない。

「スタンさんの言うことを聞いていれば強くなれるぞ」

「うんっ！　今日おにいちゃんとやって強くなったって実感できた！　それでおにいちゃんの方はなんで急に動きが速くなったの？」

「魔法を使えるようになったんだよ。それで、ミアのスピードを越えたって訳だ」

胸を張って俺は言った。魔法は格別のものだからな。

初めて使えたときも嬉しかったが、自由自在に使えるようになったときはもっと嬉しかった。

「えっ、魔法!?　おにいちゃん魔法使えるの？　なら炎出してよっ!!」

「炎はまだ出せない」

「炎出せないの？　じゃあ水は？」

「……水は出せない」

「えー。……じゃあ風は？」

「…………風もまだ出せない」

「魔法使えないじゃん!!　うそつきっ！」

「嘘じゃないわ。力をつける魔法は使えるんだよ」

「それならミアだって使えるし！　**【竜化】**！　ほらっ！」

「それは魔法じゃない！」

「なら、おにいちゃんのも魔法じゃない!!」

久しぶりにそんなくだらない言い合いをしてから、剣士ごっこを再開した。

久しぶりだと、こうした何気ない言い合いですら楽しく感じるな。

ミアとの剣士ごっこを終えて、家へと戻る。

気持ちがいい汗を流し、かなりスッキリしたな。

……それにしても、ミアの成長ぶりには驚いた。

正直、剣闘会でも優勝できるレベルの力がある。

ここまで面倒を見たスタンさんとも会いたいが、ひとまず今回の帰省の理由について話さないとな。

学園に入学する件、母さんと父さんはなんて言うんだろうか。

「2人共おかえりなさい。どうだった？」

「うーん。おにいちゃんやっぱり強かったよ」

「ジャックはミアより強いのか……。俺はもう一生勝てないかもしれないな」

落ち込みながらそう言う父さん。

「それじゃご飯にしましょうか。今日は急だったからあるものしか出せないけどごめんね」

「気にしないでいいよ母さん。俺は母さんの手料理が一番食べたかったからさ」

「ふふっ、ありがとね。明日は頑張っちゃうから期待してね！」

かなり気合を入れている母さん。その心遣いが嬉しいな。

ご飯を家族4人で囲みながら、俺はようやく今日帰省した理由を話し出す。

「母さん、父さん。聞いてもらいたい話があるんだ」

「聞いてもらいたい話？」

「うん。実はセリアが王都にある剣や魔法を習う学園に入るって聞いて、俺もそこに入ろうとしている」

「へー、王都にはそんな場所があるのね。ママはよく分からないんだけど、いいんじゃないの？」

「……でも、入学して学生になるなら、王国兵士を辞めなくちゃいけないんだ。その報告のために今日は戻ってきたんだよ。父さんと母さんには王国兵士になると言って村を出たから」

俺は真剣な表情でそう告げたのだが、父さんも母さんも明るく笑っている。

「前にも言った通り、自分の好きなことをやりなさい。私達は王国兵士になるから送り出したんじゃなくて、ジャックのやりたいことをしてほしくて王都へと送り出したんだから」

母さんは俺を諭すように、優しくそう言ってくれた。

そして、父さんもゆっくりと頷いてくれた。

……俺は本当にいい両親に恵まれたんだな。

「だけど、１つ約束。ジャックを雇ってくれた王国兵団の人たちにはしっかり礼を尽くして辞めること。なにも考えずに迷惑をかけていいのは家族だけよ？　わかった？」

「うん。そこは分かってるよ、母さん」

そう忠告してくれた母さんの言うことはしっかりと守る。

約束である優勝を果たしたし、いつでも辞められる契約ではあるものの、順序を踏んでお礼もしっかり伝えてから辞めようと思う。


両親に退団を打ち明けたその翌日。

俺は久しぶりに畑仕事を手伝ったあと、スタンさんの家へと赴いていた。

ミアの件について話すのと、お土産を渡すためだ。

「スタンさん、いますか？」

「おー。いるぞー……って、ジャックか!? こっちに戻って来てたのか！」

扉を開けてすぐに俺に気づいたスタンさんは、俺の背中をバンバンと叩いた。

笑顔でとにかく喜んでくれている様子。

「お久しぶりです。スタンさん」

「おお！ 本当に久しぶりだな！ でっかくなって、一瞬気づかなかったぞ」

一瞬で気づいたようにも見えたが、確かに2年前と比べて俺は大きくなってるもんな。

「色々話したいことがあるので、上がっていいですか？」

「ああ、勿論！ 色々と語らおうや！」

こうして歓迎してくれたスタンさんの言葉に甘えて、家に上がらせてもらう。

「いやー、本当に久しぶりだな。ジャック！ 王都での生活はどうだ？」

「おかげさまで充実した毎日を過ごしています。王国兵団に推薦して頂き、本当にありがとうございました」

「はっはっは！ 気にすんなって。エルビスは俺が推薦してなくても、ジャックを勧誘してただろうしな！」

「エルビスさんのことですからどうですかね……。あっ、これお土産です」

俺はお土産に持ってきていたお酒をスタンさんに手渡す。

エルビスさんにオススメのお土産を聞いたら、これを薦められて買っておいたのだ。

「おお！『神雫《かみしずく》』じゃねーか！ 高かったろ？ こんなの貰っていいのか？」

「いいのかって聞いてますけど、もう開けてるじゃないですか……」

「そりゃあお前、こんな良い酒が目の前にあったら待ってられないわ！」

　スタンさんは受けとってすぐに封を開けて飲み始めている。

　随分と美味しそうに飲むなぁ……。

「かあああっ!!　うっんまい！」

「ははっ、それは良かったです。それでスタンさん、ミアのことなんですが」

「ああ、ミアな！　あれもジャックに似て、末恐ろしい才能の持ち主だぞ。子供が2人共化け物級って、ジャックの両親が何者なのか気になるレベルだぜ」

「やっぱりスタンさんが指導してくれていたんですね！　ありがとうございます！」

「指導って言っても、ミアが勝手にどんどん吸収してるからな。俺はほとんどなにもしてねーよ」

「でも、ミアはスタンさんに教わったって言ってましたから」

「確かに、戦技の伸ばし方や特訓のスケジュールを組んだりはしてるが、本当にほとんど自分でやってるぞ」

「そうなんですか？　でもミアの戦技はスタンさんが教えたんじゃ……？」

「戦技もほとんど自分で覚えたぞ。俺は鑑定結果を聞いて、ミアが無意識に使ってた力を自覚させただけだ」

　スタンさんの言っている意味がよく分からないが、その行為が凄いのではないか……？

「どちらにせよ、俺に続いてミアまでお世話になっているんで。本当に感謝してもしきれないですよ」

「才能ある若者の育成とかは、王国兵団の時から好きだったからな。俺の道楽だからお礼なんかよしてくれ」

「スタンさん。どうかこれからもミアをお願いします」

「へっへっ！　それについては俺に任せとけや！　……それよりもジャックの話を聞かせてくれ。酒のつまみになるような面白い話をな！」

　こうしてしっかりとお礼を伝えたあと、村に戻ってから何度目となるか分からない王都での死闘を話し、２人で盛り上がったのだった。

「また、帰ってきたときは顔を出してくれよな」

「ええ。いつになるか分かりませんがまた必ず、お土産を持って顔を出しにきます」

別れ際、最後に一言伝えてから、俺はスタンさんの家を後にした。

そのあとはエルビスさんに言われた通り、トーマスにも会いにいった。

トーマスも成長したからか大分、俺への対応が大分緩和されていた。

トーマス自身もエルビスさんの動向が気になっていたようで、２人で色々と話しこんだ。

トーマスと話したあとは自宅に戻り、母さんが腕によりをかけて作った料理をたらふく食べ、ミアと剣士ごっこをし、１日があっという間に終わった。

予定では明後日の朝一でここを発つ予定だから、みんなと一緒にいられるのも明日で終わりだ。

楽しい時間というのは……どうしてこんなにも時が経つのが早いんだろうな。

それから家族とゆっくり過ごし、今日が家族揃って過ごせる最後の日。

今日は畑仕事も休みにして、１日中剣士ごっこを行った。

この日は父さんも交ざり、母さんは俺達みんなの応援をしている。

唐突に言いだしたミアの勝つまでやめない宣言のお陰で、俺の魔力が尽きるまで剣士ごっこが行われたのだ。

結局、最後の一戦は魔力切れのせいで【筋力増加】が発動出来ず、ついにミアに敗北を喫してしまった。

「やったあー!!　お兄ちゃんに初めて勝ったよ！」

「おいっ、ミア。……うっぷ、こんな勝ちで嬉しいのかっ！」

「うん！　めちゃくちゃ嬉しい！！！！」

今日の結果は23戦やって1勝22敗だったのだが、それでも満面の笑みでそう答えたミア。

それにしても、俺の魔力は尽きたのにミアは【竜化】を平然と使っていたな。

回数制限とかないのか？　もしそうなら強すぎるが……。

「ミア、【竜化】に回数制限はないのか？」

「んー、一応あるよ。普段以上の力を無理やり使うみたいで、使いすぎると動けなくなるんだよね」

「今の状態から、後どれくらい使えるんだ？」

「えーとね……今の状態からだと、あと1回か2回使ったら動けなくなるかな」

流石に制限はあったようだな。

【瞬足《しゅんそく》】や【瞬閃《しゅんせん》】のように肉体の疲労による限界で動けなくなったり、体の許容を超えてしまって怪我を負ったりするのかもしれない。

憑依したばかりの頃は、無理やりこの体を動かそうとして俺もよく怪我をしていたからな。

ただ【竜化】の使用回数が多いのを見る限り、体への負担も最小限で済んでいる気がする。

もしかしたら、ミアはまだ力を抑えているのかもしれない。

「それでも、凄い才能だな。本当に近いうちに追いつかれそうだぞ」

「久しぶりにいっぱい戦って分かったけど、剣術だけなら全然勝ててないよ。お兄ちゃんには身体能力でゴリ押すしか勝ち目ないしさ」

「その辺りはスタンさんがいれば大丈夫だろ。ミアはまだ幼いし、これからだよ」

「そうなんだけどさ……。おにいちゃんってミアより小さいときから剣術が凄かったよね？　今思うとかなり不思議なんだけど、どうやって覚えたの？」

うーん、かなり答えづらい質問だな。

ミアからの確信を突いた質問の返答に困る。

「……努力かな？　セリアに負けないように工夫をしてたら、自然と剣術が身に付いたんだよ」

「んー……。確かに剣聖のセリアに剣で勝つには、工夫しないといけないもんね……。おにいちゃんは自力で身に付けたのか。凄いなぁー」

ふぅー、なんとか誤魔化せた……ようだな。

感想も終えて、今日の剣士ごっこはこれでお開きとなった。

その翌日。

切れていた魔力も回復し、スッキリとした気分で朝を迎えている。

横には俺の腕にしがみつきながら寝ているミア。

起こさないようにそっと腕を解き、外へ出る。

すぅーはー。……やっぱり王都の空気よりもおいしい気がする。

ロダの村を発つ前に散歩がてら、村を一周してこようか。

初めてこの村を散歩したときのことを思い出しながら、俺はゆっくりと村を回っていく。

その時ふと、俺はスケルトンの体のことが頭に浮かび、気になったため憑依した場所に行ってみることにした。

村の外に出ることを制限されてから、すっかり記憶からも消えていた。

ずっと放置していたが、５００年愛用した体はどうなっているのだろうか。

昔の記憶を頼りに、俺は憑依した場所へ向かうため裏山を登る。

……えーっと、確かこの辺りだったはずだ。

記憶にある場所をきょろきょろと見渡すが、骨らしきものはない。

おかしいな。場所が違うのか？

一応、廃ダンジョンにも行ってみようか。そこからなら確実に憑依した場所が分かるからな。

歩き回り、５００年俺が籠っていた久しぶりの廃ダンジョンに辿り着く。

流石に入口では懐かしいって感覚はない。俺が過ごしていたのはもっと奥だからな。

行ってみたい気持ちもあるが、流石に時間もないし我慢だな。

俺の元の体だけは探そうと、骨だったときの廃ダンジョンを出てからの動きをなぞる。

そして、なぞった先に辿りついたのは先ほど、探した場所。

ここだよな…？　やっぱり体がない。

その後もしっかりと付近を捜すが、見つけることはできなかった。

もしかしたら、魂が無くなったことで風化し、消えてしまったのかもしれない。

久々に拝めると思ったし、なんなら少しくらいお守り代わりに体の一部を持って帰ろうとも考えていたから、少し寂しい。

思い出に浸りたかったが、仕方がないので俺は村に戻ることにした。

村に戻ると、家の外に家族３人ともなぜか出ていた。

「みんななにしているんだ？」

「あっ！　おにいちゃん、いたっ!!」

ミアが俺の下に走ってくると、ひしっと抱き着いてきた。

「ん？　どうしたんだ？」

「なにも言わずに帰っちゃったかと思ったから」

「いや……馬がいるだろ」

引っ付いて離れないミアを引き連れたまま、母さんと父さんのところへと戻る。

２人もどうやら、俺が何も言わずに帰ってしまったのではないかと心配していたようだ。

「挨拶もなしに帰るなんてしないよ。ちょっと村を散歩してただけだから」

「ミアが帰った帰ったって騒いでたから、本当に帰っちゃったのかと思って」

「だって、一緒に寝てたのにいつの間に消えてたんだもん。家にもいないし！」

「うーん、それはすまなかった」

「帰ってなかったからよかったよ。朝ご飯作っちゃったからさ」

「うん。朝ご飯食べたい」

家族4人で家の中へと戻り、最後のご飯を済ます。

ミアの心配性にも困ったものだが、俺がずっと放置しちゃってるのがいけないからなんともいえない。

寂しい思いをさせているのかもしれないな。

「なあ、ミアは王都に行きたいか？」

そんな思いからさり気なくそんなことを聞いた。

「うーん。みんなで行くなら行きたいけど……ミア1人だけなら行かない」

「そうか……。俺はいつか、家族みんなで王都で過ごしたいな」

「ミアは王都じゃなくてもいいよ？　この村で家族みんなで暮らしたい」

「まあ、確かに……。そうだな」

ミアの本音を聞いた気がして、思わず苦笑してしまう。

みんなで暮らせればいい……か。

「とりあえず、兵士をやめて学園に入学したら、一度連絡する。そしたら家族みんなで王都に遊びに来てくれ」

「それは楽しみだな。俺、王都に行ったことないからなぁ」

「私も王都に行ったことないから……。お呼ばれするのを楽しみにしてるわね」

俺の提案に家族みんな頷いてくれた。

王都で美味しいものでも食べさせてあげたいな。

食後も軽く話をしていたら、あっという間に出発の時間がやってきた。

「それじゃ、俺はもう王都へ戻るよ」

「……うん。ジャック、怪我と体調には気をつけるのよ」

「うん、気をつける。母さん、父さん、ミアも体に気をつけてね」

俺はそう伝えてから、外に出てアリエル号を連れてくる。

村に滞在している間、ロデクさんに預けていたためか、なんだか毛並みもすっかりよくなった気がする。

「それじゃ、行ってくる」

「ジャック！　元気でね！　また帰ってくるの待ってるから！」

「ジャック、前も言ったがいつでも戻ってきていいからな。頑張らなくていいんだぞ！」

「おにいちゃん！　次は本気のおにいちゃんに勝つから！」

みんなの見送りの言葉を受けて、俺の表情は緩くなる。

今日はこの間みたいに泣かずに、笑顔で出立できそうだ。

「それじゃ、また絶対に戻ってくるから」

俺はそれだけ言い残し、久しぶりのロダの村を後にした。

しんみりとした気持ちではなく、爽やかな気持ちで俺は王都へ向かったのだった。

それから俺は、来た道を真っすぐ戻って道に迷うとかの事件もなく、無事に王都へと戻って来れた。

ロダの村から王都までは、距離的にはそこまで離れているわけではないのに、中々会えないというのは寂しい限りだな。

兵士用の門に着き、門を叩く。

中から兵士の声が聞こえ、名前を伝えると門が開いた。

「あっ、ジャックさん！　おかえりなさい！」

「ただいま。開けてくれてありがとう」

テンションが高めの兵士と、軽く会話をしてから俺は中へと入る。

アリエル号を厩舎へと戻してから、ベルベットさんの下へと帰還報告に出向いた。

確か今日は……王都警備の日だから、王都の詰所にいるはずだ。早速向かおう。

「失礼します。ジャックです」

「おお！　ジャックか！　入って良いぞ！」

詰所の2階の部屋に入ると、ベルベットさんが満面の笑みで座っていた。

その輝かんばかりの笑みに、一瞬戸惑ってしまったがベルベットさんに帰還報告をする。

「ただいま戻りました。まだ休暇の途中ですが、帰還の報告に来ました」

「そうか、わざわざすまないな。どうだ？　久しぶりの故郷で休むことができたか？」

「はい。久しぶりに家族と会って、充実した休暇を過ごせました」

「それは良かった。それにしてもジャックの家族か……。一度挨拶に行きたいものだな」

「……？　えーっとそれはどういった意味でしょうか？」

「ん？　普通に隊長としてお世話になっているということでだが……？　私がジャックの家族と会

ったとしたらなにかまずいのか？」

「あ、ああ！　いえ、是非。今度、家族を王都に呼んだ時は挨拶しに行きます！」

「ふふっ、それを楽しみにしている」

どうもベルベットさん相手だと、余計に勘ぐってしまうようになっている。

剣闘会での変な約束以降、俺への直接的なアプローチは特にないんだけど。

そんなこんな俺はベルベットさんへの挨拶を済ませたあと、詰所を後にして次はエルビスさんへの報告を行いたいのだが……。

エルビスさんが業務を終えるまで少し時間があるな。

流石にプライベートな会話のため、団長室まで行くのは気が引けるし、一度寮に戻って、剣の練習でもしようか。

うかうかしていると、本当にミアに追い抜かれそうだからな。

最近は慢心していたせいで、こういった基礎トレーニングをおざなりにしていた。

なにごとも大事なのは基礎。

初心を忘れず、しっかりと今日からまた基礎トレーニングをやっていこうと思う。

気合いを入れ、寮へ戻って剣を振っていたら、丁度いい時間になったためエルビスさんのところに向かう。

俺が兵舎に赴くと、丁度エルビスさんが兵舎から出てくるところだった。

「おお、ジャック!!　もう戻って来てたのか！」

「はい。今日こっちに着いたんです」

「無事に戻って来れたみたいで安心したぜ。それで、久しぶりのロダの村はどうだったよ」

「良かったですよ。久々に家族と会えましたし、スタンさんとも話してきました」

「はぁ……いいなぁー。やっぱ俺も帰りたかったぜ」

「あ、それと、頼まれていた伝言をトーマスに伝えてきましたよ。トーマスからは死なない程度に頑張ってくれって伝言です」

「そうか、トーマスとも話してくれたんだな。ジャック、ありがとよ」

「ええ、これぐらいならやりますよ。それよりトーマスも大分落ち着いた性格になってたんで、普通に喋れました」

「あいつももう15歳だしな。流石に落ち着いてくれないと困るわ」

「それと……家族に入学の件も伝えてきました」

「おおっ、そうか。どんな反応だったよ？」

「俺がロダの村を出たときのように、前向きに応援してくれました」

「そうか。まあ、ジャックの両親はいい人たちだもんな」

　エルビスさんに村での出来事を軽く話してから、そのままご飯を食べにいくことになった。

　場所は行きつけの大衆酒場。

「俺が仕向けたんだが、もうそろそろジャックは退団だもんな」

「……ええ、まあ、そうなりますね」

「はぁー。こうやってご飯行くことも少なくなるんだろうな……。くっそ、かなり寂しくなる」

「……エルビスさんが俺を誘って、王国兵団に入れてくれたことには感謝しかないです。〝学園〟

という新たな道を教えてくれたのもエルビスさんですし。本当にありがとうございます」

「こっちこそ。ジャックのお陰で俺も大分成長できた」

エルビスさんがお酒を飲みながらそう語る。

エルビスさんの言う通り、こういう時間もあと少しだと思うと寂しくなるな。

同じ王都だから会おうと思えばいつでも会えるとは思うが、学園についての詳細を一切知らない。

何気ない時間も大切に過ごさないといけないよな。

折角の飲みの席だったのだが、お互いに別れを意識してしまい、しんみりとしながらご飯を食べて今日は解散となった。

エルビスさんにはなにかお礼をしたい気持ちはあるのだが、あまりいい案が思いつかない。

退団の日までになにかお礼を考えないといけないな。


そして、王都に帰還してから2週間が経過した。

ロダの村から帰ってきた時点で、王国兵団を辞める日まで残り少なかったのだが、今日はとうとう退団の日。

帰郷する前に引継ぎ作業は終えていたため、この2週間は通常業務をこなしていたのだが、これまで生きてきた中で時の流れを一番早く感じた2週間だった。

今日は業務は一切なく、団長室へと向かい退団の書類を書いて提出した時点で、俺の兵士としての業務は終わることになる。

別れの挨拶等は既に済ませてあるため、今日は本当に書類を提出するだけ。

昨日の夜から色々と考え込んでしまい、全く睡眠を取ることが出来ずに、今日は朝早く目が覚めてしまった。

そういう時は、いつもなら訓練所で汗を流すのだが流石に今日は行きづらい。

時間が余っているし、この3年間使った部屋ともお別れとなるため、掃除でもしようか。

この部屋にあった、大方の荷物はすでにアデルの家へと運びこまれている。

入学までの期間、アデルの家に住まわせてくれるようで、俺はありがたくその提案を受け入れた。

この寮の部屋はなるべく綺麗に使い、ここ1週間でしっかりと掃除をしたはずだったが、見落としがちな細かな部分に埃やら汚れが残っていたため、その汚れをしっかりと取る。

汚れを探しては夢中になって掃除をしていると、いつの間にか丁度いい時間になっていた。

俺は必要最低限の荷物を持ち、すっからかんとなった部屋に一礼してから部屋を出る。

もう慣れ親しんだこの寮の通路もこれで最後だと思うと、なんだか寂しくなってくるな。

寮から外に出ると、兵士達がいつもと変わらず訓練所で剣を振っているのが見える。

その兵士たちの邪魔をしないように、荷物を抱えた俺はコソコソと兵舎へと向かう。

兵舎に入ると受付にウェンディーさんが見えた。

「ジャック君……。退団の手続きをしにきたの？」

「はい。昨日も言いましたけどウェンディーさん、入団当初から今まで本当にお世話になりました」

俺は深くお辞儀をして、お礼を言う。

頭を上げるとニッコリと笑っているウェンディーさん。

村を出たばかりで知り合いの少ない中、俺に向けられたこの明るい笑顔に何回も救われたな。

「こちらこそ、こんな私とも仲良くしてくれてありがとう。また絶対遊びにきてね！」

「はい、必ず遊びに行きます！」

そんなウェンディーさんに、俺はもう一度頭を下げてから団長室へと向かう。

それから団長室に着きノックをすると、すぐに中から団長の返事があったため中へと入る。

団長室ではいつものようにエルビスさんが書類整理をしていて、団長は正面の机に座っている。

どうやら団長室に入ってきたのが、俺だということに気が付いたエルビスさんが、仕事の手を止めたのが視界の端で見えた。

「失礼します。ジャックです」

「おう。退団の書類を書きに来たのか」

「はい」

そう短く返事をすると、団長は机から紙を1枚取り出し机の上に置いた。

「これが退団手続きの書類だ。サインをしたらその時点で正式に王国兵団を退団となる」

「わかりました」

俺は机へと歩いていき、その書類を手に取り内容を確認する。

特におかしな点がないことを確認してから、下の空欄にサインした。

「サインしました。手続きよろしくお願いします」

「ああ、正式に受理した。短い期間ではあったが、ジャックが王国兵団にもたらした影響は非常に大きかった。王国兵団に入団してくれてありがとう」

「こちらこそありがとうございました！　兵士として働けたことは一生の財産になりました」

「ジャックがそう思ってくれているなら良かった。……またいつか手合わせしよう」

「はいっ！　引き分けで終わってますからね。いつか決着をつけましょう」

団長と軽く話し、握手をしてから俺は団長室を出る。

王国兵士として働けたことは、本当に自分の成長につながった。

いい人にも出会えたし、ラルフさんとエルビスさんに誘ってもらえて本当に良かったな。

階段を下りて兵舎を出ようとすると、１階にはラルフさんとベルベットさんの姿が見えた。

それと、俺を追うように後ろからエルビスさんが階段を下りてきた。

「あれ、ラルフさんにベルベットさん、それとエルビスさん、どうしたんですか？」

一応、３人とも昨日の時点でお別れの挨拶はすませてあった。

送別会も開いてくれたし、ここにいることに正直驚いている。

「どうしたって、ジャックの退団の日に見送りをしないのは違うだろ？」

「昨日送別会はしたが、ちゃんと見送りはしたかったんだよ」

「それは嬉しいですが……。昨日感動的に終わったんで、翌日改めて会うのは少し恥ずかしいですね」

昨日、涙を流して感謝を伝えたから本当に恥ずかしい。

特にベルベットさんは、２人で泣き合ったため余計にだ。

「実は、私もちょっと照れ臭い」

昨日の涙で目を腫らしているベルベットさんが、そう照れた様子で言葉を発した。

「でも、見送りは本当に嬉しいです。３人には本当にお世話になりました。改めてありがとうございました」

改めて俺は頭を深々と下げる。

３人からは本当に感謝してもしきれないくらいの恩をもらった。

これから生きていく上で、俺の中で一生の財産となると思う。

「それはこちらこそだな。ジャックを王国兵団に誘って本当に良かったと思ってるぞ。またいいお店連れていくから、時々でいいから兵団にも顔を出しにこいよ！」

「いつでも私の隊に戻ってきていいからな。私はジャックが戻ってくるのをずっと待っている」

２人がそれぞれ、思い思いの言葉をかけてくれた。

嬉しい言葉に自分の顔が緩んでいるのが分かる。

「はい。絶対また遊びに行きます！」

感謝の言葉を２人に伝え、俺はまだ一言も喋っていないエルビスさんに視線を向ける。

エルビスさんは俯いたまま、話し出す気配がなかったため、俺から話を切り出すことに決めた。

「エルビスさん。ロダの村の頃から本当にお世話になりました。エルビスさんがロダの村から連れ出してくれていなければ今の自分はいません。そして、このプロメトル学園の入学の後押しをしてくれたのもエルビスさんです。心の底から感謝してます」

俺がそう告げてから頭を下げると、エルビスさんはゆっくりと顔を上げて俺を見据えた。

それからしばらくの沈黙のあと、今まで一言も発していなかったエルビスさんが喋りだした。

「……礼を言うのは俺の方だよ、ジャック。お前が来るまでは退屈な人生だった。適当に仕事をこなし、何の成長も感じられないまま、時間だけがただただ過ぎていく虚しい日々。そんな俺を変えたのは故郷で偶然出会ったお前だ」

初めて聞くエルビスさんの真面目な言葉。

普段お茶らけている故に、エルビスさんの言葉は俺の胸にスッと入ってくる。

「ここから先は別々の道を歩むことになるが、俺はジャックに負けないように強くなる。だからジャックも強くなり続けろよ。じゃないと、俺が追い越すからな」

「はい。エルビスさんが一生追いつけないように、全力で精進し続けます」

笑顔のエルビスさんと握手を交わし、俺はそう宣言する。

離れていても互いに刺激し合い、高め合う関係。

寂しさも消え、俺の中でやってやるという気持ちが強まった。

「それでは行ってきます。次会うときまでにはもっと強くなっておきますので、3人共期待して待っていてください」

3人の目を見据えてそう伝え、3人の温かい見送りを受けながら、上級地区へ向けて歩を進めた。

こうして俺は3年間働いた王国兵団を退団し、同じ王都にあるプロメトル学園の生徒となるのであった。

第５章　プロメトル学園

王国兵団を退団した日から、数週間が経過した。

退団して数週間経った今も、俺はまだアデルの家で寝泊りしていて、入寮の日は来週となっている。

アデルの父親が、俺の入学の手続きをなにからなにまでやってくれているようで、学園関係に至っては特になにもやっていない。

入学までの寝る場所も用意してくれて、入学の手続きまで進めてもらっているのは本当に感謝しかないな。

アデルの父親は俺を客人として扱うと言ってくれたのだが、流石になにもしないのは申し訳なく思い、自らの希望で使用人たちに交ざって家事やらを手伝っている。

手伝うと言っても、短い期間では俺に色々と教える時間を取らせると逆に迷惑になるため、力仕事やなにも考えなくても大丈夫な雑用を回してもらっている。

それほど役立っている気はしないのだが、なにもしないよりかは自分の気持ち的にも楽なのだ。

「ジャック様、こちらの衣類を上まで運んでもらえますか？」

「分かりました！　持って行きます！」

指示通り、山のように置かれた大量の洗われた衣類を、籠に入れて上へと運んでいく。

こんな風に俺に指示を飛ばしてくれるのは、メイド長のエミリーさん。

色々なところを回りながら指示を出しているエミリーさんの後をついていき、俺でもできる力仕事を優先的に指示を出してもらっている。

指示に従いながら一通りの手伝いが終わり、夕方頃になると手が空くため、その時間を使って体がなまらないように剣を振る。

本音を言うと素振りではなく、アデルと剣を交えたいのだが……何故か俺の顔を見るとそそくさと離れてしまう。

アデルの家に泊まり始めて、アデルとは挨拶くらいで碌《ろく》に会話もしていない。

ここまで避けられているということはなにかしたのだと思うが、心当たりがないためどうしようもできない。

アデルも同じ年に入学する予定らしいし、学園でも顔を合わせることになるから早いところ仲直りはしておきたいんだけどな。

「ネヴィルさん、こんばんは」

「…………」

中庭で剣を振っているとアデルの兄であり、アルメスト家次男のネヴィルが見えたため、挨拶をするがネヴィルは俺を一瞥すると、挨拶を返すことなく素通りしていった。

アルメスト家の子供は長女のアデルの他に、長男のセドリック、そして先ほどのネヴィルがいる。

長男であるセドリックは今は隣国である帝国にいるらしく、滞在期間中で会ったことはない。

そして次男であるネヴィルからは、先ほど無視されていたから分かるようにどうやら俺はよく思われていないらしい。

ネヴィルの態度から、そんなことを考えながら剣を振り終えた俺は、汗を流して丁度良い時間となったため食事を取る。

従者の方たちとは仕事に加えて、ほとんど毎日一緒に食事を取っているため、大分仲良くなってきた。

従者の方たちから聞く小話がおもしろく、小話を聞いている内にアデルのどうでもいい情報が日に日に更新されていく。

意外に甘えん坊だとか、寝る時は人形がないと駄目とか。

俺の知っているアデルは貴族らしく、気丈でしっかりとしているイメージなのだが、予想以上に女の子らしい一面を多く持っていることを知ることが出来た。

そして俺が一番仲良くなったであろうメイド長のエミリーさんから、1つ面白い情報を貰ったのだ。

何やら夕暮れ時にこの家のベルを1つ鳴らしてから家へと入り、2階の左奥の部屋へ入るとアデルの面白いものがみれるという情報。

何か嫌な予感がしなくもないのだが……。

アデルの家にお世話になってから、今現在まで一切会話のなかったアデルと会話する機会になるし、これは試してみようということで俺は早速今日の夕方に、エミリーさんから教わった通りの動きをしてみた。

そーっと家の外へと出て1回だけチャイムを鳴らすと、すぐに2階の左奥の部屋へと向かう。

ノックをしてから部屋に入ったのだが、中には誰もおらず様々な書類が纏められているだけで、何の面白みのない部屋がそこにはあった。

メアリーさんにからかわれたのかと少し落胆していると、廊下からこの部屋に向かって走ってくる音が聞こえ、その足音はこの部屋の前で止まったのだ。

扉を挟んで誰かがいる。メアリーさんの可能性が高いが……。

身構えて待っていると、ノックがされたと同時にその誰かが勢いよく部屋へと入ってきた。

「お父様!!　おかえりなさいっ!!」

扉を開けて凄い勢いで飛びついてきたのは、なんとアデルだった。

言動から帰ってきたのがアデルの父親だと確信していたのか、俺だと気づかずに飛びついてきたようだ。

ただ、流石に抱き着いた感触ですぐに父親ではないことが分かったのか、抱き着きながら体をビクリと跳ね、アデルは恐る恐る俺の顔を確認した。

「や、やあ。アデルのお父さんじゃなくてごめん」

なんて声を掛けたらいいのか分からずとりあえず謝ると、アデルの顔は一瞬で燃えるように真っ赤になった。

抱き着かれているため、体温が急激に上がり震えも激しくなっているのが直接伝わり、何とも言えない恥ずかしさに襲われる。

「あ、あーと、もうそろそろ離して貰っても大丈夫?」

「す、すびばっ」

俺がそう伝えた瞬間に勢いよく離れると、舌を思い切り噛んだのか口を押さえながら涙目で部屋から飛び出してしまったアデル。

呼び止めようとしたのだが、そんな俺の声は届かずに1人部屋に残されてしまった。

仕方ない。今日のことは明日にでもまた謝ろうか。

そう決めて、俺も部屋を後にしたのだった。


あれから半従者生活もあっと言う間に終わりを迎え、今日は学生寮に入寮する日。

お世話になった従者の方たちに、お礼を伝えてから俺は荷物をまとめる。

部屋に置かれた大量の家具を運び出すのを手伝ってくれるようで、従者の方たちが部屋にきてくれた。

アデルの父親が貨物用の馬車も手配してくれて、その馬車に積み込むだけ。

本当に至れり尽くせりだな。

俺の荷物を全て馬車に運び込んだあと、家の外まで見送りに来てくれた。

ネヴィル以外の全員の姿が見える。

「アデル、アデルのお父さんとお母さん。それから従者の皆さん。本当にお世話になりました」

「はっはっ！　気にすることないですよ。娘の命の恩人ですからね。それに結局仕事も手伝ってくれたみたいですから、お礼を言うのはこちらです。ありがとうございました」

頭をさげた俺に、お礼を伝えてきたアデルのお父さん。

本当に物腰の柔らかい人だ。

「仕事の覚えも早くて、人並みならぬ力も持っていますし、これからも従者として一緒に働きたかったくらいです。2週間、お疲れさまでした」

メイド長のエミリーさんも、俺をそう労ってくれた。

その言葉を聞き、足手まといと思われていなかったのだと少し安心する。

「こちらこそ、仕事を教えてくれてありがとうございました。また、アデルの家に来ることがあったらよろしくお願いします」

全員にお別れの挨拶を済ませて、俺はいよいよプロメトル学園へと向かう。

アデルのお父さんと一緒に貨物用の馬車の横を並走しながら歩きだすと、後ろの方に隠れていたアデルが飛び出てきた。

あの抱き着きの一件以降は、更に避けられるようになり、アデルとは結局一度も言葉を交わすことはなかったのだ。

謝罪しようとしても、すぐに逃げられてしまっていたしな。

「………あのジャック様。えーっと、その、あのー。また……学園でお会いしましょう!!」

「そうだね。また学園で会おう」

顔を真っ赤にしてそう言ってきたアデルの下まで歩き、俺は片手を差し出す。

その差し出した俺の手をアデルは挙動不審になりながら、握り返すとすぐに後ろへと走っていってしまった。

まだ抱き着きの件を引きづっているのだろう。

おかしな様子のアデルを見送ってから、また振り向き今度こそ学園を目指す。

学園に着くと、門が閉められていて、門番が2人立っている。

アデルのお父さんが門番のところまで歩きなにかを見せると、門番は慌てて門を開けた。

「さて、中に入ろうか」

アデルのお父さんの後をついて行くように、馬車と一緒に学園の中へと入る。

門から正面に道が続いていてその先に建物がある。

建物まで行くと道は左右に分かれていて、この建物を大きく囲むように道が続いているようだ。

さらに右にも左にも建物が見える。

この正面の建物の後ろにも色々あるようだし、この学園は本当にめちゃくちゃ広いぞ……。

あまりの広さに若干ビビりながらも、馬車を外に停めて、先に入って行ったアデルのお父さんの後に続いて建物の中へと入る。

「ここが学園の校舎だよ」

中には様々な部屋が見えていて、部屋ごとに数字が書かれた室名札が掲げられている。

王国兵団で隊ごとに部屋が分けられていたように、学園でも分けられるようだな。

魔術室なんて書かれた部屋もちらっと見えた。

「寮もこの建物にあるんですか？」

「いや、今は学園長室へ向かっているだけだよ。寮はこの校舎の左に見えた建物だ」

「あっ、そうだったんですね」

まずは学園長に挨拶するってことか。

冷静に考えたらそうだよな。

3階まで上がり、一番豪華な扉の上に『学園長室』と書かれた室名札があった。

アデルのお父さんはノックを4回行い、返事がきたところで中へと入る。

座っている学園長らしき人は50歳程の女性だ。

団長とは違い、年相応といった感じの印象を受ける。

「失礼致します。フレデリック・ディーン・アルメストです」

「おやおや、アルメスト卿ではないですか。先日もいらっしゃいましたが、本日はどうしたんですか？」

「本日は娘の入学の件ではなく、私が推薦した人物の入寮日ということで挨拶にきたのです」

「ああ、なるほど。後ろの少年が例の〝ジャック〟君ですか？」

「はい。そうです」

アデルのお父さんに背中をポンッと押され、挨拶するように合図をされた。

ハキハキと短く自己紹介をして、頭を下げる。

「ジャック・パラディオです。よろしくお願いします」

「学園長のルイーズです。ご活躍はアルメスト卿からお聞きしています。ただ、実績があるからと言って贔屓《ひいき》は致しませんし、この学園では過去の実績はなにも通用しません。その実績が本物であることを切に願っています」

学園長から、ピシャリとそう言われた。

どうやら推薦が通ったからと言って、歓迎されているようではないようだな。

ただ、俺の力が同年代の人達に劣っているとは思えないし、学園長が言っているように力を見せて証明すればいいだけの話だ。

その後、アデルのお父さんと学園長の事務的な話を聞いてから、学園長室を出た。

2人は難しい話をしていて、内容は全く頭に入ってこなかったな。

校舎を見て回る訳でもなく、外の馬車まで戻る。

「それでは学園長にも挨拶をしましたし、私は帰りますね」

「アルメストさん、本当にお世話になりました。いつか必ずこの御恩はお返しします」

「いやいや、以前も言いましたがこれはこちらが貰った恩を返しているので、気にしなくていいですよ。これで貸し借りなしです」

笑ってそう言い、立ち去ったアデルのお父さんを見送る。

アデルのお父さんはああ言っていたが、あくまで俺がアデルを助けたのはそれ自体が護衛の任務だったし、イレギュラーがあっただけで、ここまでしてもらうほどのことではないはずだ。

この恩は絶対に忘れないようにしないといけない。

アデルのお父さんが帰った後に、御者の人にはもう少しだけ荷物を運んでもらうように頼み寮まで向かう。

寮は左に見える建物と言っていたから、多分あの建物だろう。

王国兵団の寮とは違い、外観からして綺麗な建物だ。

中はお店のような内装で、入ってすぐの場所に受付のようなものまである。

「すいません。ここの学生になるもので入寮手続きをしたいのですが」

「はい、今年度の入学生さんですね。お名前よろしいでしょうか？」

「ジャック・パラディオと言います」

「ジャックさんですね……。えーっと、はい、105号室になります」

そう言って鍵を渡してきた受付の人。

この人がこの寮の寮母さんなのかな。

「ありがとうございます。荷物を運び入れるために行き来しますけど大丈夫ですか？」

「はい。大丈夫ですよ」

しっかり許可を貰ってから、ひとまず自室へと向かってみることにした。

受付付近に張り出されている、寮の簡易的な地図を見て部屋の位置を確認し、105号室を目指す。

どうやら105号室は、1階にあるようで更に出入口から比較的近い位置だった。

荷物の運び入れにさほど苦労はしなさそうで安心。部屋の番号を確認してから鍵を使って中へと入る。

「おおっ！」

思わず声が出てしまうほど、綺麗な部屋。

広さは王国兵団の時の部屋と変わらないが内装が別格。

それに必要最低限の家具が揃っていて、もしかしたら馬車で持ってきた荷物はいらなかったかもしれない。

追加でお金を渡して、御者の人に処分を頼んでもよさそうだな。

すぐに馬車へと戻って、御者の人に事情を説明すると、処分を行ってくれるそうで俺は部屋にはなかった家具だけを馬車から降ろし、部屋に運びこんでから残りの家具の処分を頼んだ。

荷物の整理を終えると御者の人も行ってしまい、本当に1人となった。

早いところ知り合いを作りたいが、まだ学園が始まっていないためか学生の姿は未だ見ていない。

ネヴィルが学園に通っていなかったところを見ると、今は全生徒が休みの期間なのかもしれないな。

新しい生活にワクワクしながらも、慣れ親しんだエルビスさんやベルベットさん達と会えていないことに寂しさも感じる。

なんとなく、村を出て王都に来た時のことを少し思い出すな。

若干の寂しさを感じながらも、入寮日とその翌日はゆっくりと体を休めながら、荷解きや家具の配置をした。

それにしても、この寮は本当に快適で不便がない。

寮内に食堂があり、学園は始まっていないが既に料理人がいて利用することができる。

更にこの食堂では、様々な料理を無料で食べることができた。

本来は学費に食費等が含まれているようなのだが、この学園では一部の生徒は学費がかからない。

一部の生徒というのは、セリアのような希少な適職持ちの生徒のようだ。

俺も推薦入学のためか、学費が免除となっている。

一昨日の学園長の話では、クラス分けでは一般のクラスに分けられるようだけど。

そんなことを考えながら、食堂で少し豪華な朝食を平らげる。

俺は入寮受け入れ当日に入寮したようで、人は少なかったが2日経った今では、少しずつ学生が増えてきているのかちらほらと姿を見る。

ただ、どうしても立ち振る舞いと言うか、発するオーラと言うか……近寄り難いものがあり声をかけることはできていない。

さて、今日は学園を回ってみようと思っている。

既に荷解きも終わり部屋でやることもないし、ゆっくり過ごしたため体も休まった。

勝手に学園内を回っていいのかは分からないが、変な場所とかに入らなければ大丈夫だろう。

それに学園を歩き回ればもしかしたら、セリアと出くわすかもしれないしな。

簡単な準備を整えてから、早速学園を回ってみることにする。

門から正面の建物が校舎、左の建物が寮。

そうなると右の建物が気になったため、まずはその建物へと行ってみることにした。

見た目は校舎のようで、大きさは寮と同じくらい。

外の看板には『部室棟』と書かれている。

なんの建物なのかさっぱり分からなかったため、扉をノックしてから少しだけ中を覗こうとしたのだが、どうやら鍵がかかっているようで開かなかった。

結局、何の建物かは分からずじまい。

仕方がないため部室棟をあとにし、道に沿って校舎の裏側へと行ってみる。

校舎の裏側に見えたのは、まっさらな大きな空き地のような場所。

その空き地を囲むように更に道が続いている。

その道の先に大きな建物が見えたため、道に沿って歩いて行く。

……校舎よりも大きな建物だな。

この建物も扉に鍵がかけられていて開けられなかったが、窓から中の様子が見える。

大きな建物だが、中はくり抜かれたようになにもなく、シンプルな造りとなっている。

外のまっさらな空き地の建物版のような印象を受けた。

ここも看板などがなく、用途が分からなかったがいずれ分かるだろうし、スルーして先に進む。

まっさらな空き地が終わると同時に、目の前に頑丈な柵で封鎖されていて、魔法による結界が張り巡らされているとの注意書きが書かれた、大きな看板が立っている。

目に見える限り、柵の奥は森のように木が生い茂っているだけだが、その奥にはなにかがあるはず。

予想だが、エルビスさんが前に言っていた、〝ダンジョン〟があるのではないかと俺は踏んでいる。

見るからに怪しいし、学園の入口よりも厳重に守られているところからしても、俺の予想は当たっていると思う。

どう頑張っても現状入ることは難しそうだし、仮に入ったとしてもメリットがほとんどない。

かなり気になる場所ではあるが、色々と考えた結果引き返すことにした。

大きな建物の反対側にも建物があったため、帰りはそちらの建物を通るように反対側から戻る。

多分ここが今見れる最後の建物だと思う。大きさは寮ぐらいか。

閉まっているだろうが、一応扉に手をかけると鍵は掛かっていなかったようで、ゆっくりと開いた。

中に入るか迷ったが、チラッと覗くくらいならば大丈夫だろうという判断で少しだけ中へと入る。

建物の中に入って目に飛び込んだのは、様々なトレーニング器具の数々。

見た感じ筋力トレーニングのものや、剣を打ち込むためのカカシのようなものもある。

王国兵団にあった甲冑を着せただけのカカシとはちがい、大量の魔力をまとっているのが分かった。

その魔力が気になり一撃だけ打ち込んでみようと拳を構えて、殴りかかろうとしたその瞬間、後ろから肩を叩かれて誰かに声をかけられた。

「こんなところでなにしてるんだい？」

慌てて振り返ると、立っていたのはスラっとした金髪碧眼の顔の整った男性。

年齢は若干年上だと思うが誰だろうか……。

「すいません。今年の入学生なんですが、学園内を軽く見て回っていたところ、この建物を見つけて気になって思わず入ってしまいました」

「なるほどな。新入生かなと思ってたけどやっぱり新入生だったのか。学園が始まるまでは基本的に建物内の見回りは禁止だから、これからは気をつけたほうがいいよ」

「そうだったんですね……。知らなかったです。教えて頂きありがとうございます」

この口調から1個上か2個上の先輩だろうか。

とりあえずお礼を言って建物から立ち去ろうとするが、その俺の背中に向かって声を掛けられた。

「ねえ、君は特別入学組？」

特別入学組って言うのは、セリアのような希少な適職者のことだろうか？

一応推薦だから分類的にはこちらなのだと思うが、分からないし一般入学ってことでいいだろう。

「いえ、違います」

「……そうか。引き止めて悪かったね」

そんな金髪碧眼の青年を残して、俺は建物をあとにした。

さてと、学園の探索はこんなものかな。

見て回ったはいいものの、結局あまり分からなかったな。

それと、最後の建物にいた人。

立ち姿に隙が無かったし、俺が警戒していたにもかかわらず、背後を取られていたことに気づかなかった。

一体誰なのだろうか。……相当な実力者のようだが。

そんな疑問を残しつつ、俺は寮へと戻ることにした。

結局、今日はセリアと会うことができなかったな。

まだ始業まで時間があって、学生もあまりいないから仕方がないことだけど。

そんなことを考えながら自室まで向かうと、俺の部屋の前に誰かいることに気が付く。

遠くからこっそりと様子を窺うが、その人物は俺の部屋の前から動こうとしない。

たまたま通りかかった訳ではなく、何か俺に用があるのかもしれないな。

そう思い立ち、俺はその見知らぬ人物に声をかけることに決めた。

「あの、なにか用ですか？」

俺がそう声をかけると、体をビクリと跳ねてこちらを向いた。

どこか気の弱そうな黒髪の男の子。

「あ、あの！　隣の部屋のピートって言います！」

「この部屋に住んでるジャックと言います」

「今日、入寮したので挨拶をしに来たんですけど……」

「あっ、そうだったんですか。これからよろしくお願いします」

どうやら挨拶しに来ただけだったみたいだ。

挙動不審だったため、無駄に警戒してしまった。

今日入寮したってことは、俺と同じ今年入学する人なのかもしれないな。

「はいっ！　よ、よろしくお願いします！　こ、これつまらないものですが！」

そう言ってピートが渡してきたのは、包装された大きめの箱。

受け取るか迷ったがここで断るのもどうかと思い、ありがたく受け取ることにした。

「わざわざありがとうございます。いただきます」

俺が受け取ってからそう伝えると、照れ臭そうに頭をかいている。

なんだかこのピートという男の子を見ていると、小動物を見ている気分になるな。

「それで、1つ気になったんですけど、今日入寮ってことは今年入学される方ですか？」

「はい！　そうです！　ジャックさんは先輩ですか？」

「いや、俺も今年入学するから、多分同い年だと思うよ」

「えっ!?　先輩じゃなかったんですか？　大人びてたからてっきり……」

やっぱり、同い年だったみたいだ。

これは学園で初めての知り合いができたかもしれない。

「同い年だし、敬語はやめようよ。これからよろしく」

俺の差し出した手を、恐る恐る握ったピート。

その様子に思わず笑ってしまう。

「わ、分かった！　よろしくね！」

その後、部屋の前で少し話してからピートと別れて部屋へと戻る。

早速ピートから貰ったものを開封してみると、中にはクッキーが入っていた。

それも高そうなクッキーだな。つまらないものと言っていたがこれは嬉しい。

こんな高価そうなものをポンッと渡せるなんて、流石は貴族の集まる学園だな。

また後日にクッキーの感想と共にお礼を言おうか。

それから始業するまでの間、俺は基本的に部屋に籠って剣を振ったり、【筋力増強《きんりょくぞうきょう》】の魔法を使って感覚を確かめたりした。

食堂とかでピートとは軽く話したりはしたのだが、どうしても他の人たちとは話すまでには至らず、結局知り合いとなった人物はピートだけ。

今日から学園生活が本格的に始まるし、そこで仲良くなればいいだけだから大丈夫だとは思うけど。

この寮にもかなりの人が入寮したようで、最初はガラガラだった食堂も今ではほぼ満席になっている。

軽く朝ご飯を食べたあと、準備をしてから入学式が行われる建物へ向かう。

場所はまっさらな空き地の横にあった、中がくり抜かれたような大きな建物だ。

あそこは全生徒を集めたりする場所なのかもしれないな。

1人で大きな建物を目指して歩き、辿り着く。

無駄に広いから時間が意外とかかるな。

既に大勢の生徒で溢れかえっていて、中に入るのを躊躇するが行列に並ぶようにして中へと入る。

そして……人混みの中、俺は懐かしい人物が紛れているのに気が付いた。

向こうも俺に気が付いたようで、俺を見るや否や人を掻き分けて駆け寄ってきた。

「ジャックッ！！！　久しぶりっ！！！！」

大人びていて、王都で一度見かけたころと比べたら、更に別人のように綺麗になっていたが、見た瞬間に分かった。

学園に来てからずっと探していたが、俺はようやくセリアと再会することができたようだ。

セリアは勢いを殺さずに俺に近づいてくると、そのまま俺に向かって思い切りジャンプし、飛びついてきた。

昔と変わっていないその行動に嬉しさ半分、周りからの視線も感じて恥ずかしさ半分。

なんとも言えない心境のまま、飛びついてきたセリアを受け止める。

「セリア、元気だったか？」

「うんっ！　ジャックも元気だった？」

「ああ。俺は見ての通り元気だ」

「そっか、それなら良かった。……それにしても、なんでジャックが学園にいるの？」

首を傾げ、そう尋ねてきたセリア。

俺はセリアがこの学園に入学することを知っていたが、セリアはたまたま俺がいると思っているようだ。

「詳しく話すと長くなるんだけど……。昔、ロダの村に来てたアデルを覚えてるか？」

「もちろん！　短い期間だったけど何度も手合わせしたもん。懐かしいなぁ！」

「そう。そのアデルのお父さんに推薦してもらえて、この学園に入学することが出来たんだよ」

「そうだったんだ！　へー、凄い巡り合わせだね!!」

セリアは笑顔でそう言ってきた。確かに凄い巡り合わせだよな。

俺もこの学園に入学するなんて、少し前までは考えていなかった。

「それでセリア。会うのは久しぶりだけど、少しは強くなったのか？」

俺は少し挑発気味にそう尋ねたのだが、返ってきた反応は意外なものだった。

「当たり前じゃん。ジャックと離れてから、本気で努力して強くなったよ。……もうジャックじゃ敵わないくらいに強くなった」

可愛らしい笑みは消え去り、真顔でそう告げてきたセリア。

そのセリアの態度の変化に、俺は思わず黙ってしまう。

「いや、流石にそれはないだろ。俺とセリアの対戦成績覚えてるのかよ」

少しムキになり、茶化し気味にそう言葉を返したのだが、セリアは真顔のまま俺の顔を見つめている。

「ジャックこそいつの話をしてるの？　私はもう昔の私じゃないよ」

そう語るセリアからは、並々ならぬ自信を感じた。

確かにしっかりと見ていなかったが、よく見れば傷が増えていて体つきも大分変わっている。

団長と似た強者のオーラも纏っているように俺は感じた。

「それは確かにそうだな。……ただ、俺も強くなっているってことをセリアこそ忘れていないか？　セリアが強くなったのなら、俺も強くなっている。昔と差は変わらないままだと俺は思っているが」

セリアの態度にムキになってしまい、久しぶりの再会だというのに語気を強めてそう返してしまった。

ただセリアはアデルと違い、俺のそんな言葉にムキになって反論してこない。

「それはないよ。ジャックが生ぬるい環境に身を置いている間、私は常に戦いに身を置いていたから。……ジャックの強さは私が一番よく知っている。だからこそ断言できるんだ」

俺の目を見据えてそう言ってきたセリアを見て、俺がなんと言おうと意見は変わらないと悟った。

別にセリアが俺よりも強いと思っていようがどうでもいい。

ただ、王国兵団で培ってきたものを、何も知らずに生ぬるいと断言するセリアに少しイラッとしてしまった。

模擬戦で勝負をつけよう。そう言おうとした時——。

「セリアッ！　なにしてんだ。行くぞっ」

「ディアス、ちょっと待ってよ。同郷の幼なじみだから——」

「いいから早くこいっ!!」

「分かったよ。……ごめん、ジャック。呼ばれちゃったから。時間がある時にゆっくり話そう」

セリアはそう言うと、呼ばれた赤髪の男の下へと行ってしまった。

久しぶりに会えたにもかかわらず懐かしい話は一切出来ず、言いたいことを言われたまま、俺は啞然とするしか出来ない。

結局、セリアを呼んだ男とその他に2人いる男女のところに合流して、去っていくセリアを後ろから眺めるしかできなかった。

入学式が始まるが、依然として俺は放心状態。

せっかく会えたにもかかわらず、碌に会話もできなかった。

それよりも俺を、俺の環境を完全に見下してきた事実に常時ムカムカとする。

頭の中を様々な思考が巡るためムカムカが治まりそうにないが、そんな俺の感情とは裏腹に入学式は進んでいき、新入生代表挨拶へと移っていった。

新入生代表挨拶を行うのは一番有望な生徒らしく、先ほどセリアを呼んだディアスという男が壇上へと上がっていった。

薄々そうだろうなとは思っていたが、ディアスもセリアに並ぶほどの適職の持ち主なのだろう。

セリアへのイライラをディアスに向け、睨みながら新入生代表の挨拶を聞いていると、周りで話している生徒たちの声が耳に入ってくる。

その生徒たちの噂話を聞く限り、どうやらこのディアスは【勇者】の適職を持っているらしい。

結構な人数がひそひそと話していることから、界隈では相当な有名人だということが分かる。

王国から【勇者】の適職を持つ子供が出たのは数百年ぶりのことで、更にディアスは有力貴族の子供でもあるみたいだな。

それから、セリアについての噂話もちょくちょく聞こえる。

本当かどうかは分からないが、話を聞く限り鼻が高くなってもおかしくない成果を、ディアスもセリアも上げているみたいだ。

噂話に耳を傾けていたら、あっという間に入学式が終わり、これからクラス分けへと移行するらしい。

今年度の新入生は59名。

その内８名は特別クラスに分けられるようで、残りの51名が３つのクラスに分けられるようだ。

特別クラスはディアスにセリア、それからその２人の知り合い達も選ばれたようで、親し気に会話しているのが視界に入る。

それから残りの51人の内、俺を含めた15人が３組で、残り18人ずつが１組と２組に分けられた。

人数が均等ではないことから、なにかしらの意図があってクラスを分けていそうだが、詳しいことはまだ分からない。

ピートも３組だったようで、知り合いがいることに少しホッとする。

クラスが決まった後は、クラス毎に移動が開始された。

通常クラスは校舎へと向かい、特別クラスは校舎とは反対にある結界によって封鎖されていた場所へと向かっていった。

多分だけど特別クラスは初日から、学園ダンジョンに入るのだと思う。

若干の羨ましさを覚えつつも、俺は指示通り校舎へと向かう。

指示の下校舎に着き、それから1階の1－3と書かれた室名札の部屋まで誘導された。

その部屋の中に入ると、部屋の端から端まである長い机が3列あり、前は小さな壇上のようになっている。

そして壇上の後ろには大きな白いボードがあった。

……なにやら、兵舎の待機所のような部屋だな。

先ほど分けられた15人全員が部屋に入ると、ここまで誘導した男が部屋にある壇上に上がった。

「全員、適当でいいから席につけ！」

男がそう指示を出すと、生徒たちはぞろぞろと席に座りだす。

どうやらこの男が、このクラスの担任なのかもしれない。

「これから1年間お前らの担任となる、ノルテだ。他の教師に比べたら俺は大分若いが、元皇帝直属の帝国魔術師で第3級魔法も使える。他の教師よりも魔術に関しては秀でているから安心してくれ」

ノルテと名乗った男がそう自己紹介をすると、クラス内がざわざわとし出した。

俺自身はこの男が言った肩書きの何が凄いのか理解できなかったが、このざわめきようから察するに相当な実力者ということだろう。

「それで、このクラスには魔法適職を持つものが集められたと思うのだが間違いはないよな？」

ざわざわとしていたクラスが、その一言で静まり返る。

なるほど。クラスはそういう風に分けられていたのか。

……となると、このクラスは魔法特化の指導を受けられるというわけか。

正直、【筋力増強】しか使えない俺が、その指導についていけるか心配ではあるが、俺が一気に成長する鍵は【筋力増強】以外の魔法を使えるようになることだと思っていたから、これはかなり好都合。

「よしっ。間違いはなさそうだな。早速だが、今日は全員の実力がどの程度か知りたいため簡単なテストのようなものを行う……がその前に自己紹介でもしとこうか。右前の君から自己紹介していってくれ」

その教師の言葉で、右前に座っていた人から順に自己紹介が始まった。

俺もなるべく、全員の顔と名前を一致させるように記憶していく。

どんどんと短い自己紹介が終わって行き、俺の番が回ってきた。

「ジャックです。1年間よろしくお願いします」

前の人に倣うように俺は簡単に名前だけ伝え終わろうとすると、今まで口出ししてこなかったノルテさんが口を挟んできた。

「君がジャックだな。話は聞いてるぞ。学園史上初の平民の推薦入学者だろ？　実力次第では、特別クラスへの異動もあると学園長から伺っているから期待している」

ノルテさんから発せられたその期待の言葉に、周りからの俺への注目度が一気に高まったように感じた。

他の生徒の面前でわざわざ言わなくていいだろと思わなくもないが、それだけ推薦入学が少なからず期待されているものだということが分かった。

その後、最後の1人まで自己紹介が終わったところでノルテさんが、手を2回たたいた。

「よし、自己紹介は終わったな。これから3年間一緒に過ごすこととなる。仲違いはせずにみんな仲良くするように。……それじゃ先ほども言ったように、簡単なテストを行うから校庭に移動だ。校庭は先ほど入学式を行った建物の前の開けた場所だからな」

そう言うと、真っ先に部屋を出て行って移動を開始したノルテさん。

ノルテさんが言っていたのは、あのまっさらな空き地のことだろう。

俺も続くように部屋を出ようとすると、後ろから呼び止められた。

「なあ、推薦入学って本当かよ？」

振り返ると3人組が俺に話しかけてきていた。

遠巻きに、心配そうな表情でこちらの様子を窺っているピートの姿も見える。

「ああ、推薦されて入学した」

「へぇー。と言うことは実力はあるってことなんだな」

「まあ腕に自信はある。魔法はからっきしだが」

「……？　言っている意味はよくわからないが、良いライバルになれそうだな。俺はルーク。後ろのがトビーとリズだ」

「俺はジャックだ。よろしく」

あっさりとした挨拶をして、3人と握手をする。

絡んできたのかと思ったが、悪い雰囲気は感じない。

セリアのような威圧的な感じもなければ、見下されている感じもないしな。

「おう、よろしく。他の奴らはどう思ってるのか知らないが、俺らは平民だろうが気にしてないからよ」

「そうなのか。それはありがたい……が、やはり貴族と平民で価値観は違うものなのか？」

「そりゃあな。俺らは三男、四男、次女と実力でのし上がらないといけない立場だから気にならないってだけで、貴族意識が強いやつなんてゴロゴロいるぞ」

「そうなのか。それは気をつけないといけないな」

「まあ、実力があるなら大丈夫さ。特別クラスの連中みたいに強ければ関係ない。てことで、実力テスト楽しみにしてるぜ」

楽しげにそう言うと、3人は部屋から出て行った。

そんな3人が出て行ったのを見計らって、ピートが俺の所までやってくる。

「ジャック、絡まれてたみたいだけど大丈夫だった？」

「ああ、大丈夫だった。悪い感じではなかったぞ」

「そっかぁ。なら良かったよ！」

「そういえば、ピートは俺が平民だって言ったときも態度変わらなかったよな？」

ピートには既に俺が推薦入学で貴族ではないことを明かしていた。

それでも態度を変えずに接してくれていたのは、アデルで慣れていたせいで気づかなかったが、貴族としては珍しいことだったのかもしれない。

「僕はあんまり貴族とか平民とか分からないからね。こうして僕とまともに喋ってくれるのはジャックだけだしさ」

「そっか。同じクラスにもなれたし、これからもよろしくな」

「うん！　よろしく」

笑顔でそう言ったピート。

元々、中性的な顔立ちだが、笑うと本当に女の子のように見える。

笑顔を見てそんな感想を抱きながら、俺はピートと一緒に校庭へと向かった。

先ほど見た時はまっさらだった校庭にはカカシが3つ並んでいて、そこにノルテさんとクラスの人たちが集まっている。

「よしっ、全員集まったな。それじゃテストの内容を発表する」

そう言うとノルテさんは、カカシからある程度離れた場所に立つと魔法を放った。

「【火球《かきゅう》】」

ノルテさんの手から放たれた【火球】はカカシへとまっすぐ飛んでいって、小さな衝撃音を立ててぶつかった。

あの威力ならば、カカシは跡形もなく燃えたかもと思って凝視したのだが、カカシは何事もなかったかのように【火球】が放たれる前と同じ状態だった。

その代わりにカカシの胸の位置にはまっている水晶のような玉が、真っ赤に染まっていた。

「今のように順番に魔法を撃ってもらう。カカシに魔法がぶつかると胸にはまった魔法吸収玉が魔法を吸収し、色によって威力を判定してくれる」

なるほど。あの玉の色で威力が分かるということか。

「ちなみに魔法吸収玉は一定以上の魔法を受けると割れてしまうため、使っていい魔法は第10級の魔法だけだ。分かったな」

「「はいっ」」

返事をしたのを確認したノルテさんは、先ほど自分が魔法を放ったカカシのところまで歩き、吸収玉をいじると色が透明になった。

それを確認してから、定位置に戻ると指示を出す。

「よしっ、それじゃ始め」

ノルテさんが合図を出したと同時に、3人が横並びとなり魔法を放った。

【火球】【氷球《ひょうきゅう》】【風球《ふうきゅう》】とそれぞれ違った魔法。

放たれた魔法がカカシにぶつかると、ノルテさんのときと同様に吸収玉に魔法が吸収され、玉の色が変わった。

ノルテさんのときは真っ赤だったが、今回の3人の色はそれぞれ青色。

色を確認したあと、また玉をいじり透明に戻し、指示を出す。

「次っ！」

この作業を次々と繰り返していき、3組の人たちが次々と魔法を撃っていく。

今のところ12人が魔法を撃ち終わり、全員ともに吸収玉の色は青色だった。

そして、いよいよ最後に残っていた俺達3人の番なのだが……。

俺は魔法を使えない。

いや、使えないと言うのは語弊があるが、【火球】や【氷球】などの放出系の魔法は使えない。

最後列で順番が回ってくるのを俺は心臓をバクバクさせながら待っていたのだが……もう逃げら

れない。

ノルテさんがあれだけ期待させるようなことを発した手前、言いづらいのだが素直にできないことを言うしかない。

「すいません。俺、魔法が使えないんです」

俺が魔法を使えない発言をすると、クラス全員がざわざわとし出した。

先ほど、ノルテさんが名乗ったとき以上のざわざわ具合だ。

「……はあっ!?　……えっ、あれ？　ジャックは推薦入学だよな？　それで魔法寄りの適職で魔法が使えない……？」

推薦枠と聞かされていたであろうノルテさんは、心底困惑している様子だ。

困惑するのも仕方がない。俺が推薦で入学できた理由は、魔法ではなくて剣術だからな。

魔法特化のクラスに入れてもらえたのは良かったが……こうなるのはちょっと辛いな。

「はい。魔法寄りの適職で推薦入学したのは間違いないのですが、放出系魔法は使えないんです」

「第10級の魔法も使えないのか？」

「……そもそもですが、第10級がなんなのか分からないです」

俺がそう言うと、ノルテさんは肩を落として大きく息を吐いた。

なんか、期待を裏切ったようで申し訳ないな。

そもそも俺が魔法を使えないことは知れ渡っていなかったのか……。

てっきり、アデルの父親から俺の話を聞いたと学園長が言っていたから、知られているものだとばかり思っていたが。

「分かった。詳しい事情は後で聞く。ジャックは外れてていいぞ」

ノルテさんがそう言い、俺が外れるとクラスの連中から嘲笑のような笑い声が上がった。

その馬鹿にしたような笑い声にムカッとしたが、ここは我慢をして俺と一緒に魔法を放つはずだったピートとルークを見る。

2人とも【火球】を選択したようで、2人の手から放たれた【火球】がカカシにぶつかった。

ルークが放った魔法の威力は、クラスメイトの中では一番威力が高かったように見え、実際に吸収玉の色は黄色っぽく変わっていた。

そのことに気づいたクラスの連中もざわめいている。

先ほど俺に啖呵をきってきただけあって、しっかりと実力はあるようだ。

「よしっ、これで全員だな。……先ほどジャックを笑っていたやつが多数いたようだが、お前ら人を笑えるような成績じゃないからな。今のところ及第点なのはルークだけ。他は全員魔法を使えないのと同レベルだ」

ノルテさんは俺たちに向かってそう言った。

言っている内容は俺を擁護した訳ではないのだが、正直胸がスッとする。

「今日は入学初日だからこのテストで終わりだが、明日からは教師全員で徹底的に鍛えていくから覚悟しておけ！」

そのノルテさんの怒声に全員の背筋が伸びた。

貴族中心の学園と聞いていたから授業内容は緩いものだと思っていたけど、結構スパルタなのかもしれない。

「それじゃジャックはここに残って、他の皆は教室へ戻れ」

俺だけ名指しで呼び止められる。さしづめ、魔法の件だろう。

全員が校庭から教室へと戻ったのを確認してから、ノルテさんが俺に詰めよってきた。

「ジャック、魔法が使えないってどういうことか説明しろ」

「どういうこともなにも……そのままの意味です。魔法が使えないんですよ俺は」

「魔法寄りの適職じゃないのか？」

「いえ、さっきも言いましたが、適職は【魔法使い】ですよ」

俺がそう言うと頭を抱えたノルテさん。

剣術特化の【魔法使い】って、そんなに珍しいものなのか？

いや、まあ珍しいだろうけど、頭を抱えるほどではないと思うが。

「適職は【魔法使い】だが、魔法は使えず剣術で推薦入学した。……こう言うことか？」

「はい。それで合ってます」

「そりゃ随分と馬鹿げた話だな。……疑う訳じゃないが、その剣術を見せてもらうことはできるか？」

「はい、大丈夫ですけど……どうすればいいですか？」

「カカシに打ち込んでもらうのでもいいが……模擬戦が手っ取り早いな」

模擬戦か。王国兵団でならした、俺にとっては一番実力の出せる方法。

ただ、やるとしたらノルテさんだよな？

流石に1対1で魔法のみの相手に、俺が負けるビジョンが見えない。

まあ勝ち負けではないし、俺の実力を見せるだけなら関係ないのか。

「模擬戦でもいいですが、勝てばいいんですか？」

「随分余裕そうだな。ああ、勝ちにくればいい」

「分かりました。木剣かなにかありますか？　なければ木の棒でもかまいませんが」

「ちょっと待ってろ」

そう言うとノルテさんは、この間俺が侵入した建物へと入って行った。

しばらくして戻ってきたその手には木剣が握られていて、その木剣を俺に渡してきた。

「ありがとうございます。それじゃ準備ができたらかかってきていいですよ」

「……なんでお前が上から言うんだよ。ほら、いつでもかかってこい」

俺に木剣を手渡した位置から3歩だけ下がると、手をくいくいとさせてかかってこいと合図している。

ノルテさんは無手。両手が空いた状態で合図を送っているが……斬りかかっていいのだろうか。

余裕で間合いに入っているし、恐らく瞬殺だろうから一撃で力を見せるためにも全力でいくべきか。

「それじゃいきます。それと魔法は使っていいですか？」

「はぁ？　さっき魔法は使えないって……もうなんでもいい。本気でこい」

許可も出たことだし、俺は【筋力増強】を発動させる。

魔力が体に巡り、一気に軽くなった。すかさず腰を落とし、木剣を腰に差す。

この一撃で終わらせる。

「――【瞬閃《しゅんせん》】」

「【火球】ッ!!　って、おい――はっや、すぎるだろ……」

俺の目論見通り、勝負は一瞬でついた。

ノルテさんが魔法を放とうとした瞬間には、俺の木剣の刃がノルテさんの首元に触れている。

団長レベルの実力者じゃなければ、俺の本気の【瞬閃】は止められない。

決着が一瞬すぎて実力を見せられたのか分からないが、果たしてこれでよかったのだろうか。

「まあ、こんなもんですね」

「……ふっ、なるほどな。こりゃあ本物だわ。俺のクラスに入れられたのは学園側のミスだろう。学園長に言って、剣術特化の1組に変えてもらえるように言ってくる」

そう言って立ち去ろうとしたノルテさんを、俺は慌てて引き止める。

ありがたい提案だが、俺にとってはこのまま魔法特化のクラスに入れてもらった方が嬉しい。

「すいません。迷惑じゃなければなんですが、このまま3組に在籍させて欲しいんです」

「はっ？　なんでだ？　剣術特化のクラスに行けば扱いだって変わるだろうし、教室でも言ったが、特別クラスへの異動だって早々に決まるかもしれないぞ」

確かに特別クラスへの異動は大きいのかもしれないが、それ以上に魔法を身につけられる方が俺にとっては魅力的。

実際にセリアの力をまだ見ていないが、ミアですらあの成長速度だった。

自信満々の態度を見るに、もしかしたらセリアに上を行かれている可能性だってあるからな。

俺は今の力に満足していないし、高みを目指したいと思っている。

「確かに特別クラスは魅力的です。ですが、何度も言ってますが俺の適職は【魔法使い】なんです。今は体に合っていない剣術を無理やり使っているだけで、本来ならばノルテさんのような魔法を使えるようになるべきだと俺は思っているので」

「いやいや、もうその剣術だけで〝英雄〟を目指せる位置にいると思うぞ。……だが、ジャックにその意思があるなら、面白そうだな」

ノルテさんの顔が悪い笑みへと変わった。

「はい。俺は現状に満足してないですし、このまま剣術だけを極めたところで、俺の目指している人には多分届きませんので」

「目指している人？」

「俺を変えてくれた恩人のような人です。俺の理想はその人なんです」

師匠はもうこの世にいないから、明確に超えることはできないかもしれないけどな。

いつか〝超えた〟と思える日が来るまで、俺は目指し続けるつもりだ。

「なんのことだかさっぱり分からないが、そういうことなら俺が予定通りジャックの面倒を見よう。だが、お前は剣術は確かに飛びぬけているが、魔法に関してはクラス、いや下手したら学年で最下位だ。さっきみたいな嘲笑や馬鹿にされることが、多々あるかもしれないが大丈夫か？」

「ええ。最悪、剣で分からせてやりますから」

「それは駄目だ」

「冗談です」

怖い顔をして、止めの言葉を言ってきたノルテさん。

冗談と言ったが、あまりに酷い場合は実力行使にでればいい。

「とりあえず、ジャックがそういうつもりならば……徹底的に育てて、俺が完璧な化け物にしてやる」

「ノルテさん、よろしくお願いします」

「さんじゃない先生だ。今後は間違えるなよ」

「はい、ノルテ先生」

こうして、俺とノルテ先生で秘密の約束を交わした。

自分自身で何度も試したが、【筋力増強】以外は使えなかったからな。

ノルテ先生との特訓で使えるようになればいいのだが。

入学式を終え、実力テストを行った翌日。

俺が寮を出て校舎に向かう道中、セリアが1人で校舎の入口に立っているのが見えた。

すぐにでも声を掛けたかったのだが、昨日の一件が頭をよぎる。

声を掛けるか迷い、色々な思考が頭をぐるぐると巡った故に、校舎へ向かう足が止まる。

俺が足を止めて遠巻きにセリアを見ていると、そんな俺に気が付いたセリアがこっちに来た。

「ジャック、おはよう。昨日は話の途中で行っちゃってごめんね」

「セリア、おはよう。……俺も昨日はムキになってごめん」

あっさりと謝ってきたため、俺もスッと謝罪の言葉が出た。

「ジャックが謝ることじゃないよ。ジャックは私がどれだけ強くなったかを知らなかっただけだしさ！」

謝ったのも束の間、そんなセリアの一言にムカッとする。

悪気はないのだろうが、そのナチュラルな見下しにムカッきてしまう。

「……いや、それはセリアも知らないだろ？　俺がどれだけ強くなったか」

「知らないけど知ってるよ。ジャックの噂は全然聞いてないからね。どんなダンジョンに潜ったとか、ダンジョンでどんな魔物を倒したとか。ある程度の情報は耳に入るけど、ジャックの噂は聞いたことないから分かる」

まだ食ってかかるのかという態度でセリアはそう説明したが、ぜんっぜん納得いかない。

どんなダンジョンに潜ったかで強さを推し量れる訳がない。

「確かにダンジョンには潜ったことはないが、それでも俺は強くなった。それだけは断言する」

「ふっ、……うん、強くなったのは強くなったと思うよ。それは私もそう思ってるから」

「でも、セリアの方が強くなったと言いたいんだろ？」

「もちろん！　私にはそれだけのことをやってきたっていう自負があるから」

……これは昨日に引き続き、平行線を辿りそうだ。

言葉では俺もセリアも納得しないだろう。

強さを誇示したい訳ではないが、こうなった以上は一度どちらが上かをはっきりさせたい。

「なら、久しぶりに模擬戦でもやるか？　ロダの村に居たころに散々やった戦いで決めよう」

「……うーん、それはしなくていいと思う。ジャックは聞いてないのかもしれないけど、1年生の実力を測る1対1形式の1年生大会があるみたいだからさ。そこで戦おうよ。もちろんジャックが勝ち上がれたら――だけどさ」

1年生大会……か。

そんな大会があるのならば、確かにそこで戦うのが一番良い。

大衆の前で決着をつければ、文句の言いようもないだろうしな。

俺が勝ち上がれるのか心配をしているようなのが少し癪だが、そこで決着をつけよう。

「そんな大会があるなら、そこで決着をつけよう。負けた方は調子に乗ってすいませんでしたって謝罪するってのはどうだ？」

「おっ！　それは面白そう！　ジャックの謝罪か……。今まで聞いたことないかも！」

「まあ、謝罪をするのはセリアだけどな」

お互いに好戦的に笑い合ってから、俺はセリアを置いて校舎へと入る。

王国兵団にいたことを肯定するためにも、俺的には絶対に負けられない試合が出来た。

1対1なら、剣闘会で磨き上げた腕をいかんなく発揮できる。

あっさり優勝を決めて、セリアにもそれから俺を見下しているであろうクラスメイトにも実力を示すいい機会。

楽しみが1つできた俺は、ルンルン気分で教室へと向かった。

晴れやかな気分で教室の扉を開けると、教室にはクラスメイトがほぼ全員揃っていた。

昨日の実力テストの一件があったからか、若干俺に対して距離を置いているのを感じる。

そんな変な空気を無視し、俺が1人座ったと同時にノルテ先生が教室へと入ってきた。

そのノルテ先生の後ろには、見知らぬヨボヨボのおばあさんもいる。

今日から本格的に指導を始めると言っていたが、後ろのおばあさんも教師なのだろうか。

「よしっ、全員いるようだな。今日から本格的に授業を始める。まずは基礎的なところをみっちりとやってもらうつもりだ。それで今日の午前の教師はこちらのメーガン先生だ。先生……一言お願いします」

「メーガンじゃ。よろしくな」

消えそうなほどちいさく震えた声で、そう自己紹介をしたメーガン先生。

心配しそうになるくらいヨボヨボだが……果たして大丈夫なのだろうか。

「お前ら、しっかりとメーガン先生に従うようにな。……それとジャック、お前はこっちだ」

メーガン先生を残して退室しかけたノルテ先生が、去り際に俺を呼んだ。

呼ばれた通りに教室を出て、ノルテ先生のあとをついていく。

「ジャック、お前はしばらく俺が1対1で魔法を教えていく」

「えっ？　俺につきっきりでいいんですか？」

「ああ、学園長には許可を貰ってきた。それに長期間じゃないしな。あくまで基礎魔法を習得するための個人指導だ」

「それは本当にありがたいです。個人指導って何をするんですか？」

「とりあえず魔法の基礎についてみっちり教える」

そう言ってどんどん進んでいくノルテ先生のあとについていくと、変な部屋へと入って行った。

室名札には、『研究室』と書かれている。

研究室の中は薄暗く、どこか肌寒い。

「ここで魔法の特訓をするんですか？」

「ああ、そうだ。しばらくはこの部屋で教えることになるだろうな」

室内に散らばっていた本を1冊拾い上げて、パラパラとめくっているノルテ先生。

しばらくその様子を見ていると、あるページで手が止まりそれを俺に見せてきた。

「ここに魔法の性質や魔法のランクが書かれているから読んでおけ。俺はその間に準備をする」

「分かりました」

俺は指示通りに渡された本を読むことにした。

渡された本を読むと、〝魔法〟についての様々なことが書かれていた。

気になった箇所はノルテ先生も言っていたが、魔法の性質と魔法のランク。

魔法とは日々体内に蓄積されていく魔力を、別の力へと変換させる行為と書かれている。

スケルトンの時に魔法が使えなかったのは、体内に魔力が蓄積されなかったからなのか。

師匠が持っていた魔力回復薬を使用しても、あの時は魔法は使えなかったし、体内に魔力が蓄積されないと魔法は発動できないようだ。

そして魔力の性質は人によって異なっていて、それに伴って発動しやすい魔法や発動しにくい魔法があり、場合によっては発動に至らない魔法もあるそうだ。

そこからも長々と魔法について書かれていて、大まかな得意魔法判別方法なども書かれていた。

この判別方法を今やってみたい気持ちに駆られるが、とりあえずは先を読む。

魔法の性質の次に書かれていたのは、魔法のランクについて。

魔法は大まかに一番上が1級、一番下が10級の10段階に分けられているようだ。

昨日、テストの時ノルテ先生が言っていた第10級魔法とはこのことだったようだな。

そこからはランクごとに魔法がズラーっと羅列されていて、俺が唯一使える【筋力増強】の魔法がこの本に載っていないか探してみることにした。

第10級の欄から第1級までくまなく探したのだが、見当たらない。

よくよく考えたら俺が勝手につけた魔法名だし、載っていなくて当たり前か。

身体能力強化系の魔法に絞って探してみると、最低でも第7級の魔法ではありそうだった。

【筋力増強】の正式名称がなにかは後で、ノルテ先生に聞いてみよう。

そのあとも本を読んでいると、準備が整ったノルテ先生がこちらにやってきた。

「どうだ？　内容はある程度理解できたか？」

「はい。魔法についてはなんとなく分かった気がします」

「やはり、この魔法基礎の書物すら読んだことなかったんだな。……これは本当に一から教えなきゃ覚えなさそうだ」

一応、ベルベットさんには魔法を習ったはずなんだがな。

魔法基礎なんて言葉は一切出てこなかったと思うけど。

「それで、俺はなにをすればいいんですか？」

「まずは鍛える魔法を決めるために得意魔法を調べる。魔法と言えど、人には得手不得手があるからな」

おお。いきなり先ほど書かれていた得意魔法判別法を使うのか。

一番気になっていたし、早速判別させてもらえるのは嬉しい。

「さっきの本に書かれてた判別法を使うんですか？　確か水に塩を混ぜたものに魔力を込めて数日

放置すると、色で判別できるんですよね？」

「一般的な判別法はそうだな。だが、今回は別の方法を使う。その本に書かれた判別法だと最低でも3日は掛かってしまうからな」

そう言ってノルテ先生が取り出したのは、実力テストでも使った魔法吸収玉。

魔法を吸収して威力に応じて色が変わるものだが、これを使うのだろうか。

「それって、魔法吸収玉ですよね？」

「そうだが……少し改造してある。これに魔力を流すと赤、黄、緑、青、黒の5色に変化するようになっていて、その色に応じて大体の得意魔法が分かるようになっている」

「へー。早速やってみていいですか？」

俺は吸収玉に手を当てて魔力を流す、すると透明だった吸収玉の色が徐々に黒色へと変化していった。

「黒か……。ジャックの得意魔法は闇魔法のようだな」

「闇ですか……？」

一瞬、心臓が跳ねた。

闇と言われて、スケルトンであったことが関係しているのかと思ってだ。

多分関係ないのだろうが、つい気になってしまう。

「それにしても闇か」

「……あのノルテ先生、闇魔法が得意って、根が悪いやつだからとかってあったりしますか？」

俺がそう尋ねると、ノルテ先生は目を丸くして俺を見た。

そのあと、小さく笑い始める。

「いや、生まれ持ってのものだから多分関係ないぞ。なんだ闇だったのを気にしているのか？」

「いえ、闇っていいイメージがなかったので、そういうのが関係してるのかなと思っただけです」

「確かに得意魔法を使った性格診断みたいなのはあるが、占いと同じであてにはならんから気にするな」

「そうですか。それなら良かったです」

どうやら関係はないみたいだな。

ジャックの生まれ持っての資質が闇魔法ってことなのだろう。

「ただ、闇魔法は使い勝手があまりよくない。というよりも闇魔法の適正者が少なくてあまり魔法自体も見つかっていないんだ」

「そうなんですか。ハズレ適正って感じなんですかね」

「普通ならそうだが……まあ、安心しろ。この学園には闇魔法の使い手の教師もいるし、なんなら俺も使える」

「ノルテ先生も使えるんですね。そういえばノルテ先生の得意魔法はなんなんですか？」

「俺は全部だ」

「は？」

「は？　じゃねーよ。どの魔法も得意なんだよ」

「それって全部の魔法が使えるってことですか？」

「どうだろうな。頑張ればいつかは使えるようにはなるんじゃないか？」

どうやら、ノルテ先生は天才だったようだ。

もしかしたら適職も凄い可能性があるな。

「それは凄いですね。本当になんで先生なんかやってるんですか？」

「俺の話はもういいだろ。今はジャックの話だ」

「ああ、そうでした。それで闇魔法って例えばどんなのがあるんですか？」

ノルテ先生についてはかなり気になったが、今は置いておいて魔法についての話を進める。

いつか、ノルテ先生の過去の話を聞いてみたい。

「基本的には阻害系の魔法だな。実際に食らった方が手っ取り早いだろう。【黒霧《くろぎり》】。こんな感じの魔法や——【重力《じゅうりょく》負荷《ふか》】。こんなようなのだ」

【黒霧】はその魔法名の通り、部屋中に黒い霧が広がり、発動してから数秒後には一切なにも見えなくなった。

それと同時に発動された、【重力負荷】は上から体が押しつぶされたように体が重くなり、上手く動かせなくなった。

どれも初めて見る、そして使われる魔法。

それとノルテ先生が言っていた、体感したことで敵の動きを阻害するような魔法の意味が分かった。

「普通に使い勝手良さそうじゃないですか」

「まあ、そうとも言えるな。派手さはないが、シンプルに使われると嫌な魔法だ。阻害魔法以外にも攻撃魔法とか防御魔法とかもあるが、闇魔法は基本的には相手の動きを阻害する魔法だと思ってくれていい」

　話を聞く限り、面白そうな魔法ではありそうだな。

　シンプルな火力特化の魔法も良いが、こういった相手を惑わせるような魔法の方が剣術も使う俺に取ってはいいかもしれない。

　こういった技や魔法が厄介なのは、ホーウィーさんで知っているからな。

「そういえば俺が昨日、ノルテ先生との試合で使った魔法は闇魔法なんですか？」

「あれは身体能力上昇系だよな？　自身の身体能力を上昇をする魔法は総じて無色と決まっている」

「無色ですか？」

「ああ、自分のみに付与される身体能力上昇系の魔法は、基本的に大量の魔力を身にまとっているだけだからな。正確には魔法とは呼べないと俺は思っている。分類的には第7から5級魔法とされているがな」

　確かに魔力を全身にまとって、筋肉の補助をしていただけだった。

　ノルテ先生は俺の【筋力増加】を魔法とは呼べないと言っていたが、魔法として分類されているんだし難しいところなのだろう。

「なるほど。だから魔法を理解していない俺でも使えたんですね」

「そういうことだろうな。それでも、第5級に分類されているくらいだから発動は楽でも発動条件は難しいいし、強い魔法には変わりない」

　ノルテ先生がそう付け加えた。

俺は闇ではなく、無色魔法を使っていたんだな。

「それなら良かったです。本当に一切魔法が使えない奴になるところでした」

「……それよりも話が脱線しすぎているな。話を戻すが、まずは闇魔法の第10級を練習してみようか」

「分かりました。それで闇魔法の第10級の魔法ってなんですか？」

「【闇弾《やみだん》】と【闇矢《やみや》】だ」

「なんか、ちょっと語呂が悪くないですか？」

「語呂が悪く聞こえるのは単に聞きなれてないからだろ。第10級は基本的にどれも同じ要領だから、得意魔法の闇で第10級の魔法を覚えられたらどの魔法も使えるようになると思うぜ」

「そうなんですね。俄然としてやる気が出てきました」

「それじゃ、早速やり方を見せるから真似をしてみてくれ」

そこから俺はノルテ先生に倣うように【闇弾】を練習したのだが、俺の込められた魔力からは魔法が一向に発動することはなかった。

この出来なさ……。ベルベットさんとの魔法特訓を思い出すな。

「ジャック。さっきの本、本当にちゃんと読んだのか？」

「読みましたよ。それでも使えないんです」

「魔力があって、得意魔法も分かったのになんで発動しないんだろうな」

顎に手を当てて、しばらく考えている様子のノルテ先生。

もしかしたら結局、俺は魔法とは縁がなかったのかもしれない。

そんな考えが頭をよぎったとき、ノルテ先生は俺へと寄ってきた。

「なあジャック、身体操作の魔法を使わせてくれないか？」

「えっ？　別にいいですが……」

「俺から提案したが、そんなあっさり決めていいのか……。一応禁止魔法に制定されている禁術だぞ」

「別にいいですよ。ノルテ先生に従うのが正解でしょうし」

身体操作の魔法か。なんか凄そうな魔法が出て来たな。

魔法が使えるようになる為なら、禁術でもなんでも使ってもらったほうがありがたい。

「ジャックが良いって言うなら、俺は使うぞ。それじゃまずは【催眠《さいみん》】」

ノルテ先生が魔法を発動したと同時に、俺の意識に靄がかかったようになった。

ずっと眠い状態が続いている感じで、一向に気分が晴れない。

なんとか重い瞼を閉ざさないように、耐えていると更に魔法が飛んでくる。

「【奪体《だったい》】」

この魔法の発動と同時に俺の体の自由が奪われた。

先ほどまで靄がかかっていた視界は良好になったが、体が一切動かせない。

感触や痛みなどは俺にも共有されていた。

「それじゃ、【闇弾】使うぞ」

俺の体から俺に向かって喋りかけているノルテ先生。

この状況を誰かに見られたら、確実に怪しまれるだろうな。

「【闇弾】」

ノルテ先生が俺の体で使用した【闇弾】。

【闇弾】は一直線に落ちることなく、吸収玉へと向かった。

ノルテ先生が俺の体を操れば、やはり魔法は使えるんだな。

やはり魔法が使えない原因は俺自身にありそうだ。

だがこうして、俺の体を通じて魔法を撃ってくれたお陰で、感覚が分かった気がする。

「こんな感じだ。なんとなくは感覚は掴めたか？」

「はい。少し理解できた気がします」

【奪体】が解除されて、体が自由に動かせるようになった。

俺が実際に使った訳ではないが、感覚は共有されていたので、【闇弾】を使った感覚が体にしっかり残っている。

俺は早速、先ほどの感覚を頼りに魔法を練り上げていく。

そうすると、さっそく手のひらに黒い霧のようなものが出始める。

更に集中して、手のひらの魔法を練り上げていくが形になる前に霧散してしまった。

だが、いきなり魔法っぽいのがだせたな。

「おお、いきなり惜しいじゃないか。もっと丁寧に練り上げてみてくれ」

「わかりました」

そのあと10回程、魔法を練習するがどれも途中で霧散してしまった。

感覚的には、あと一歩だと思うんだけどな。

なにかが足りないのは分かるのだが、それがなんなのかは分からない。

「ジャック一旦休憩だ。これを飲め、魔力回復を促進してくれるお茶だ」

渡されたお茶をちびちびと飲む。

……悔しいな。あと一歩ってところなんだけど、そのあと一歩が出来ない。

「少しは落ち着いたか？」

「はい。ありがとうございます。それで俺を傍から見てて、なにか分かりましたか？」

「ああ、多分だがイメージが足りないのだと思う。だから魔法が発動される前に霧散してしまうんだろう」

「……イメージですか？」

「ああ、俺が発動した【闇弾】を完璧にイメージできるまで、休みながらやってみるといい」

俺はノルテ先生から言われた通りに目を瞑って、先ほどの【闇弾】を何度も何度もイメージしていく。

途中で意味があるのかと雑念が入りそうになるが、ノルテ先生を信じてやった方が確実なのは目に見えているし、最後まで集中を切らさずにイメージすることを続けた。

「どうだ？　イメージは固まってきたか？」

「はい。完璧に近いです」

あれから1時間程、ひたすらイメージすることに力を注いだ。

意外と楽な特訓に見えるが、考えると言うことは俺にとって普通に体を動かすよりも何倍もきつかった。

だが、その成果は自分でも出ていると思える程、しっかりと自分の中で【闇弾】のイメージを完璧に固めることができた。

「それじゃ、発動させてみてくれ。ジャックの話が本当ならば先ほどよりも魔法に近いものになっているはず」

「分かりました。やってみます」

手のひらに魔力を集めると、さっきと同じように黒い霧のようなものが出てきた。

それを俺の中のイメージに合わせて、一気に練り上げていく。

先ほどまでは、霧散していたはずだが、今回はしっかりと小さいながらも球状となった。

「ノルテ先生、できました」

「よし、それじゃ吸収玉に向かって放ってみろ」

俺は魔法を練り上げた左手を前へと突き出す。

「【闇弾】」

俺の手から放たれた【闇弾】は、ひょろひょろと勢いなく吸収玉へと飛んでいき、吸収されることなく、ぶつかった瞬間に霧散した。

これが成功なのか失敗なのかは分からないが、確実に一歩進んだことだけは分かる。

「よしっ。成功だな」

「これ……成功なんですか？」

「威力はめちゃくちゃ弱いが、しっかりとした魔法だったぞ。これを繰り返していけば、威力もあがって更に良くなるはずだ」

「そうなんですね。頑張ります」

俺は先ほどの感覚を忘れないうちに、次の【闇弾】を発動させる。

今まで使おうと努力しても使えなかったからか、夢中になって【闇弾】を撃ち続けた。

「ジャック、そこまでだ」

俺が一心不乱に魔法を撃ち続けていたところを、ノルテ先生に止められた。

自分の中ではまだ撃ちたいという気持ちが大きかったが、ノルテ先生の言うことはしっかりと聞く。

「大分、形になったんじゃないか？　1日でここまで上達するとは思ってなかったぞ」

「はい。威力も最初の頃と比べれば上がったと思いますし、よくなってきました。まだ撃ち足りないですけど」

「いやいや、撃ちすぎなくらいだ。魔力切れも近いだろ？　今日はここまでにしてまた明日だ」

「……分かりました」

「俺の目がなくなったからって魔法は使うなよ？　今日はギリギリまでやらせたんだからな。オーバーワークは逆効果だ」

「はい。今日は魔法を使わずに明日に備えます。剣術はやってもいいですよね？」

「ああ、剣術ならいいけど、そっちもやりすぎるなよ」

こうして、ノルテ先生との1対1の魔法特訓が終わった。

魔法に対する知識も高められ、俺の得意魔法も分かり、更には今まで全く使えなかった魔法も使えるようになった。

初日にしては十分すぎるほどの成果を得られたな。

正直、学園には自分の成長という意味合いでは期待していなかったのだが、初日でこの成長具合。

これは数段階レベルアップできる予感がしている。

威力は弱いながらも闇魔法を習得し、多少高揚しながら教室へと戻る最中、廊下でアデルを見かけた。

そういえば同じ学園に入学したというのに、今まで一度も見なかったな。

「おーい、アデル――」

遠くから声をかけたが、こちらを向かないどころか立ち去ろうとしている。

聞こえていないのかと思い、小走りで向かうとアデルは猛スピードで逃げ出した。

もしかして、まだ抱き着き事故のことで避けられているのか？

ただ、アデルの家ではいい別れ方をしたし、その後なにかをしたという心当たりはない。

明確な理由が分からないため、とりあえず俺は逃げるアデルを全力で追いかける。

「待ってくれ。ちょっと待ってってって」

アデルも全力で逃げているため、中々捕まらない。

だが流石のアデルといえども、まだ校舎内を全て把握していた訳ではなかったようで、行き止まりにぶつかりようやく追い詰めることができた。

「アデル、なんで逃げるんだよ」

「それは、その……」

「俺がなにかしたか？」

「い、いえ!!　ジャック様はなにも……してないです」

歯切れ悪くそう言った。

視線もあちらこちらに向けていて、どうにも様子がおかしい。

「なにかあったなら、言ってくれると助かる」

「ほ、本当に大丈夫ですから！」

「……なら、いいんだけどさ」

逃げたことや、今の挙動不審な態度からなにかを隠しているのは確実なのだが、言いたくないことを吐かせるのは俺としてもしたくない。

現にこうして話しても、俺に対しての嫌悪感や怒りがあるようには見えないしな。

「そ、それじゃ、私はこれで失礼します」

「あっそうだ。この学園にセリアも入学しているの知っていたか？　と言うか覚えてるか？　小さいときロダの村に遊びにきたときにいた女の子なんだけど」

俺の横を通ろうとしたアデルに、なんとか会話をしようとセリアの話題を振る。

するとアデルは足を止めて俯いてしまった。

「アデル？　どうした？」

アデルの急な変化に心配になり、声をかけるが俯いたまま微動だにしない。

しばらくそのまま沈黙の時間が続き、流石におかしいと感じ、俺が近づこうとしたその時、満面の笑みで顔を上げたアデル。

「ええ、覚えていますよ。久しぶりに会いたいですね」

表情は咲き誇るような華やかな笑顔。……だが、目が一切笑っていない。

初めて見た、そのちぐはぐなアデルの顔に若干の寒気がした。

「あ、ああ。アデルも覚えていたか。そ、それじゃ今度3人で食事でもしようか」

「ええ。楽しみにしてますね」

そう言って、そのまま俺の横を通り過ぎて行ったアデルに、俺はなにも言葉を発することはできなかった。

あのドス黒い瞳から察するに、もしかしたらセリアとアデルは裏で喧嘩でもしたのかもしれない。

さっきの逃走や普段避けられたりしているのも、アデルとセリアの間でなにかあったからかもしれないぞ。

疑問だったものが、繋がった気がした。

そんな様子のおかしいアデルと別れてから、俺は頭を悩ませつつ教室に戻ると、ピートが1人教室に残っていた。

俺は熱中して長いこと魔法を撃っていたし、アデルとの追いかけっこもあったりで、終業時刻からは大分時間が経っているがなにをしているのだろうか。

「ピート、なにしてるんだ？」

「あっ、ジャック！」

俺が教室に入ってピートに声をかけると、とびきりの笑顔でとっとっとっと、と俺の下へと駆け寄ってきた。

「ジャックを待ってたんだよ！　ほらっ！　荷物置いてあるから、取りに教室に戻るかなって思ってさ！」

「そうだったのか。ごめんな、なんか待たせちゃって」

「ううん！　僕が勝手に1人で待ってただけだから！　……それより、大丈夫だった？」

笑顔から一転、心配そうな表情でそう聞いてきたピート。

どうやら、俺が途中でノルテ先生と抜けたのが心配だったようだ。

「途中で教室を抜けたことか？　大丈夫だよ。ノルテ先生に1対1で特別授業をしてもらえることになっただけだから」

「そうだったんだー。安心したよ！　もしかしたら退学もあるってクラスの人たちが噂してたからさ」

「そんな噂立ってたんだな。まあ、俺の方は気にしないで大丈夫だよ。絶対クラスのみんなに追いつくからさ。それより、そっちの授業はどうだった？」

こうして心配して待ってくれていたピートと、今日の話をしながら、教室から寮へと帰った。

ピートとは隣の部屋だからギリギリまで話せるのはいいな。

なんなら、部屋の窓から頭をだして話せそうだが流石にそれはやめておこう。

寮に帰ってからは、体を動かせていないので発散をすべく、校庭まで行ってランニングと素振り千本をこなして1日は終わった。

第6章　1年生大会

ノルテ先生から魔法を教わり始めてから1週間が経った。

魔法に関しては【闇弾《やみだん》】が完璧に使えるようになり、今は【闇矢《やみや》】の練習をしている。

こっちも【奪体《だったい》】を使ってもらって俺の体で撃ってもらうことで、感覚を掴ませてもらった。

スケルトン時代の影響だろうか、俺はどうやらイメージをするのが苦手なようで、見ただけでは正確なイメージをするのに時間がかかってしまうようだ。

今は、ノルテ先生が【奪体】で直接、魔法を叩きこんでくれているが、これができなくなってからは相当苦労するだろうと思っている。

そして、今日はセリアが言っていた1年生のみで行われる武闘会の日。

力を測ることが目的のためそこまでガチガチな大会ではないらしいのだが、優勝者はセリア達のクラスでもある特別クラスに編入することが出来るようで、一部の人はかなり気合いを入れていると聞いた。

俺はノルテ先生に指導をしてもらえる今の環境の方がいいため、特別クラスへの編入には興味ないが、単にセリアとの決着をつけるため負けることは出来ない。

それに普段の授業を見る限り、有望な少年少女が集まっているだけあって、彼らの実力はかなり高いと感じている。

　平均的に見るのであれば、俺が所属しているクラスの生徒達は王国兵団よりも実力は上だと思うし、そんなこともあって他のクラスの生徒と戦えるのは普通に楽しみ。

　俺の目的はセリアとの決着だが、折角の機会だから全力で優勝をもぎ取りに行こうと思う。

　まあ、魔法の特訓に夢中になっていたため、武闘会の準備は何も出来ていないんだけどな。

　そんなことを考えながら教室の扉を開けて中に入ると、武闘会の日ということもあってか空気がいつもと違ってピリッとしていることに気が付く。

　俺はクラスの連中から落ちこぼれ認定されているため、俺への注目は一切ないのだが、俺を除く全員が意識し合っているのが分かった。

「よしっ、全員いるな。今日は以前から連絡していた武闘大会の日だ。これからルール説明を行う」

　しばらく座って待っていると、教室へと入っていきなりそう話し出したノルテ先生。

　話し方的に面倒くさそうにしているため、大会に乗り気じゃないことが分かる。

「まずは武器についてだが、こちらで用意したもののみが使える。攻撃魔法に関しては10級の魔法だけで、補助魔法に関しては制限なし。制限時間は3分の試合となり、ギブアップを宣言するか戦闘不能と判断されたら負けだ。そして時間内に勝負が決まらなかったら、審判によってどちらが優勢だったか判定され勝敗が決まる」

　非常にシンプルなルールだな。剣闘会の時とあまり変わりはなさそうだ。

　このルールで団長に勝った俺が負けるビジョンが見えない。

ただこの慢心が命取りとならないように、手は抜かずに全力で戦うことだけを意識しよう。

「まず今日は予選を行っていき、勝ち残った者で明日トーナメントを行って優勝者を決めるそうだ。知っていると思うが、好成績を残した者は特別クラスへの編入もあるそうだから頑張るようにな」

事前に聞いていた通り、やはり優勝者は特別クラスへの編入もあるようだ。

そのノルテ先生の言葉に一段とクラスの空気がピリッとしたのを感じる。

この反応を見るに、やはり特別クラスと一般クラスとでは待遇に違いがあるのだろう。

少数且つセリアと同じクラスになれるのは、未だにクラス内の友人がピートしかいない俺にとっては良いのかもしれないが、ノルテ先生の個人授業を受けらなくなる方が俺にとってはデメリットが大きい。

「そして、これが予選の組み合わせだ。自分のブロックを確認してから校庭にくるように」

そう言うと、ちらっと俺を一瞥してから教室を出て行ったノルテ先生。

先生が去った瞬間、予選の組み合わせを見てガヤガヤとし出す生徒達。

よし、俺もさっそく確認しに行くか。

席を立ち、張り出された紙を確認すると、Hブロックに俺の名前があった。

セリアはAブロックのようで、Bブロックにはアデルの名前もあった。

うーん……。

こりゃブロックの位置的に予選を勝ち上がっても、下手したら決勝戦まで当たらなそうだな。

「ねぇ、ジャック！　組み合わせどうだった？」

「ん？　ピートか。予選は特に知ってる人はいないな。クラスの人もいないし、特別クラスの人もいなそうだ」

「それは運がいいブロックに割り振られたんだね！　ジャック、頑張ってね！」

「おう。……っていうか他人事みたいに言ってるけど、ピートも剣闘会に出るだろ？　ピートはどうだったんだ？」

「僕はEブロックで、ルーク君と同じブロックだったからさ。今回はちょっと厳しいかなぁって……」

　そう苦笑いで言ってきたピート。

　確かにルーク相手だとかなり厳しいか。

　現在、この3組の中で実力が頭一つ抜きん出ているのはルークだ。

　ピートもクラスで上位に入るくらいの腕前はあると、ノルテ先生から聞いてはいるが、やはりルーク相手だとかなり厳しいものがある。

「ルークと同じブロックだったのか。それはちょっと厳しい戦いになるかもな」

「うん。だから、僕の代わりにジャックが勝ち上がってくれたらって――」

「いや。厳しいかもしれないけど、可能性はゼロではないだろ？　戦う前から諦めたら駄目だ。どこかしらに付け入る隙はあるだろうし、ピートは俺よりも魔法が使えるんだから。俺なんかに託さず、ピートも勝ちをもぎ取りにいくべきだよ」

「…………確かにそうだね。僕、戦う前から諦めてたよ。ジャックのお陰で少しだけ勝てる気がしてきた！」

「そうか、それなら良かった。その気概でお互いに頑張ろう」

「うんっ！」

ピートの目が、メラメラと燃えている。

ピートは普段の性格からは想像しにくいが、意外と負けず嫌いだからな。

様子を見る限り、何かしらやってくれそうな気がする。

こうしてお互いに気合いを入れ直してから、ピートと共に校庭へと向かった。

外へと出ると、校庭には簡易的な試合会場が作られていて、特別クラスを含めた4クラスが集まっていた。

セリアの姿も見え、俺に気が付いたセリアは俺の方へと駆け寄ってきた。

「ジャック。今日が決着の武闘会だね。トーナメント的には最後まで当たらなそうだけど、少しでもいい成績を残せるようにジャックも頑張って」

「俺は決勝まで勝ち上がるぞ。あれだけの啖呵を切ったんだからな。セリアも決勝まで負けるなよ？」

「うーん。私は多分勝ち上がるとは思うけど、ジャックは難しいんじゃないかな？　Hブロックでしょ？　Fブロックにディアスがいたから、予選を突破してもかなり厳しいと思うよ」

何気ない表情でそう言ってきたセリア。

ついついピキッと来てしまうんだよな。

昔の面影はあるのに、中身がガラリと変わったようで未だに違和感が凄い。

「ディアスってセリアと同じ特別クラスの〝勇者〟だっけ？」

「そうそう！　この学園で私と唯一、対等に戦えるのはディアスだけだと思うからさ！」

なるほど。これはいいことを聞いた。

俺がディアスに圧勝すれば、セリアもこの余裕綽々な態度を崩さざるをえないって訳だな。

「そうなのか。なら、俺がディアスを倒せば……少しは俺のやってきたことが無駄ではなかったって分からせられるんだな」

「確かにそうだけど……。無理だと思う。小さい頃のジャックは確かに尊敬するほど強かったよ。ただ、前も言ったけど才能も経験も努力も――この数年間の差は確実にジャックの想像を遥かに超えるものになっているから！」

そういって自信満々な笑みを浮かべたセリア。

やはり言葉だけでは平行線を辿るばかり。

この言い争いの決着は、戦いでしかつけることが出来ないだろう。

「そこは俺も絶対に負けてないとしか思えないから。言葉じゃなく実戦でケリをつけよう」

「……そうだね！　直接対決出来るようにお互いに頑張ろう！」

こうして話を終えたセリアは、先ほどまで居た位置へと戻っていった。

セリアが去って行ってからしばらくして、1年生全員が校庭に揃ったようで、教師陣から大会のルールがもう一度説明された。

試合は4ブロックずつ行われていくようで、まずはAブロックからDブロックが試合を行うらしい。

先ほども確認したように、Aブロックにはセリア。そしてBブロックにはアデルがいる。

早速試合が始まるようだし応援をしたいところだが、次のブロックで俺の試合となるため自分の準備をしておきたい。

アデルならば問題なく勝ちあがるだろうし、セリアも負けることはないだろう。

そんな考えから少し離れたところへと移動し、俺は木の棒を振って準備運動をする。

同じ4ブロックに含まれているため、先ほどセリアが強いと太鼓判を押したディアスの力を一度も見れないのは残念だが、早めにけりをつければ少しは確認できるかもしれない。

それに〝勇者〟に関しての噂もかなり広がっているため、未知って訳でもないしな。

そんなことを考えながら木の棒を振っていると、あっと言う間にA～Dの試合が終わり、俺の番が回ってきた。

総当たりでも1試合3分で6試合行って18分で終わるため、想像以上に早い。

準備運動が物足りないが、そこは向こうも同じだろうから文句は言えないな。

Hブロックの試合が行われる場所へと向かったのだが、観客はほぼゼロに近い。

隣の試合会場で行われているGブロックにみんな釘付けのようだ。

これはこれでやりやすいし、さっさと片付けて俺も見学に行こう。

「それではHブロック第1試合を開始する。両者前へ」

審判役の教師の指示に従い、前へと歩み出る。

準備運動は万全。試合での目標は瞬殺。

審判の合図と共に【筋力増強《きんりょくぞうきょう》】を使用し、俺は対戦相手の生徒に襲い掛かったのだった。

Hブロックの対戦相手は3人。

俺は目標通り、危なげなく瞬殺することが出来た。

この学園に集まる生徒は実力があるといっても、ただ素質が高いというだけ。

王国兵団で揉まれた俺からすれば、即効で勝負を決めるなんて容易いことだ。

3人目を倒したところで決勝トーナメントの偵察のため、すぐに駆け足で隣のGグループを見に行くと、どうやらディアスも3勝したらしい。

……俺も無駄なく勝ったはずなのだが、それと同じくらいの速度で勝利を収めたディアス。

セリアの言っていたことが、あながち間違いではないということが分かり、自然と俺の口角が上がる。

セリアとの試合だけが楽しみだったが、勇者であるディアスとの試合もかなり楽しむことが出来そうだ。

ワクワク感を覚えながら、俺はピートを探してEブロックの試合会場へと向かった。

ピートはEブロックだから隣の隣の会場で、俺と同時刻に試合を行っているはず。

流石に試合は終わってないはずだが……どうだろうか。

早足でEブロックへ向かうと、丁度ピート対ルークの試合が始まった。

俺の言ったことに感化されているのか、ルークと相対するピートの目は珍しく本気な様子。

普段の可愛らしい笑顔が印象的なだけに、こういった引き締まった表情をすると妙な威圧感を覚える。

そんなピートに対してルークは余裕そうな表情を浮かべていた。

観戦に来ている観客の声援に、手を振り返すほどの余裕。

そんな対象的な2人に、審判が武器を渡した。

受け取った武器はピートは盾のみで、ルークは長物である棍を選んだようだ。

互いの準備が整い、ピートとルークの試合が開始された。

お互い魔法主体の戦闘スタイルの為か、大幅に距離を空けている。

そんな中、まず動き出したのはピート。

複数の【火球《かきゅう》】を作り出し、ルークへ向けて飛ばした。

そんなピートの【火球】に対して、ルークは冷静に【氷壁《ひょうへき》】を唱えて、【火球】を完璧にガードする。

2人共無駄な動きは一切なく、最善手の動きを取っているようだ。

ルークは防御の為に唱えた【氷壁】が消えると同時に【火弾《かだん》】を放っていて、【氷壁】で手元を上手く隠していたため、不意をつかれたピートは慌てて盾でガードする。

【火弾】の直撃は防げたものの、木製の盾では【火弾】の威力を殺し切れずに木製の盾が発火する。

こうして、ピートは試合開始すぐに盾を失ってしまった。

やはりルークはこういった対人戦への慣れがあるように感じるな。

まだ試合開始直後だが相手をよく見て戦っているので、対人戦が非常に上手いことが分かる。

ルークの得意属性は雷なのだが、得意ではない火属性の【火弾】を撃ったのは木製の盾を焼失させるためだろう。

視界を奪っていた【氷壁】を消したと同時に魔法を放ったのも、威力の高い【火球】ではなく最速である【火弾】を選んだのも、1つ1つの動きに明確な意図を持って戦っているからだろう。

なにより咄嗟の判断で最適解を選べるのは、場数を踏んでいる証拠だ。

やはり予想通り、傍から見てもルークがかなり優勢に見えるが……それでもピートの目は死んでいない。

力強い目がルークだけを捉えている。

そんな中、なにかを思い付いたようにピートは【火球】を大きく作り出した。

変な動きなのだが、ルークは一切慌てずに大きな【火球】を大きな【雷球《らいきゅう》】で相殺しにかかる。

だが、ピートはすかさず【風波《かざなみ》】を大きな【火球】に放っていた。

【風波】と【火球】がぶつかったことで、大きな【火球】は形を崩して燃え盛る熱風となり、【雷球】が透かされただけでなく、回避がほぼ不可能な強烈な攻撃へと生まれ変わる。

ルークもその業火の熱風に【氷壁】が間に合わないと考え、うつ伏せになり身を縮こまらせて、最小限のダメージで済む回避行動を取るが、ピートがその隙を逃すはずもなく追撃にかかった。

【火球】を放てるだけ放ち、反撃を与えることなく攻撃したのだ。

試合会場から距離があるのに、こちらにまで熱気が来る程の【火球】。

これは流石に勝負ありだな。

俺ですらそう思っていたのだが、【火球】が打ち込まれた後の煙の中で、ルークが立っているのが見える。

あちらこちらに火傷跡が見えるが、口元は笑っていて致命傷は避けている様子。

視界が奪われていてどうやって回避したのか分からないが、ルークは無事だった。

ピートは完全に勝ちを確信していたのか、立ち上がっているルークに驚いているのがここからでも分かる。

ルークが反撃の魔法を唱え始めたところで、恐らく魔力が切れたのだろう、ガックリと項垂れたピートからギブアップが宣言された。

「ピート惜しかったな」

試合会場からトボトボと歩いて戻ってきたピートに、俺はそう声をかける。

紙一重だっただけに、ピートが悔しそうにしているのが表情で分かった。

「勝ちたかったんだけどね。駄目だった」

そう言って笑ったピートの顔は、いつものような晴れやかな笑顔ではなく、必死に作った苦笑いだった。

「駄目ってことはない。これからもこういった機会は色々あるだろうし……今日の経験を忘れずに生かせば次は勝てるさ」

「……そうだね！　ありがとうジャック。次は絶対勝つよ。それで、ジャックの方はどうだったの？」

「俺は無事に勝ち上がった」

「やっぱジャックは強いんだね！　こうなるなら勝って、ジャックと戦いたかったなぁ」

「ピートなら強くなれるし、いつか戦う機会だってあるさ」

俺の励ましの言葉に少し元気が戻ったように見えた。

この気構えならば、ピートはこれからドンドンと強くなっていくだろうな。

それからピートと共に、待機場所へと戻り試合が終わるのを待つ。

しばらく待っていると全ての予選が終わったようで、予選を勝ち上がった16人が発表された。

セリアを含めた、特別クラスに所属している8名は全員勝ち上がっており、アデルも無事に勝ち上がったようだ。

1組から3組の各クラスからは2名ずつが勝ち上がっていた。

勿論3組は俺とルークの2名で、クラスの連中は俺が勝ち上がったことに驚きの表情を見せるばかりだった。

「総当たりの予選で勝ち上がったってことは、運で勝った訳じゃないんだな。魔法を使えないって言った時は、正直かなり残念だったけど本物のようで良かったよ」

教師の話をぼーっと聞いていた俺に近寄って、話しかけて来たのはルークだった。

決勝トーナメントでは、A〜DとI〜Lが同じブロックで、E〜HとM〜Pが同じブロックのため、互いに勝ち進んだら2回戦で当たることになる。

「俺もピートとの試合見てたよ。本選で戦えるのを楽しみにしてる」

「確かに本選で戦えたらいいが、まあ無理だろ。初戦の相手は勇者〝様〟だろ?」

嫌味ったらしく、様付けしてそう言ったルーク。

そう、俺がHブロックで勇者のディアスがGブロック。

ルークの言う通り、俺の初戦の相手はディアスなのだ。

「そうだが、俺は勝つつもりでいるぞ?」

「誰だって気持ちは勝つつもりだろ。……まあ、俺も勇者様は好かないから、倒してくれたらありがたい。ジャックのが勝ち目があるだろうし、良いこと尽くめだ」

打算的にそう笑ったルーク。

確かに勇者として入学してきたディアスよりも、俺の方が勝ちやすいとは思うだろうな。

ルークとそんな会話をしていると、ちょうど教師の話も終わり、今日は解散となるようだ。

明日が本選でセリアとの決着も明日つく。

下馬評では俺の1回戦敗退が濃厚なのだろうが、全てをひっくり返してやる。

そう心の中で気合いを入れ、俺は明日に備えて早々と寮へと戻った。


翌日。

前日の予選では全く力を使っていなかったため、体調は万全。

セリアの話や周囲の期待ぶりから考えると、今日の大一番はもしかしたら初戦なのかもしれない。

昨日、ディアスの試合を見れなかったのは痛いが、試合を見れていないのは向こうも同じ。

心配するほどのものでもないだろう。

軽く剣を振って感覚を確かめたあと、昨日試合が行われた校庭へと足を運ぶ。

試合会場には既に多くの生徒が集まっており、教師によって試合の準備も進められていた。

3組が集まっているところで待機していると、ノルテ先生から指示があり俺は移動を始める。

「両者揃ったみたいだな。これより決勝トーナメント第1試合を始める。まずは3組のジャック対特別クラスのディアス。両者、試合会場へ」

審判となる教師の指示に従って試合会場へと上がると、観客の生徒から大きな歓声が上がった。

もちろん俺への歓声ではなく、対戦相手であるディアスへのもの。

完全アウェーだが、こちらの方が幾分か戦いやすい。

ディアスもこの空気に呑まれるのではないかと思ったが、俺の思いとは裏腹に余裕綽々で観客に手を振り返している。

「セリアの友人だろ？　流石にセリアと同郷なだけあって、予選は突破したんだな」

入学式に少しだけ顔を合わせていたことを覚えていたようだ。

かなり上から目線なのは、やはりセリアと同様の理由からだろう。

「まあな。勇者と初戦でやれるのはラッキーだよ。セリアとの試合前に楽しみが出来たからな」

「大口を叩いているようだが、勝つのは俺だし、みんなは俺が勝つところが見たいようだな」

「……勝つところが見たいとか、俺には関係ない」

「関係あるさ。かませ犬が勇者に勝つところなんて望まれていないんだから」

「だから負けろってことか？　……そうだな、この場で土下座して負けてくださいって頼んだら考えてやってもいいが」

「ふっ。まだそんな大口を叩けるなんてな。……俺が相手という時点で、既にお前は負けてるんだよ」

語気を強めてそう言ったディアス。

「それではこちらで武器を渡す。剣、槍、棍、盾。2種類まで使用可能だ」

「俺は剣だけで大丈夫です」

「俺も剣だけで」

審判のその問いに、俺もディアスも剣のみを選んだ。

お互いに木製の剣が渡され、いよいよ試合が始まる。

人だかりにチラッと視線を落とすと、ピートの姿が見える。

両手をグーにして、全身に力がこもっているのが分かった。

俺はそんなピートに小さく頷き返してから、剣を構えてディアスと向き合う。

向かい合うディアスは剣を構えながら、未だにニヤついている。

すぐにその余裕をはがしてやろうか。

「それでは決勝トーナメント第1試合を始める。始めっ！」

審判の掛け声で、試合が開始された。

「**【筋力増強】**」

俺は試合開始後、即座に【筋力増強】を発動させる。

初っ端で決めようとしたのだが、魔法を唱えている間にディアスが一気に距離を詰めてきた。

そんなディアスの繰り出した攻撃は、オーソドックスな右からの袈裟斬り。

確かにそこそこの速さはあるが、【筋力増強】を使用中ならば対処できる速度。

冷静にディアスの袈裟斬りに合わせて木剣でガードする……が、しっかりとガードしたはずの木剣は、ディアスの攻撃を受けると同時に粉々に砕け散った。

「は？」

何が起きたのか分からず、口をあんぐりと開けて呆けてしまう。

それから程なくして、俺の木剣が砕け散った様を見た観客が一斉に沸いた。

注視すると、ディアスの木剣が魔力を纏っているのが分かる。

恐らくだが、俺の剣を破壊するために魔力を纏わせていたのだろう。

完全に虚を突かれた一撃に、俺は試合開始早々に武器を失ってしまった。

ディアスはニヤリと笑ってから、一気に距離を詰めて勝負を決めにきた。

「【黒霧《くろぎり》】」

俺は一呼吸置こうと、習得したばかりの【黒霧】を発動させて、視界を奪い距離を取ろうと試みるが、ディアスは俺の位置が分かっているかのように追尾してくる。

流石に〝勇者〟なだけあり、俺の思い通りには動かせないな。

武器は壊され、練度の低い魔法は効かない。

圧倒的にピンチな状況だが、俺の心は落ち着き払っていた。

確かに剣術は俺にとって強力な武器だが、それを使いこなすにはベースとなる強靱な肉体が必要となる。

ジャックに憑依してから、約6年。俺には毎日欠かすことなく鍛え続けた肉体がある。

師匠の剣での一撃ならまだしも、ただの木剣ならば俺の鍛え上げた拳による一撃の方が遥かに重く強烈だ。

ディアスの身を以て、木剣を破壊してしまったことを後悔させてやろう。

無手となった俺にディアスが襲い掛かってくる。動きは初撃のときよりも遅い。

武器の有無によるリーチの差がある分、もう余裕だと思っているのだろう。

俺はそんなディアスの攻撃をギリギリまで引き付け、カウンターを食らわすために動きを読み取る。

先ほどと同じような右からの袈裟斬りに対して、動きを読み完璧に躱してから左のストレートをディアスの胸に当てた。

この左ストレートはディアスの攻撃を躱しつつ、確実に当てることを意識したため、俺自身の力はそれほど入れていないが……ディアスの勢いを利用し、一点に押し込むように打ち込んだため、見た目以上にダメージが入っているはず。

その証拠に2歩ほどよろめきながら後ろへと下がったディアスは、驚いた表情をしている。

「どうした？　そんな驚いた表情をして」

「――まだ諦めていないんだと……。驚いただけだ」

そう言ったディアスの木剣を握る手に、力が入ったのが見える。

ここからは、先ほどのような温い攻撃は来ないだろう。

ディアスのスキルや剣技に注意しながら、冷静に攻撃を見極めようか。

ディアスに関しての噂話では、最大の強みは戦況を一気に逆転させることのできる大技であるそうだ。

木剣で使用できるのかは分からないが注意しておかないと、その一撃で試合が終わる可能性がある。

「【敏捷《びんしょう》補助《ほじょ》】」

注意深くディアスを見ていると、何かを呟いたあとに黄色いオーラを全身に纏ったのが見える。

どうやらディアスは魔法を発動させたようだ。

身体能力を上げられると少し怖さがあるが、何度か打ち合った限り、ディアスからは対人経験の少なさを感じた。

対魔物はかなりの経験を積んだのだろうが、駆け引きが重要となる対人戦は、はっきり言ってエルビスさんよりも下。

本当に身体能力でゴリ押しして、スキルと魔法で力を強化しているだけだ。

そうしてシンプルに力が強ければ強い程、駆け引きや小細工なんて意味をなさなくなるんだろうが、俺とディアスの現在の技量差ならば技量勝負に持ち込める。

「そおおらあああああ！！！！」

魔法で底上げしたスピードを生かして、手数で勝負を仕掛けてきたディアス。

俺は筋肉の動きから攻撃を読み取り、最小限の動きで攻撃を躱していく。

カウンターを狙える大振りの攻撃が来るまで、遅い動きと速い動きで、ディアスが対応できないように攻める。

体勢が崩れたところにすかさず拳を打ち込み、ガードに徹してきたら軽いジャブでディアスを崩していく。

「くそっ！　なんでこっちの攻撃はあたらねぇ!!」

俺はジャブしかまともに当てていないため、ダメージはそこまで入っていないはずなのだが、試合展開が思っていたのと違うことにイラついているディアスが怒号を上げる。

俺が押し始めてから、地響きのように起こっていた観客の歓声も徐々に静まり返っていた。

「勇者って……この程度なのか？」

俺のその挑発に今度こそ、イラついたのか眉間に血管が浮き出ているのが見えた。

考えなしに大技をぶっぱなしてきたときが、勝負の決め所。

剣を使用した【音斬《おんざん》】を使用できないことから、ディアスの攻撃を利用した一撃を打ち込まないと決定打にはならないだろうからな。

「このままじゃ3分経過して俺の勝ちが決まるぞ」

更に煽り、大技を誘発する。

「【光聖雨《こうせいう》】」

俺の挑発に乗ったのか、ディアスは魔法を発動させた。

ディアスの手が光り輝くと同時に、空へ向けてその光を飛ばすと、光は上空で弾け散り、試合会場へと降り注ぐ。

これは多分上級魔法だ。

しっかりと上級魔法も使いこなしている……が、ルールでは10級以上の攻撃魔法の使用は禁止のはず。

俺が煽りすぎたせいで、無意識の内に反則行為を犯してしまったみたいだ。

反則負けを誘発したみたいでモヤモヤするから、この上級魔法を完璧に封じようか。

……この魔法。スペックの高さは伺えるが、単体の敵に対して放つ魔法ではない。

高速で広範囲に降り注いではいるが、普通に躱せる速度だ。

これが集団で動いていたら、周囲の人間とごっちゃになり、躱すのも難しい魔法なのだろうけど。

経験不足からこの魔法を選択してしまったのか、それとも怒りから思考が鈍ったのかは分からないが、結局全ての魔法を躱した俺はノーダメージで終わった。

すかさず俺は、ディアスに向かって指をくいくいと動かして挑発し、攻撃を促す。

この魔法ではなく、カウンターができる攻撃を放って欲しいんだが……。

よし、狙い通り強烈な一撃を放ってくるようだ。

ディアスの持つ木剣に光がまとわりつき、傍から見たら木剣には見えず、光によって刃部分が3倍程伸びている。

体を回転させるように体を捻って構えたディアスは、俺の方を睨んで動きだそうとしている。

「ストップ!!　試合は終わりだ」

【光聖雨】を使用した段階から審判が試合を止めようと動いているが……ディアスの目には俺しか映っていない。

構えた状態でディアスが高速で俺の下へと近づき、剣技を放った。

「【一文字《いちもんじ》滅光斬《めつこうざん》】」

体を一捻り半させて、上段から地面に叩きつけるように打ち込んできた剣技。

眩い程の光が辺りを包みこむが、俺はしっかりと剣の軌道を見極める。

確かに広範囲の強烈な技ではあるが上段から、つまりは剣を振った直線から外れれば躱すことができる。

ディアスの剣技をギリギリまで引き付けてから、俺は戦技を発動させる。

「【瞬足《しゅんそく》】」

【瞬足】でディアスの攻撃を躱してすぐさま、斜めからディアスの勢いを返すようにカウンターをぶち込む。

この一撃で終わらせるため、俺は最大級の戦技を発動させた。

「【瞬撃《しゅんげき》】」

【瞬閃《しゅんせん》】を応用した一撃。

斜めから抉るように放った【瞬撃】が、ディアスの剣技の勢いと合わさり、腹部へと叩き込まれる。

３ｍ程、上空へと浮き上がってから地面へと落ちたディアス。

うつ伏せの状態で動かなくなったディアスを、静まり返った観客と審判が見つめる。

１分程、無音の時間が続いた後に審判から、恐怖の混じった絞り出すような声で俺の勝利が宣言された。

動かなくなったディアスはすぐさま医務室へと運びだされ、一帯が異様な空気に包まれている。

子供相手に少しやり過ぎたかなとも思うが、ルールを破ってしまったのは向こうだからな。

俺の木剣を破壊せず、木剣での戦いならば俺が圧倒するだけで試合が終わっていたはずだ。

まあ、調子に乗っていたディアスや特別クラスの連中にはいい薬になっただろう。

セリアによって溜まっていた鬱憤がかなりスッキリし、満足気な表情で試合会場を出ると、試合を終えた俺に即座に駆け寄ってきたのはアデルだった。

「はぁーはぁー……ジャック様ッ!!　今の試合見てました！　おめでとうございます！」

目を爛々とさせて、凄い勢いで捲し立てて俺を誉めちぎるアデル。

その何とも言えない迫力に気圧され、感じていた嬉しさが吹き飛んでしまう。

「あ、ありがとう。……アデルはどうだったんだ？」

「わ、私はセリアに負けてしまいました。トーナメントでジャック様とやれるのを楽しみにしてたのですが……」

アデルはセリアに負けたのか。アデルが早々に負ける訳がないとは思っていたが、そう言えばアデルがBブロックでセリアがAブロックだったな。

セリア以外には勝てただろうし、ブロックが悪かったようだ。

その後もアデルと話していると、後ろからピートもやってきた。

この観客が静まり返った中、よく俺に話しかけられるなと思う反面、気にせず話しかけてくれるのは嬉しく感じる。

「ジャック！　少し離れてだったけど、僕見てたよ！　ディアス君相手に武器なしでよく勝ったね！」

「まあ、俺の得意な1対1の対人戦だからな。負ける訳にはいかないさ」

「……かっこいいなぁ。僕もジャックに負けないように頑張らないと！」

「ああ、いつかピートとも試合がしたいな」

ピートとそんな会話をしていると、隣の試合会場でも決着がついたようだ。

俺の方に歩いてきたのは、満足そうな表情を浮かべているルーク。

「勇者の試合にしては静かだなぁって思ってたが、本当に勝ったのかよ」

「まあな。その表情じゃルークも勝ったのか」

「特別クラスの相手だったが、大したことはなかったな。勇者もジャックに負けているようじゃ、過大評価だったのか」

「いや、そんなことはないと思うぞ。そこそこ強かったし、俺じゃなければ圧勝していたぐらいの実力はあった」

「ふっ。昨日も思ったが、なんでそんなに上から目線なんだよ。初めて見た時から面白そうな奴だと思っていたけど、こりゃ勇者とやるよりも楽しい試合が出来そうだ」

満面の笑みで楽しそうにしているルーク。

俺もルークとの一戦を正直楽しみにしている。

昨日のピートとの一戦を見る限り、ディアスよりも対人戦慣れしているように思えたからな。

魔法も優れていて接近戦もこなせるならば、これ以上ない対戦相手だ。

「そうだな。楽しい試合にしよう」

ルークにそう告げて、俺は2人と話しながら次の試合のアナウンスがあるまで待機する。

俺が試合を終えてから約10分後。全ての1回戦が終わったみたいだ。

俺とルーク以外は下馬評通り、特別クラスが勝ち上がったようで、8名の内6名は特別クラスの連中。

2回戦で俺とルークが潰し合うため、準決勝に進む4名の内3名が特別クラスなのは決まった。

特別クラス同士の試合になるし、セリアが負けないか心配はあるが……俺はルークとの一戦を楽しもう。

ノルテ先生の指示に従い、ルークと共に移動し試合会場へと入る。

俺が勇者を倒したというのに、この試合の注目度は非常に低く、一部の人を除いては特別クラスの試合を見ているようだ。

「やっぱ一般クラス同士の試合は注目度低いみたいだな」

「それは仕方がないだろ。俺も勇者を倒したといってもカウンターで倒した地味な勝ち方だったし、当て馬が勝っちゃったみたいなもんだからな」

「まあ、注目度が低くても楽しければいいけど。せいぜい楽しませてくれよな、ジャック」

2人で軽口を叩いていると審判から、武器選択を迫られた。

俺はもちろん木剣を選び、ルークはピート戦同様に木の棍を選んだ。

ルークは毎回棍を選んでいるようだが、一度も戦闘で使用したところを見ていない。

近距離戦になったとき用の武器なのだろうけど、近距離まで詰められても魔法で対処してきたようだからな。

「それでは両者、位置について。2回戦はじめっ！」

審判の合図によって、同クラス同士による2回戦が開始された。

審判の合図と共に、後ろへと大きく下がったルーク。

まずは俺も魔法戦に乗ろうと考えて距離を詰めなかったのだが、この油断が間違いだった。

ルークはニヤリと笑うと、持っている棍の両先に魔法を作りだした。

「**【雷球】**」

そして棍を大きく振り回すと同時に、棍の先に作り出された【雷球】が俺に襲い掛かってくる。

ルークが棍を振り下ろすと同時に【雷球】が飛んでくるのだが、棍を不規則かつ高速で振り回しているため、攻撃の軌道を予測しづらい。

それに加えて物凄いスピードで棍の両先端に魔法が練られていき、絶え間なく俺に【雷球】が襲ってくる。

魔法で相殺しようと考えていたのだが、俺はこの速度で魔法を練り上げることなど到底できないため、【筋力増強】を使って逃げ回ることに力をつくす。

あれだけの魔法を撃っているため、すぐに魔力が切れるという読みだったのだが、ルークの魔法はいつまで経っても途切れることはない。

そしてとうとう俺の算段は外れ、ルークの魔力が切れずに、打ち込んでくる魔法から俺が逃げているだけで3分が経過。

そこで審判による終了の宣言がされ。試合は終了してしまった。

「おい、ジャック！　逃げてばっかりいるなよ」

「いや、魔力切れまで逃げるつもりだったんだが、3分経過してしまったんだよ」

「……これどうなるんだろうな。引き分けは冷めるだろうし」

「無理やり決着をつけるなら、攻めまくったルークに勝ちがつくだろうが……正直分からない」

算段を誤り完全にやらかしてしまったが、どう結論を出すのか待つしかない。

延長をしてくれればいいのだが……。

そう願いながら審判の判定を待っていると、駆け寄ってきた審判が延長戦の提案をしてきた。

どうやらお互いに被弾がゼロだったため、判定を下せないのだそうだ。

「俺は全然大丈夫です」

「俺も大丈夫です。こんなんじゃ納得いかないですからね」

俺は即座に了承したのだが、ルークもすぐに了承した。

その言葉に俺は驚いてルークを見るが、何食わぬ顔をしている。

もう魔力は底をついていてもおかしくはないはずなのだが、一体どうなっているんだ？

そんな俺の疑問は解消されないまま、延長戦へと突入することとなった。

気を引き締めて、またお互いに距離を空けて構える。

俺の疑問は、ルークが魔法をまだ使えるのかと一点のみ。

10級魔法とはいえ、3分にも渡って魔法を打ち込みまくってきたのに魔力が残っているとは到底思えない。

……だが、未だに余裕そうにしている表情から不気味さを感じている。

「ジャック、次は逃げるなよ」

「ああ。真正面から打ち合わせてもらう」

「それでは2回戦、延長戦はじめっ！」

ルークの一言のあと、審判の延長戦開始の宣言がされた。

今度は逃げの一手にならないように、【筋力増強】を発動させて俺から動こうとしたとき、ルークの棍の先から迸る電撃が見えた。やはり、まだ魔法を使えるのか……。

だが、今回は逃げを選ばずに俺はそのまま突っ込んでいく。

先ほどの3分間の逃げで、ルークの不規則に見えた棍の動きの規則性を俺は摑んでいた。

それに基づいて俺は至近距離で【雷球】をできる限り避けて、正面からの【雷球】は木剣で斬り裂く。

試合開始と同時に、不意打ち気味に距離を詰めたため、もう木剣の射程距離まで近づいている。

俺はそのまま上段からの振り下ろしを打ち込みにかかると、ルークは身体強化魔法を使ってから、棍でガードをしてくる。

一瞬だったため把握はしきれていないが、恐らく3種類の身体強化魔法を使ったように見えた。

身体強化魔法のお陰か、その後も唐竹、水平斬りを連続で打ち込むが棍をしっかりと使い、ギリギリではあるがガードしている。

【筋力増強】下の俺の攻撃をしっかりとガードできるということは、少なくとも近距離戦闘も強いということだ。

ディアスなんかよりも断然強い。ルークは一体何者なのだろうか。

他の学生とかと比べてみても、ルークは全てのスペックが高すぎる気がする。

クラスの中では一番魔法が使えるし、俺なりに高く評価をしていたつもりだったが、この試合でその評価が甘かったと実感した。

だが、流石に近距離戦では俺の方に分がある。

フェイクも入れながら次々と打ち込んでいくと、ルークのガードが間に合わず徐々に俺の攻撃が当たるようになってきた。

「ジャック！　一旦離れやがれっ！」

「無理だ。ルークが逃げるなって言ったんだろ。このまま決めさせてもらう」

そこからはルークが距離を取ろうとしたら即座に詰め、魔法を使おうとしたら攻撃を打ち込んで魔法を使用させないように立ち回り、先ほどの防戦一方の試合が嘘のように俺の圧勝で終わった。

審判により試合終了の合図が出されて、負けを悟ったのかルークはがっくり項垂れている。

「1戦目の魔法連撃で勝負をつけられなかったのが、俺の敗因だな」

「確かに1戦目は危なかったな。判定負けだとしても文句は言えなかった。……ただ、ルークは強かったわ。正直驚いた」

「それはこっちのセリフだわ。……ジャックは一体何者なんだよ？」

俺の瞳を見て、そう尋ねてきたルーク。

その質問は俺が問いたいところなのだが、まずは俺から答える。

「元王国兵士だよ。実力は実戦で磨き上げた」

「……納得できないな。王国兵士の知り合いがいるがそんな実力を持っていなかった」

「納得できるかどうかは知らない。……俺からも質問だ。ルークこそ何者なんだ？」

「俺が何者かに関しては言えないな。まあ、いつか言うときがあるかもしれんが」

そう言葉を濁すと、ルークは踵を返して試合会場から出て行った。

はっきりとしない答えだったな。

ただ、ルークがなにかを隠しているということだけは分かった気がする。


ルークとの2回戦を終えた後はあっさりと試合が進んで行き、難なく準決勝を突破した俺は決勝戦へと駒を進めた。

「ジャック！　凄いよ！　決勝戦だよ、決勝戦!!　クラスのみんなも本当に驚いてて、何故だか僕まで鼻が高かったよ！」

試合を終えるや否や、すぐに駆け付けてくれたピートが興奮した様子でそう話しかけて来た。

ルーク以外は、正直負ける要素が1つもなかったため、俺にはあまり嬉しいって感情はないのだが、ピートがここまで喜んでくれると俺も少しは嬉しくなる。

「ジャック様、おめでとうございます。当然の結果ですが決勝戦進出ですね。ジャック様の戦いは見ていて本当にタメになりますので、感謝の気持ちしかございません」

興奮した様子のピートとは対照的に、落ち着いた様子で声を掛けてきたアデル。

こちらもこちらでかなり大げさだが、賞賛してくれるのは素直に嬉しい。

「2人とも応援ありがとう。このまま優勝できるように頑張ってくる」

「うん！　ここまで来たら優勝しかないよねっ！　決勝戦も僕、全力で応援するから！」

「ピートありがとう。全力で勝ちに行くよ」

「私も全力で応援させて頂きます。身勝手ですが、ジャック様が私の借りを返してやってください！」

「借りはアデル自身で返して欲しいところだけど……まあ、勝ってくるから。2人共応援よろしく」

俺以上に気合いの入っている2人にそう告げて、俺はセリアが待つ試合会場へと再び上がる。

向かい合って、互いに視線をぶつけ合う。

セリアはこの決勝戦まで、同じ特別クラスの様々な面々と戦ったようだが、かなり余裕で勝ち進んでいたようだ。

「……勝ち進むとは思ってなかったよ。ディアスにまで勝つなんて本当に強くなってたんだね」

「だから言っただろうが。俺は未だにセリアよりも強いって」

「本当にジャックは計りしれないね。ジャックよりも上に行くために努力をしてきたのに、その上にまだいる可能性があるなんて。正直、思ってもいなかった」

「可能性じゃなくて、実際に上にいるぞ。俺の王都での生活が無駄じゃなかったって、セリアに分からせるまでは負けられないからな」

「もうその件については分からされたし、ジャックはやっぱり侮っちゃいけないって思ったけど……。この試合だけは負けられない。私の王都での生活が無駄じゃなかったって証明するためにも」

　お互いに譲れないものがあるのは分かっていた。

　ここからは、どちらがよりその部分に関して譲れないかの勝負だ。

　武器の選択は互いに剣のみ。久しぶりの剣士ごっこのようで燃える。

「それでは両者、位置について。決勝戦はじめっ！」

　審判の合図と共に、互いにニヤリと笑ってから動き出す。

　俺は【筋力増強】、セリアは【限界解除《げんかいかいじょ》】というスキルを発動させ、初っ端から火花の散る剣戟が繰り広げられた。

【筋力増強】を使用した俺の攻撃について来れないのではと考えていたのだが、セリアは予想以上に食らいついてきている。

　ただ、技量では俺の方が完璧に勝っており、そんな技量差をセリアは身体能力でカバーするという荒業を使っている状態。

　この無理やり力業で押してくる感じも、なんとなく昔を思い出す。

「セリア、昔と変わってないな」

「はぁ？　なにそれ、馬鹿にしてるの？」

「いや、良い意味でだよ」

「どんな意味だろうが……言われて嬉しくない言葉ナンバーワンだからね！」

その一言と共に動きが速くなり、攻撃のバリエーションも増えた。

攻撃を捌くのが難しくなったが、攻撃に意識を割いているためか、隙が少し多くなった。

セリアはとにかく攻めの一点で攻撃を仕掛け、俺はセリアの攻撃を捌きつつカウンターを狙う。

そんな感じで互いに全力の攻防を繰り広げていると、時間はあっという間に過ぎて試合時間は半分を切った。

戦況としては俺は未だに1度も攻撃を受けておらず、逆にセリアへは4回ほど攻撃を加えられている状況。

このまま試合が終われば俺の勝ちが決まるのだが……セリアはニコリと俺を見て小さく笑った。

——流石にそう簡単には終わらせてくれないようだな。

「やっぱりジャックは強いね。1日も休まず訓練してきたのに、追い越すどころか差が縮まってないんだもん」

「だから言っただろう？　俺も強くなるために努力をしてきたって」

「……そうだね。ジャックを舐めちゃいけなかった。——ただ、ここからは全力で倒しにいくから！　気合い入れて防いでね。【限界突破《げんかいとっぱ》】」

セリアは朗らかな表情を一変させ、俺に向かってそう告げてきた。

――何か仕掛けてくる。

そう瞬時に悟り、全神経を尖らせて身構えたのだが、セリアの木剣は俺の頭へと振り落とされていた。

超高速で動くセリアに対応することが出来ず、俺はこの試合で初めての攻撃を食らったのだ。

セリアのこの一撃は、団長の本気の攻撃と同レベル。

目で確認してから動くのでは、この体じゃ反応することが出来ない。

1発貫ってそう確信した俺は、攻撃をもう一発受けながらも、無理やり距離を空けて体勢を整える。

無駄な力が入らないように全身を脱力させて、団長戦で行なったように勘と反射で防ぎにかかる。

序盤にリードしていたお陰で、現在は俺が有効打4でセリアが有効打2。

攻撃を受けさえしなければ、俺の勝ちは決まる。

脱力した状態で筋肉の動きや視線から行動を読み取り、本能に任せて反射で攻撃を防いでいく。

本気と言ってセリアが使用した、この【限界突破】というスキル。

超高速で動ける代わりに自分の肉体に相当な負荷を掛けるスキルなのか、筋肉が激しく動いているのが見て分かり、団長と比べて速度は同じでも攻撃が読みやすい。

「うそ……。なんで受け切れてるの!?」

悲鳴にも聞こえるセリアの声が俺の耳に届いてきた。

セリアの算段では、試合の序盤はなんとか互角で持って行き、中盤以降にこの【限界突破】を使用して、一気にけりをつける予定だったのだろうが……。

俺が【限界突破】状態のセリアの攻撃を、完璧に防ぎ切っていることが信じられない様子。

団長との試合がなければ、対処出来ずにあっさりと逆転を許していたかもしれないが、これはセリアの運が悪かったと言える。

そして、俺が感じた肉体への負荷が大きいという予想も当たっていたようで、1回1回攻撃を行うごとにセリアの動きが遅くなっていくのが顕著に表れていた。

「あと少しだったのに……っ！　体が……」

「もう肉体の限界がきてるんだろ。手を止めた方がいい」

「まだっ！　私はまだ負けてない！」

握られた剣が目に見えて震えているのも分かったし、動きは既に【限界突破】を使用した時よりも遅くなっているため、勝負はもう着いたに等しい。

セリアの体のことも考えて俺はそう声を掛けたのだが、最後まで諦める気はないようだ。

……仕方がない。セリアがそう望むのであれば、俺も最後まで全力で戦おう。

そして俺は動きが遅くなったセリアに対し、手を緩めずに的確な攻撃を加えていき、序盤中盤の拮抗が嘘のような大差で勝利を収めたのだった。

「……はぁ……はぁ。【限界突破】まで使ったのに――負けた……の？」

審判から俺の勝利が宣言され、片膝を突いて茫然としているセリアがそう小さく呟いた。

この様子から、本当に俺に勝つ自信があったことが窺える。

ロダの村を出てからの努力や経験、それに併せて自身の恵まれた才能の自覚。

切り札でもあった【限界突破】という最強のスキルも習得し、普通に考えれば負ける道理がなかったはず。

実際にセリアと戦って、傲慢な性格になったのではなく負けないという自信を持っているからこその入学当初の態度だと分かった。

……ただ、それでも俺の実力が上回っていたのは事実。

ふふふ。今のセリアにとっては屈辱であろう、調子に乗ってすみませんでしたと約束通り謝罪をしてもらおうかな。

「終盤まではかなりギリギリだったが——俺の勝ちだな！　くっくヤリア、約束は覚えているよな？」

「……うぐ、ぐ。お、覚えてないっていったら——」

「セリアの態度を一生のネタにして、馬鹿にしようかな？」

「ちょ、調子に乗ってすいませんでしたあああ！」

「はっはっ！　そこまで謝られると気持ちが良いな。……まあ、でも本当に強くなってたぞ。本気で最後まで紙一重の差だったしな」

セリアの悔しそうな全力謝罪が聞けて、溜飲が下がった。

少し大人げないかもしれないが、セリアから下に見るような発言をしてきた訳だしな。

これは自業自得というものだ。

「でしょ!?　だって、本当にずーーーっと特訓してきたんだもん！　体を鍛えるだけじゃなく、自分の才能のことについても学んだし、必勝の動きを習得したと思ってたのに……」

「俺相手では〝必勝〟じゃなかったんだな」

「うぐぐ、ジャックのそのドヤ顔っ！　本当にムカつくっ！」

「俺は久しぶりにセリアの負け顔が見れて気分が良いよ」

そんな会話を交わしてから、笑い合う。

試合会場の中心で久しぶりになんだか懐かしいやり取りをしていると、試合を見ていたであろう教師が拍手をしながら1人歩いてきた。

「素晴らしい試合だった。学生同士の試合とは思えないほど、レベルの高い試合だったよ。そして……ジャックおめでとう。君はこれで特別クラスへと編入する機会を得られた。私が特別クラスの担任を受け持っているティモシーだ。これから君の力を更に磨き上げてあげよう」

キザな態度でそう言い放った特別クラスの担任だという教師。

この空気で断るのは少し可哀想だが、ノルテ先生から魔法を教わりたいし丁重にお断りさせてもらおう。

「すいません、ティモシー先生。俺は特別クラスに移る気はないです」

「…………はぁ!?　特別クラスに移る気がない？」

「今のクラスが良いので。それでは失礼します」

俺の発言に対しコメカミをピクピクとさせているティモシーにそう伝え、試合会場を後にする。

ティモシーにセリアとの会話を邪魔されたが、後で時間を作って話せばいいだろう。

セリアとはお互いの意地がぶつかり、久々の再会を果たしたのに全然会話していなかったからな。

決着がついた今なら色々な話が出来ると思う。

こうして2日間に渡る1年生大会は、下馬評を覆した俺の優勝で幕を閉じた。

１年生大会の翌日の放課後。

セリアに呼び出され、俺は１人校舎裏へと向かう。

校舎を歩いていると、色々な視線が俺に向けられているのが分かり、非常に歩きづらい。

昨日の１年生大会の反響の大きさを様々な場所で感じるな。

魔法を扱えない落ちこぼれとして扱っていた教師陣や、クラスの連中の態度も大きく変わった。

教師陣は親身に指導してくれるようになり、ピートとルークを除くクラスの連中はより一層俺を避けるようになっている。

恐らくだけど、今まで馬鹿にしてきた相手が強かったと知り、近づけずにいるのだろう。

決勝トーナメント１回戦敗退くらいならば、ルークのように輪の中心に入れたのかもしれないが、落ちこぼれが優勝はやりすぎてしまったようだ。

まあ、別に仲良しこよしがしたくて学園に入学した訳じゃないし、俺が他人にどう見られているかは、これまで通りどうでもいい。

そんな同学年たちからの視線を掻い潜り、校舎裏へと辿り着くと、先に着いていたセリアの姿が見えた。

「ごめん。待たせたか？」

「あっ、ジャック！　ううん、全然待ってない」

軽く謝罪をしながら声を掛けると、明るいトーンでそう言葉を返してきた。

そこから互いに言葉を発さず、何故か気まずい空気が流れる。

セリアから呼び出したんだし、何か話題を切り出せよと内心で思っていると、目を泳がせながらようやく話を切り出してきた。

「…………な、なんかさ、久しぶりだね」

「……いや。昨日剣を交えたばかりだし、全くもって久しぶりではないだろ」

「違うっ！　こうして面と向かって2人きりで話すのがってことだよ！」

「うーん……。大会前に校舎前で話した覚えがあるぞ」

「もうっ！　なんでこう……ジャックは雰囲気ってものを考えないかな!?」

セリアは手をワキワキとさせながら、何かを伝えようとしているが曖昧なものはよく分からない。

ただ、なんとなく変な緊張感が緩和された気がする。

「よく分からん。いいから話をしようぜ」

「むむ……。まあ、そうだね！　って言っても私が呼び出したのは単純に話がしたかっただけで特に用件はないんだけどね。ジャックの王国兵士の話を聞きたいんだけどいい？」

「ああ、もちろん。セリアも何をしていたのか教えてくれよ」

お互いに王都に来てからの話をすることが決まった。

まずは俺が王国兵団に入団してからの話を、家族に話したときのようにセリアに語る。

退屈な表情でも見せるかと思ったが、終始目をキラキラさせてミアと同じような表情で話を聞いていた。

「――っと。俺が王都に来てからの話はこんな感じだな」

「……やっぱ、ジャックも頑張ってるよなぁ。私の方が絶対努力したと思ってたんだけど、物語として聞けるような凄い体験をしてきたんだね」

「まあ、そうだな。半分は流れで入団したんだけど、学んだことは本当に大きかったし多かったよ。それで、セリアは一体何をしてたんだ？」

次は話し手を入れ替え、セリアが王都に来て行っていたことを聞く。

セリアがあれだけの強さを手に入れたんだ。

入学してから武闘会で戦うまで、あれだけ強い自信を持っていたのだから相当な努力をしたことは分かるんだけど……。

正直、何をしていたかまでは想像もつかない。

「私は修行の一環って言われて、すぐに王都から離れてダンジョンやら魔物の群生地にずっと行ってたんだ。ママともパパともさ、半年に1週間一緒にいられるかどうかだったりで、学園に入学するまでは全然会えてなかったんだよ」

「そういえば王都で一度再会した時も、どっかから一時帰還したときだったもんな」

「そうそう！　あの時は確かバルトロダンジョンから帰ってきたときだったと思う。……もう色々な意味でキツかったし辛かったな」

話をして鮮明に思い出したのか、遠い目をして呟いたセリア。

このなんともいえない表情から、どれだけ辛かったのかがなんとなく分かった。

「両親とも全然会えない生活は……辛かっただろうな」

「うん。何度も逃げ出そうと思ったよ。でもジャックと約束したし、強くなるまでは頑張るって気持ちで踏ん張った！」

「……そうか。よく頑張ったなセリア」

俺が褒めると、にへへと顔を緩ませたセリア。

約束。……セリアは旅立つ前にした俺との約束をずっと覚えてくれていたみたいだ。

確実に高みを見ていたし、約束なんて忘れていると思っていたが。

「……ねえジャック。この学園に入学してきてくれてありがとう」

「別にお礼を言われることじゃないだろ。全部、俺の意思だし、セリアに何かした訳じゃないしな。……強いて言えば、セリアに謝らせたぐらいか」

少し茶化した言い方をしたのだが、セリアは俺の付け足した言葉に特に反応することはない。

「ううん。私、完全に調子に乗ってたもん！　約束のために実力をつけたから、次はジャックが私のところまで登ってくる番だ——ってさ。そしてジャックと戦って、自分の甘さに気づくことが出来た。まだまだまだまだ……やらなきゃってさ！　ジャックはいつも私の先を歩いて道を示してくれている。本当に感謝してるんだよ」

セリアの真面目な言葉に、話し始めた時の変な空気よりもムズムズとする。

美談でもなんでもなく、ムキになって勝負を吹っ掛けただけだしな。

「そんなことはない。俺の行動をセリアが都合の良いように解釈しているだけだから」

「違うって！　本当に感謝——」

「それよりも、アデルと3人でご飯にでも行かないか？　久しぶりの再会な訳だし、3人で話でもしようぜ」

このまま話題が進むのが嫌だった俺は、かなり強引に話題を変えにいった。

セリアは納得いかない表情を見せつつも、俺の話題に乗って来てくれた。

「私は全然いいけど……アデルが嫌がるかもしれないよ」

「……？　なんでそう思ったんだ？」

「いやさぁ、大会の1回戦で当たったの知ってる？」

「ああ、アデルから聞いた」

「その時、私を凄い形相で睨んでたから、嫌われてるんだろうなと思ったんだよ」

「それは試合前だからじゃないか？　対戦相手を前にして笑顔な方が珍しいだろ」

「確かにそうだけど……。あれは何か嫌悪感があったような表情だったと思うんだよなぁ」

「まあ、そこら辺に関してはアデルに聞いてみるよ。セリアの方は大丈夫ってことでいいよな？」

「うん。私は大丈夫！」

　こうして食事の約束を取り付けつつ話を変えることに成功し、既に大分話し込んでしまったため、今日はお開きにすることとなった。

　そして後日、アデルに食事の件を伝えると、二つ返事で了承してくれたのだが……セリアの言う通り、少しだけ様子がおかしいのを俺も感じた。

　校舎で話した時もセリアの名前を出したときに表情を一変させたし、セリアが感じたのもあながち間違いではなかったのではと、約束を取り付けてから思ったのだった。

第7章　ダンジョン攻略部

セリアと話した日から1週間が経過した。

武闘会の話題もほとぼりが冷め、もう完全にいつもの日常に戻っている。

特に事件もなく、魔法を教わるだけの代わり映えしない生活を送っていたのだが、今日は約束していた3人での食事会の日。

俺は放課後すぐに身支度を整えると、今日の集合場所となっているアデルの実家へと向かう。

どうやらアデルが食事をするお店まで馬車を出してくれるようで、その提案をありがたく受けさせてもらったのだ。

学園で外出許可を貰ってからアデルの家へと向かうと、セリアが先についていた。

門の前でうろうろして様子を窺っているようだ。

「セリア、鐘は鳴らしたのか？」

俺が後ろから声をかけると、体をビクッとしてから振り向き、俺の顔を見て一息ついた。

「ジャック！　驚かせないでよ！」

「いや、驚く要素がないだろ。それで鐘は鳴らしたのか？」

「ううん。まだ。アデルの家の大きさにちょっと委縮しちゃって」

「……まあ分からないでもないな」

俺も最初はこの建物の大きさにビックリしたからな。

委縮しているセリアの代わりに俺が鐘を鳴らすと、出てきたのはメイド長のエミリーさんだ。

「エミリーさん、お久しぶりです」

「ジャックさん、お久しぶりです。お元気でしたか？」

「はい。お陰様で元気にやらせてもらってます」

俺がニッコリとそう答えると、エミリーさんも笑顔で頷き返してくれた。

「それで、アデルはいますか？」

「ええ、もう少々お待ちください。まもなく準備が整うと思いますので」

そのエミリーさんの言葉通り、しばらく待っていると中から出てきたのはドレス姿のアデル。

化粧までしていて、一瞬誰だか分からなかったぐらいに着飾っている。

「ジャック様、お待たせいたしました。……それとセリアも」

「いやいや、そんなに待ってないから大丈夫。それにしても凄いなそのドレス。似合ってる」

俺がそう褒めると太陽のような笑顔になった。

アデル、凄く嬉しそうだな。それほどお気に入りのドレスだったのだろうか。

「それでは馬車も来ていますので、さっそく向かいましょうか」

アデルに続くように、俺を挟む形で馬車に乗り込んだ。

それにしても近くで見ると、本当に高価そうなドレスだな。

俺もセリアも至って普通の恰好で来ているから、浮かないか少し心配だ。

食事をする場所もアデルが選んでくれたのだが、この様子だとドレスコードに合わせなくてはいけないお店の可能性もある。

「この3人が揃うと、ロダの村のことを思い出すな」

「そうですわね。ジャック様はあのころから剣術が凄くて、あ、あのー、そのー…かっこよかったです」

歯切れ悪くそう褒めてくれたアデル。

「そうか？　かっこいいなんて言われたの初めてだよ。お世辞でも嬉しいもんだな」

「お、お世辞なんかじゃありません!!」

馬車内に響き渡る大声を上げ、食い気味に答えたアデル。

その急な大声にビックリした俺とセリアの背筋が伸びた。

「……そ、そうか。お世辞じゃないなら、なおさら嬉しいな」

俺がそう言うと、顔を俯かせてしまったアデル。

表情は髪で見えないが、横から見える耳が真っ赤になっているのに気付いて、なんだか俺まで恥ずかしくなってきた。

「わ、私もジャックはかっこいいと思ってたよ！　ずっと私の憧れだったし！」

俺とアデルが照れ臭そうにしている横で、セリアが下手くそに俺を褒め出した。

なんで急に俺の褒め合戦になったんだ？　狭い空間だからか、本当に恥ずかしくなってくる。

「あー、セリアもありがとな」

そのあと、3人して俯いたままの馬車は、ほぼ無言の状態で目的地のお店についてしまった。

ふぅー……。なんだったんだ、あの空気は。

今まで体験したことのない、居心地の悪さを感じた。

馬車を降りて一息ついたことで、ようやく解放された気がしている。

ここから食事会か……。なんだか急に場が持つのか心配になってきた。

食事のあと、上級地区を出て、セリアを王国兵団の面々に紹介しようと思っていたから、食事会で変な空気になって解散っていうのは避けたいんだけどな。

そんな不安を残しつつも、2人が入って行ったお店に入る。

お店に入ると、すぐにウェイトレスに案内され、1つの部屋へと通された。

既にその部屋には、お皿が綺麗に並べられており、着席すると同時に料理が運ばれてくる。

「なにこの料理！　凄いね」

セリアが次々と出てくる料理を食べては、かなり興奮している様子。

確かにどの料理も美味しく、少なめの料理が色鮮やかに盛り付けられて次々と出されるため、目でも楽しめている。

俺はお店の雰囲気的にはしゃげていないが、内心ではセリアぐらい興奮しながら料理を楽しんでいた。

「セリア。行儀が悪いですわよ」

「ごめんごめん。こんな料理食べたことなかったからさ」

はしゃいでいるセリアがアデルに注意される。

それを皮切りに2人が若干ピリつき始めた。

その2人を見て、なんとか場を和ませるために話をふる。

「アデルは学園生活どうだ？」

「わ、私ですか？　……はい。武闘会でセリアに負けたこと以外は、充実した学園生活を送らせてもらってますよ。ジャック様はどうですか？」

「俺も魔法の習得が捗ってるし、充実してると言えるかな」

チクリと刺すような含みのある言い方をしたアデル。

アデルから武闘会のことを聞いて、セリアは苦笑いしている。

「セリアはどうなのですか？」

「私も充実してるかな。ただ、ちょっと思うことがあって……今は学園の授業よりも対人戦訓練に注力してる」

セリアがそう言いながら俺の方を見てきた。

武闘会での決勝戦について言っているのだろう。

セリアが俺に負けた理由は、技術の他にも対人戦の経験の差もあったからな。

身体能力では上回っていただけに、俺以上にそのことが分かったのだと思う。

「そうか。皆それなりに充実してるんだな」

「そうですね。流石は王国が誇るプロメトル学園なだけはあると思います」

「それよりもさ、来週から部活が始まるみたいだけど2人は決まったの？」

部活？　セリアの口から聞き覚えのない単語が出てきた。

「セリア、部活ってなんだ？」

「えっ？　ジャック聞いてないの？　来週から部活が始まるんだよ」

「部活は、クラスとは別に自分の興味がある団体に所属して活動することですね。学園には様々な部活があるみたいですよ」

「へー。そんなのが始まるんだな。知らなかった」

　そんなものがあったんだな。

　あっ……。そういえば寮の反対側にある建物に、部室棟と書かれていた気がする。

　もしかして、あの建物が関係しているのか？

「ジャック様がどの部活に入るのか決まったら、よければ教えて頂けませんか？」

「うん？　ああ、別にいいけど」

「あっ！　私も知りたい！」

「俺も２人がどの部活にするか知りたいから、そっちも決まったら教えてくれ」

　できればだが、２人と同じ部活なら嬉しいけどな。

　３人共クラスが違うから、こうして話す機会が少ないし、部活が一緒になれば話す機会が増えそうだからな。

　それから３人で自分たちの過去について話しながら、久しぶりの３人での食事と会話を楽しんだ。

「へー！　王国兵団の人たちに会ってみたいな！　エルビスさん、私のこと覚えているかな？」

　俺の王国兵士の時の話になると、セリアの方からそんなことを言い出した。

　これは今日、紹介できそうだな。

「それなら、今日兵舎に行ってみるか？　多分歓迎してくれると思うぞ」

「えっ!?　いいの？　いいなら行きたい！」

「よしっ、それなら行こうか。アデルも来るよな？」

「私も行っていいんですか？」

「もちろん。3人で行こう」

こうして俺の計画通り、王国兵団に3人で顔を出しに行くことが決まった。

1ヵ月ぶりの王国兵団だ。正直、2人よりも俺自身が一番楽しみにしていると思う。

最後に出されたデザートを食べた後、早々にお金を払ってお店を後にした。

値段の方は予想より高くはなく、アデルはそこら辺を見極めてお店を選んでくれたみたいだな。

お店を出た後、再び馬車に乗り込んで上級地区の門へと目指す。

「セリアは、王都の一般地区は見て回ったことあるのか？」

「ううん。王都に戻ったときは基本的に上級地区にいたから、ちゃんと観光したことはないかな」

「そうなのか。今日は時間的に無理そうだけどいつか案内するよ。面白い店いっぱいあるからさ」

「やったーっ！　それは楽しみにしてるっ！」

「ジャック様！　私も案内してほしいんですが!!」

「ああ、別に構わないけど……。アデルも一般地区はあんまり行かないのか？」

「はい！　私も上級地区からはあまり出ませんので！」

やはり上級地区に住んでいる人は、あまり上級地区の外には行かないようだ。

確かに、上級地区と一般地区を結ぶ門の手続きは面倒くさいもんな。

面倒くさい以前に、アデルは両親から許可が下りないのかもしれないけど。

まあとりあえず、また3人で出かける予定が決まってよかった。

2人ともやはり険悪な仲じゃなかったようだしね。

時々、ピリついてはいるもののアデルもこうやって自主的に来たがるし、仲は悪くなさそうだ。

そんなことを3人で話していると、馬車は上級地区の門に着いたようだ。

馬車での移動はここまでで、ここからは歩いて兵舎へと向かう。

門の王国騎士に身分確認を行ってから、久しぶりの一般地区へと足を踏み入れた。

まだ1ヶ月も経っていないのに懐かしく感じるな。

「2人ともこっちだ」

2人を案内しつつ時々、面白いお店を指差して口頭で教えながら、活気がある大通りを進む。

一般地区は相変わらずの賑わいっぷりだ。

そして3年間毎日のように通った狭い路地が見えた。——この先が兵舎だ。

俺は持ってきていた腕章を巻き付けて、兵舎に続く門へと向かう。

兵舎に続く門には、門兵がいつものように1人立っていた。

知り合いではなかったのだが、向こうは俺のことを知っていたみたいだ。

「あっ、ジャックさん！　お久しぶりです!!　帰ってきてたんですね！」

「ああ、午後が空いたから遊びにきたんだよ」

「そうなんですか！　みんなも喜ぶと思いますよ！　さあ入ってください！」

興奮気味の門兵があっさりと中へ通してくれた。

流石に1ヵ月程度で、忘れられてはいなかったようだな。

「凄いっ！　ジャック有名人なんだね！」

「そんなことない。王国兵団内では少し顔が知られているってだけだ」

「いえいえ！　ジャック様は王国兵団最強の兵士でしたからね！　……セリアはそんなことも知らないのですか？」

「むぅ……。だって私はあまり王都にいなかったから、王国兵団のことはつい最近まで知らなかったし」

「あら、そうだったんですか」

　アデルがドヤ顔でそう言うと、2人がまたピリピリし始めた。

　こうやって定期的にピリつくのは本当にやめてほしい。

「そんなことはないって。王国兵団の中じゃ強い方ではあったけどな」

「またまたご謙遜を。一番大きな剣闘会で優勝したじゃないですか！」

「まあまあ、それは置いといて早く中に入ろう」

　また持ち上げられそうになったので、アデルの話を強引に切り上げて兵舎の中へと進む。

　兵舎に入り、受付へ向かうとウェンディーさんがいた。

「ウェンディーさん、お久しぶりです」

「あっ！　ジャック君だ！」

　ウェンディーさんは俺を見つけるや否や、受付から飛び出してきた。

　そのまま俺の前まで来て、手を摑むとブンブンと振り回す。

「ウェンディーさん、元気でしたか？」

「もっちろん！　ジャック君も元気そうでよかったよ」

「はい、こっちは元気です。それで、ラルフさんとかエルビスさんはいますか？」

「うん！　ラルフさんは副団長室に、エルビスさんは団長室にいるよ！　……それよりも後ろの女の子は彼女さん？」

　ウェンディーさんは、ニヤニヤと悪い笑みを浮かべてそう聞いてきた。

「違いますよ。幼なじみと俺がお世話になったアルメスト家のご息女です」

「んー？　じゃあこの子が例の剣聖の女の子？」

「はい、そうです。えーっと、この人は俺がお世話になってた王国兵団の受付をやっているウェンディーさん」

「初めまして、ジャックの幼なじみのセリアです」

「私は何度かお会いしてますよね？　アルメスト家長女のアデルです」

　2人に軽くウェンディーさんを紹介すると、すかさず挨拶をした。

　そんな2人をウェンディーさんはニコニコと見ている。

「可愛らしい子たちでジャック君羨ましい！　今度そこらへんのお話聞かせてね！」

　ニヤリと悪い笑みに変えて、そう言ってくるウェンディーさん。

「ま、まあ今度お話ししましょう。それじゃ行きますね」

　俺は場の空気が悪くなったのを感じ取り、強引に話を切り上げて、逃げるように受付を立ち去った。

　ウェンディーさんとのことは一旦忘れて、団長室へと向かう。

なんか兵舎を歩くと、全てが懐かしく感じるな。

団長室に着き、ドアをノックすると団長から返事がくる。

「失礼します。ジャックです。遊びに来ました」

中に入りそう挨拶をすると、正面に座っている団長はニヤリと笑い、隅で作業をしていたエルビスさんが俺を見て立ち上がった。

ラルフさんも団長室に来ていて、団長と話していたようでタイミング良く会いたい人全員が集合しているようだ。

「随分早くに戻ってきたじゃねぇか。逃げ帰ってきたのか？」

「違いますよ。２人にみんなを紹介したくて戻ってきただけです」

「くっくっく。そうか、まあ歓迎するぜ」

そう言って、団長はラルフさんとエルビスさんに手で合図を送る。

その合図を皮切りにうずうずしながら立っていたエルビスさんが、俺の方に来た。

「ジャック！　久しぶりじゃねぇか！　どうだよ、学園の方は！」

「エルビスさん、お久しぶりです。学ぶことが多くて、お陰様で充実した毎日を送ってます。……それと声量は抑えてください」

「おお！　そりゃ良かったな！　ちゃんと上手くやってるみたいで安心したぜ！」

声量は大きいままで、そう嬉しそうに言葉を返してきたエルビスさん。

こうして嬉しそうにしてくれるだけで、こちらとしても戻ってきた甲斐があるな。

「それと覚えてますか？　ほら、セリアです」

「エルビスさんですか？　お久しぶりです！」

「えっ、えっ？　セリアちゃんなの？　こりゃまた美人になって！」

セリアを紹介すると、目を大きく見開いて驚いた表情を見せたエルビスさん。

やっぱり気づいていなかったようだな。

「ロダの村の時は剣術を教えてくださり、本当に感謝してます！　お陰で強くなれました」

「そんなん気にしなくていいって！　……まあ、有名になったらセリアちゃんの師匠として語らせてもらうけどな！」

「ぜひぜひ！　私の最初の師匠はエルビスさんですし！」

2人がそんな会話をしている中、俺はラルフさんの下へ行く。

「ラルフさんもお久しぶりです」

「おう、ジャック！　久しぶりってほどではないけどな！」

「まあ、そうですね。それよりこっちの様子はどうですか？」

「ん？　特に変わりはないぜ。ベルベット以外はな」

「えっ？　ベルベットさんどうかしたんですか？」

ベルベットさん以外は変わりはない。

その意味深なラルフさんの言葉に不安を掻き立てられる。

「いや、どうかしたって訳じゃない。言うなればジャックロスだな」

「ジャックロス？　……え？　俺ですか？」

「ああ。ジャックが辞めてから仕事に身が入らなくなってしまったようでな。今は勤務日数を減らして休ませてるんだよ」

「そうだったんですか……。病気とか怪我ではなく、大丈夫ではあるんですか？」

「あれを大丈夫と言っていいのか分からないが、怪我とか病気ではないから大丈夫だとは思うぞ」

それなら良かったが、心配だな。

退団の日は普通に別れたから、特にそういうことはないと思っていたのだが。

「俺、様子を見に行った方がいいですかね？」

「いや、またジャックを見たら状態が悪くなるから、そっとしてあげてくれ」

「そうですか。心配なんで様子を見に行きたかったんですけど」

「あいつを娶る気があるなら、会いに行ってやってもいいと思うけど？」

ラルフさんがニヤニヤしながらそんなことを言い出した。

〝娶る〟その言葉が聞こえたのか、アデルとセリアがこっちに寄ってきた。

「隊長さんはいなかったのですか？」

「なんか体調不良で休んでいるみたいなんだ」

「そうなんだ。会いたかったけど仕方ないね」

「そうだな。俺も会いたかったけど、会ったら不味いようだから」

本当に残念だが、ベルベットさんはまた今度だな。

会うのは不味いが、手紙なら大丈夫だろうし手紙を送ろうか。

帰ったら早速手紙を書こう。

「まあ、ベルベットには俺からジャックが遊びに来たと伝えておくよ。そうすればもしかしたら立ち直るきっかけになるかもしれないからな」

「よろしくお願いします。俺も手紙は出しておきます」

「ああ、手紙なら程よくジャックロスを解消できるかもな！」

王国兵団のみんなと軽く会話もできたし、セリア達も紹介できた。

今日は久しぶりに充実した1日だったな。

「それで、このあとはどうするんだ？　時間があるならご飯にでも行きたいんだが」

「いや、夕方までに学園に戻らないといけないんで今日は駄目ですね……。また別の日に時間作ってみんなでご飯行きましょう」

「そうか。それは残念だな。ゆっくり会話したかったが」

ラルフさんからのありがたい提案だったが、明日も普通に授業があるため門限が厳しい。

ご飯はまた別の日だな。そこから少し話したあと、俺たちは帰ることにした。

俺は3人に別れの挨拶をしてから、兵舎を後にする。

やっぱりみんないい人達だ。次戻る時は時間を取ってゆっくり話をしたいな。

3人でまた門を潜って、上級地区へと足を進める。

道中、ベルベットさんの家の近くで足が止まるがラルフさんに言われた通り、顔を出すのはやめておく。

元気な顔を見せたいし、見たいんだけどな。

後ろ髪を引かれる思いはあるが、俺はまた足を進めた。

「エルビスさん、変わってなかったね！　少しだけど久しぶりに話せてよかったよ！」

「そうだな。エルビスさんは見た目とか性格はずっとあんな感じだ」

あの変わらない性格に、俺は何度も助けてもらったんだけど。

本当の意味での恩人だ。

「だよね！　エルビスさんと話したときが一番、昔を鮮明に思い出せたかもしれない。今度は剣士ごっこやりたいな」

「いやいや私が余裕で勝つよ！　流石にね！」

「エルビスさんとは、今ならいい勝負ができるかもな」

「エルビスさんを甘く見ると、俺の時みたいにまた痛い目に遭うぞ。普通に強いからな」

「私もみなさんと手合わせしたいですね。本当は剣闘会に参加したいんですけど」

「あー、どうなんだろうな。俺らだったら、直談判すれば参加させてくれそうだけど」

規模を大きくして、王都から参加者を集めた剣闘会とか開けばもっと盛り上がりそうだけどな。

まあ剣闘会自体、訓練の一環でやっているから難しいものではありそうだけど。

そんな会話をしながら上級地区に着いた。上級地区からまた馬車に乗って学園へ帰る。

セリアに久しぶりにセリアの両親と会わないか提案されたが、時間的に厳しそうだったので、これもまた後日ということに決まった。

今日は充実した1日だったし、本当に楽しかったな。

明日からはまた自己研鑽の日々を頑張ろう。

〝部活〟なるものも始まるみたいだし、また自分の力をつける機会が生まれるかもしれない。

それに学園ダンジョンにも、そろそろ入ってみたい。

クラスの現状から考えると、当分入る気配がないからどうにかして入りたいんだけどな。

食事会と久しぶりの王国兵団へ挨拶に行った日から数日が経過した。

校舎へ向かうため寮から出ると、外にはいつものようにピートが待っていた。

「ごめん、待ったか？」

「ううん。ちょうど今来たとこだよ！」

「そっか、それなら良かった。行こうか」

「うん！　行こう！」

最近はこうして、隣の部屋でもあるピートと一緒に登校するようになった。

ピートはルークとの一戦で戦いに目覚めたのか、よく戦闘の指導をお願いされるようになり、それがきっかけでピートとは更に仲良くなった。

俺はというと、ノルテ先生との特訓のお陰で【黒霧《くろぎり》】に続いて、【弱体化《じゃくたいか》】という魔法も使用できるようになった。

【奪体《だったい》】で魔法を使ってくれるので、感覚を掴めて非常にありがたい。

習得した魔法について考えながら教室で座っていると、ノルテ先生がいつものように教室に入ってきた。

「みんな、おはよう。今日は午後から部活動のオリエンテーションがある。忘れずに行くようにな」

ノルテ先生が教室に入るなり、そんなことを言った。

そういえば、セリアとアデルも近々部活が始まると言っていたもんな。

未だにどんな部活動があるのか分からないが、自分の為になりそうな部活かシンプルに面白そうな部活があれば嬉しい。

そして午前の授業が終わり、オリエンテーションの時間を迎えた。

授業が終わったと同時に、ピートが俺のところまで寄ってくる。

「ジャック！　部活動どこにするのか決めてる？」

「いや、どんな部活があるのかもあんまり調べていないんだ」

「そうなんだ。良かったらなんだけど一緒の部活に入らない？」

もじもじしながらそんなことを言うピート。

本当は入りたくない部活だけど俺が入ったから入る……とかじゃなければ全然いいな。

もしかしたら、セリアやアデルとも同じ部活になるかもしれないし、ピートを紹介したい。

「ああ、お互いに良いと思えた部活があったら一緒に入りたいな」

「そうだね！　僕もあまり調べてないから、一緒に見よう！」

ニコニコ笑顔でそう返してきたピート。

ピートは笑顔が多くて、一緒にいてほんわかした気持ちになる。

そんなピートに癒されながら、オリエンテーションが行われる多目的ホールへと向かう。

多目的ホールは入学式が行われた場所。

中にはなにもなかったはずなのだが、今日は広めの演壇のようなものが作られている。

あの演壇で部活動の紹介を行うのだろう。どんな部活があるのかも知らないし、普通に楽しみだな。

　しばらくすると多目的ホールの入口が閉められて、暗くなる。

目立つようにか、壇上だけライトアップされて1組ずつ出てきての発表が始まった。

　それから一通りの部活紹介を見終え、その中で俺が特に気になったのは、剣術武闘部と魔術研究部、ダンジョン攻略部の3つ。

　この3つは説明を聞いた限り、面白そうで自分自身の成長にも繋がると思えた部活だった。

「ジャック！　オリエンテーション凄かったね！　良さそうな部活あった？」

「確かに思っていたよりも凄かった。――ああ、あったぞ。ピートはあったか？」

「うん！　僕も良さそうな部活を結構見つけたよ！　ねぇねぇ、せーので一番入部したいところを言い合わない？」

　笑いながらそう提案してきたピート。

　ピートはなんか少し、むずむずするような提案をするんだよな……。

　少し恥ずかしいが、その提案を了承する。

「それじゃ行くよ？　せーの！」

「ダンジョン攻略部」

「裁縫…ダンジョン攻略部!!」

　明らかに最初違う部活を言っていたのだが、俺に合わせるように発言を変えたピート。

　俺がそんなピートを疑惑の目で見るが、ピートは相変わらずニコニコしながら素知らぬ振りをしている。

「おっ！　ジャックと入りたい部活同じだった！　本当に奇遇だね！」

「ピート今、部活の名前変えなかったか？」

「えっ？　なんのこと？　僕、最初からダンジョン攻略部って言ったよ！　少し噛んじゃったからそれのことかもね」

あくまですっとぼけるようだ。

まあ、そこまでして同じ部活に入りたいのなら嬉しい限りだけどな。

「まあ、そういうことなら入りたい部活は同じみたいだな」

「うん！　部活でもよろしくね！」

「いや体験入部もあるみたいだし、今のところダンジョン攻略部ってだけで、もう少しじっくり決めようぜ」

ピートとそんな会話をしたあと、アデルとセリアを探す。

ピート同様に2人とも、無理やり同じ部活に入ろうとするとは思っていないが、先週に馬車の中で教えるっていう約束をしていたからな。

1組が集まっているところに、アデルがいるのを見つけた。

俺は早速声をかける。

「アデル、どこの部活が良いか決まったか？」

俺がアデルにそう声を掛けたら、なぜか1組の人が一斉に俺の方を見た。

そこまで大きな声で話しかけた訳ではないし、不思議に思っていると俺に気づいたアデルが返事をした。

「ああっ、ジャック様！　わざわざ探してくれたんですか？」

そう発したアデルの言葉に、更に１組の人たちはざわつきだす。

なんだ。この変な空気。

周りの様子を窺ってしまうほど変な空気ではあるが、ひとまず気にせずにアデルの言葉に答える。

「この間、馬車で教えるって約束してたしな。２人を探して伝えようと思って」

「それは嬉しいです！　それでジャック様はどこの部活が良いと思ったのですか？」

身を乗り出すようにそう聞いてきたアデル。

その鬼気迫る表情に気圧されながらも部活を教える。

「ダンジョン攻略部だよ。入学してからずっとダンジョンは気になっていたからさ」

「奇遇ですね！　私もダンジョン攻略部に入りたいと思っていました！」

このやり取りに既視感を覚える。

アデルに関しては、本当にダンジョン攻略部に入りたがっていた可能性もあるからなんとも言えないけど。

「そうか。なら、アデルも一緒に体験入部に行かないか？」

「ぜひ、ご一緒させてもらえればうれしいです！　それでそちらの方はどなたですか？」

俺の後ろに隠れているピートを指さし、そう尋ねてきたアデル。

「俺と同じクラスのピートだ。ピートもダンジョン攻略部に入部希望だから、もし同じ部活になったら仲良くしてあげてくれ」

「……ピートです。よ、よろしくおねがいします」

俺の背中から顔をだして挨拶したピート。

意外と人見知りなのかもしれない。

「あっ！　男性の方なんですね。てっきり女性の方かと思いました。私はアデルと言います」

「それじゃセリアを探してどこの部活が良かったか聞いてから、部室に仮入部届けを出しに行こうか」

「……セリア。……分かりましたわ」

真顔でセリアの名前を呟いたあと、思い出したかのように笑顔に戻って了承したアデル。

そんな表情の変化を見てか、俺の服を掴みながら後ろに隠れているピートがぷるぷると震え出した。

アデルはたまに表情の変化が激しくなるときがあるからな。

慣れないと少し怖いのかもしれない。

2人を連れて、特別クラスが集まっているところへ向かう。

「あっ、ジャックだ！　どうしたの？」

「一応どこの部活に入るか聞こうと思ってさ」

「ああ、その件か！　私は剣術武闘部がいいかなって思ってるよ！」

セリアがそう言うと、アデルは静かに拳を突き上げた。

そんなアデルを見てセリアは不思議そうな顔をし、ピートは益々怖がっている。

「そうなのか。俺も全学年の部員を相手に、実践形式で鍛える事が出来る剣術武闘部も良さそうだとは思ってたんだけどな」

「えっ？　ジャックは希望部活違うの？」

「ああ、俺とアデルと後ろにいるピートは、ダンジョン攻略部に仮入部しようかと思ってる」

「えっ!?　なんでダンジョン攻略部？　あの部活に入るの？」

「ん？　なんか駄目なのか？」

非常に驚いた様子を見せたセリア。

確かに入部動機がダンジョンに潜りたいってだけで、それ以外はあまり重視していなかったからな。

もしかしたら駄目な理由とかがあるのかもしれない。

「いや……部員数2人って言ってたからさ。パーティも組めてないようだし、ダンジョン攻略ならクラスの方が捗るだろうなぁって思ってさ」

「2人なのか。そんなことさっきの紹介で言ってたか？」

「いや、わざわざ言わないでしょ。そんな人が来なさそうな情報」

うーん。確かに、これはちょっと駄目な匂いがしてきたな。

部長を名乗っていた人は女性だったのだが、結構丁寧に説明していたからしっかりとした部活なのかもと思っていた。

果たしてどうするか。

「かなり怪しいけど、とりあえず仮入部だけしてみることにするよ」

「んー……。ねぇ、私もその仮入部ついていっていい？」

「別にいいけど、セリアは剣術武闘部に入るんじゃなかったのか？」

「そうですわ！　自分の意思を曲げるのは良くないと思います！」

アデルも俺の意見に賛同するように、前のめりでセリアに物申した。

「そっちが本命だけど、もしダンジョン攻略部がいい部活だったらそっちに入りたいし」

「セリアがそう言うなら俺は構わないが」

「セリアの意思ってその程度でしたのね。ガッカリです」

「アデルだって、本当はダンジョン攻略部に入ろうなんて思ってなかったくせに」

「な、なにを出鱈目なことを！　そんな証拠はあるんですか!!」

「まあまあ、２人共落ち着けって。昔からの馴染みなんだし、仲良くやっていこうよ」

ピートが本格的に怖がり始めたので、俺は２人の仲裁に入る。

俺も２人の言い争いがヒートアップしたら危険を感じるし、嫌だからな。

２人がお互い顔をそっぽに向けたことで言い争いは止まった。

雰囲気は険悪だが、思えば昔もライバルのような感じで争ってはいたもんな。

喧嘩するほど仲が良いと言うし。

俺はそんな３人を引き連れて、早速ダンジョン攻略部の部室へ向かってみることにした。

部室棟は寮の真向かいに位置する。入学してから何度も目にはしていたが入るのは初めてだ。

「ダンジョン攻略部の部室はどの辺りなんだろうな」

「看板みたいなのはなさそうだね」

「先ほど配られたパンフレットに書いてありますわ」

そう言ってアデルは、パンフレットを取り出して俺に見せてきた。

俺はパンフレットを開いてすらいなかったな。

こういうのをしっかり確認しているアデルに感心しつつ、渡されたパンフレットを開く。

ダンジョン攻略部はーっと。

各部活の部室の位置を順々に見ていくと、一番端っこに名前が書いてあるのが確認できた。

「あった。一番端のようだな」

早速パンフレットに書いてあった場所へと向かう。

「ここだよな？」

「室名札に『ダンジョン攻略部』って書いてあるからここだと思うよ」

目の前にあったのは汚らしい部室。

今まで素通りしてきた他の部室は、比較的綺麗だったんだけどな。

部室からはもう、セリアから聞いた評判通りの駄目な匂いがしてくる。

ここで止まっていても仕方がないため、俺は部室の扉を開けた。

「失礼します」

俺は中に入り、軽く挨拶をすると中には2人の男女がいた。

1人は先ほど部活紹介をしていた女の人。

もう1人は……入学前に学園を探索したときに会った男の人だ。

「ほら、来た！　私の勝ちね！　カイムは私に金貨1枚ね！」

「悔しいな。クラリスのあの紹介で人が来るのかって……4人!?」

「うっそお!!　4人も来てくれたの!?」

金銭の授受が終わったあと、こちらをしっかりと見た2人は、俺達を見て腰を抜かす勢いで驚いた。

「こんにちは。仮入部で来たんですが」

「えっ!?　全員仮入部で来てくれたの？」

女の人が俺たちに対してそう尋ねてきた。

俺を含めた4人が、首を縦に振ってその問いに答える。

「凄いなっ！　冷やかしじゃないかと疑うレベルだよ。……冷やかしじゃないよね？」

「はい。決して冷やかしではないです」

しつこく疑心の目で見てくる2人に、念押しでそう答える。

部員が2人ということで、現部員の倍の人数が仮入部にきて疑っているのだろう。

「そうか、それなら良かった。まずは自己紹介だな。俺は副部長の3年のカイムだ」

「私はオリエンテーションでも言ったと思うけど、部長のクラリスです。私も3年よ」

気を取り直した2人がサクッと自己紹介をしてくれた。

こちらも俺から順々に自己紹介をしていった。

「それにしても4人は凄いな。みんなは同じクラス繋がりで来てくれたのか？」

「いえ、俺とピートは3組で同じクラスですが、アデルは1組でセリアは特別クラスです」

「凄いバラバラだね。ここはどういった繋がりなんだ？」

「俺とアデルとセリアが小さいころからの付き合いがあって、その繋がりですね」

「へー。なんか面白そうな話が聞けそうだなぁ」

「それより、時間は有限なんだし部活の説明をしようよ」

カイムさんの話で話が脱線しかけたが、クラリスさんが元に戻した。

「そうですね。活動内容とか詳しく聞きたいです」

「活動内容はほとんどオリエンテーションで話した通りだけどね。部活名通りダンジョンに潜ってどれくらい深くまでいけるかって挑戦をしている部活なの」

「2人で潜ってたんですか？」

「もちろん。なんなら今のところ学園ダンジョンで一番深くまで潜ったのは、私とカイムなんだから」

胸を張ってそう言ったクラリスさん。

学園ダンジョンなんてチープな名前がついているけど、やはりダンジョンはダンジョンのようだな。

話から考えて、大分深くまで階層がありそうだ。

「それは凄いですね。ちなみにその一番深くまで潜れたのって何階層なんですか？」

「28階層。歴代で一番深く潜った記録は23階層だから5階層も深く潜ってるのよ」

「28階層!?　そんなに潜ることとって可能なんですか!?」

黙って聞いていたセリアが、割り込むように会話に入ってきた。

そんなに驚く話だったのだろうか。

「そっか。セリアちゃんは学園ダンジョンにもう潜ってるんだもんね。部に伝わる特別な地図もあるから、実力が伴っていれば可能だよ」

「セリア、28階層ってそんなに凄いのか？」

「想像もつかないよ。学園ダンジョン以外のダンジョンも入れて、私は今まで深く潜れて8階層だったから。それも5人パーティでだよ？」

そう聞くと、2人で28階層は異次元なレベルに感じる。

オリエンテーションの時もそのことを推せばいいのに。

「なんでオリエンテーションでそのことを話さないんですか？」

セリアが俺も思っていたことを聞いてくれた。

「校則で禁止されているからだよ。本来ならば5人以下のパーティではダンジョンに潜ってはいけないルールがあるから言えないの」

「えっ？　それなのに潜って大丈夫なんですか？」

「放課後は、基本的にダンジョンは入口しか監視されてないからね！　駄目だけど入っちゃえば大丈夫」

それを駄目っていうと思うんだが。

ただ嘘ではなさそうだし、実力は本物のようではあるな。

現にカイムさんに初めて会ったとき、背後に立たれていたことに俺は気がつかなかったし。

「それでもそんなお2人の実力があれば、部員なんて寄ってくると思いますけど」

「いや、そんなことないよ。ダンジョン攻略は人気がないからね。私たちの1個上の代が1人、2個上の代が2人しかいなかったし」

「へー。俺はダンジョン攻略、気になりましたけどね」

「それは君達や私達が特殊なんだよ。ここの学生の殆どは、ダンジョン攻略なんて身分が低い冒険者がやることだと思っているからね」

そうなのか。気にしたことなかったが、貴族で冒険者ってあまりいないのかもしれない。

学園ダンジョンはダンジョン攻略に重きを置いているのではなく、あくまで対魔物を想定してのものなのだろう。

その意識があるなら確かに人気がないというのも頷けるな。

「そうなんですね。ピートとかもそう思ってるのか？」

「うーん、僕は良く分からないかな。冒険者がなんなのかも良く分かってないからさ」

そう言って照れるように笑ったピート。

「私はそういう意識はありません！　ジャック様が冒険者になるのならば私もなりたいくらいですし」

「そうなのか。一般的な貴族は嫌厭《けんえん》しがちってだけで、絶対ってルールはないんだな」

胸を張ってそう答えたアデルにそんなことを言った。

「まあ、人が少ない理由はそんなところだよ。今は廃部寸前で部室も端の汚いところに押し込まれてるからね」

「なるほど。だから他の部室と比べて汚かったんですか」

「そういうこと。君たちが入部してくれて正式に俺達の成果を公表できれば、学園にも部活として認めてもらえるんだけどなぁ」

そう言ってチラチラと俺たちを見てくる、カイムさんとクラリスさん。

2人からのプレッシャーが凄いが、安易に了承はできない。

「まずは活動内容とかを見たいですね。せっかくの仮入部なので、色々な体験もしたいですし」

「そりゃそうだよね。分かった！　今日はいきなりだけどダンジョンに潜ろう。本当は、仮入部の子たちは5人揃っていようが、ダンジョンに入れちゃだめなんだけどね」

そう平気な顔で言ったクラリスさん。

2人で潜ったり、禁止されている仮入部の人をダンジョンに入れたりとかなり破天荒なようだ。

こういう性格が部員が増えない理由の一つでもありそうだけどな。

「大丈夫なんですか？　普通に不安なんですけど」

「大丈夫、大丈夫！　浅い階層なら危険は限りなく低いし、私達がついていればやられることはまずないから」

「そっちの心配だけじゃなくて、学園にバレて停学や退学になるんじゃないかって心配もあるんですが」

「そっちも大丈夫。バレないし、もし仮にバレたとしたら、知らずに連れてこられましたって言っていいからさ」

そう言うと、早速部室を出ようとしている2人。

こっちの面々は俺も含めて困惑しているのだが、俺が2人の後を追うように部室を出ると、3人も俺についてくるように部室を後にした。

直接ダンジョンに行くのかと思いながら後をついて行くと、2人が向かっていった場所は校舎だった。

そのまま校舎に入ると、クラリスさんとカイムさんはとある部屋まで歩いていく。

俺らもその後に続くように部屋へと入った。

「ここでなにするんですか？」

「シーッ！　見てれば分かるから静かにしてて」

カイムさんのその言葉に従い、静かにする。

クラリスさんとカイムさんは、部屋の床を引っ張り上げると床の下に大きな穴があった。

「これ……なんですか？」

「いいから、ついてきて！」

俺が思わず尋ねたのだが、先ほどと同じように口に人指し指を当てて、静かにするよう注意された。

俺はとりあえず静かにして、2人が入って行った穴の中に入る。

中は暗くジメジメした狭い洞窟。

2人は床を元に戻してから、先頭に立つとどんどん進んでいく。

俺はこの地下道を見て、ダンジョンに繋がる裏道ではないかと思った。

入っちゃえば大丈夫発言から察するに、これはダンジョンに通じる道なのだと思う。

完全に悪いことに巻き込まれた気持ちになるが、ここまで来たら最後まで付き合うしかない。

セリアとアデルはわりと堂々と進んでいるが、ピートは不安なようで先ほどからずっと俺の服の端を摑んでいる。

洞窟の中は、確かに暗いし狭いしで怖がるのも仕方がない部分はあるが。

そんな洞窟を進んでいくと、明るく大きく開けた場所に出た。

「ここまで来ればもう大丈夫。実質ここが私達の部室だよ」

その言葉の通り、そこには様々なものが置かれている。

様々な武器が乱雑に置かれ、鎧や盾なども置いてあった。

更には、金銀の財宝も山積みになって置かれている。

「なんですか？　この武器や財宝は」

「ダンジョンの戦利品だよ。この部活で代々引き継がれているものなんだ。本来は学園に全て渡さないといけないんだけどね」

俺の質問に笑ってそう答えたカイムさん。

この裏道を含め、そんなことをまだ仮入部の俺達に教えて良かったのだろうか。

「学園にこんな地下があるなんて知りませんでしたよ」

「そりゃそうだろうな。ダンジョン攻略部が勝手に作ったものだから、知っている人なんて在学している人の中じゃ俺らだけだ」

「そんな秘密の通路を俺らに教えて良かったんですか？」

「まあね。見た限り誰かに言いふらしそうな人はいなさそうだし、それに……もし他の人に伝わったら君たちの中の誰かの仕業だろう？　それだけ分かってれば仕返しはできるからさ」

そう言って表情を暗くさせて笑うカイムさん。

勝手に教えておいて秘密をばらすな、は結構無茶苦茶な話だが他言しなければいいだけだからな。

俺達は４人で、頷きあい他言しないようにしようと心の中で結束する。

「それじゃここで装備を整えてくれ。ここにある武器、防具は勝手に使っていいから」

そう言うと、２人は装備を整え始めた。

なるほど。最初、装備とかどうするのかとも思っていたが、ここで身支度を整えるのか。

俺もカイムさんとクラリスさんに倣うように、適当な装備を拾って身に付けていく。

まずは剣だな。師匠の剣と同じくらいの大きさの剣を手に取り、軽く振ってみるが思いのほかしっくりと来た。

武器はこれでよさそうだ。

装飾品はよく分からないため、目についたものを身に付けていく。

一通り装備したところで3人を確認すると、セリアは一式の防具に加えてスタンダードな剣を持っていた。

アデルは重たそうな重防具に加えて、武器は槍にしたようだ。

ピートはと言うと……防具や武器を眺めながらアワアワしているだけで、まだ何も装備できていない。

「ピートどうしたんだ？」

「ジャック、実は武器や防具を身に付けたことがなくて、どれがいいのか分からないんだ……」

しょんぼりとした口調でそう言うピート。

「ピートは武器とか使えるのか？」

「ううん。辛うじて剣を少し使えるけど、魔法以外はダメダメ」

「なら、武器は持たずに盾だけにした方がいいと思う。それと防具は俺もよく分からないからサイズが合えばなんでもいいと思うぞ」

「うん、そうしてみるよ！　ありがとうジャック！」

満面の笑みでお礼を言うピート。

俺のアドバイス通りに防具を適当に身繕い、大きめの盾を選んでピートも装備を終えた。

「よしっ、みんな装備できたみたいだな。この先はいきなりダンジョンに繋がってるからそのつもりでいてくれ」

「アイテムとかはいらないんですか？」

「ああ。浅い階層で引き上げる予定だからな。本来なら地図やアイテムとかも万全に準備するんだが、今回は必要ないな」

カイムさんはそう言ってから、更に奥へと進む。

ダンジョンは俺にとっては慣れしたしんだ場所ではある。

だが、構造とかをあまり意識したことがなかったし、俺が生まれてからは割と早々に廃ダンジョンと化したから詳しい訳ではない。

本当に籠って剣を振り続けていただけだからな。

「この扉の先がダンジョンだ。いきなり魔物が現れる可能性もあるから、気を引き締めておいてくれ」

カイムさんがそう忠告してから、扉の鍵を開けてダンジョンへ入る。

俺もゆるゆるだった気持ちを戦闘モードに切り替え、ダンジョンへと足を踏み入れる。

ダンジョンの中は赤黒い壁、赤黒い地面、赤黒い天井で、不安を煽ってくるような色合いをして

いる。

カイムさんはダンジョンに入った瞬間に魔物がいるかもしれないと言っていたが、周りを見渡しても魔物の影は見えない。

「学園ダンジョンってこんな所だったんだね」

「私も初めて入りましたが……少し気味の悪い場所ですね」

ピートとアデルも俺と同じような感想を抱いたようだ。

「私も最初はこの気持ち悪い色合いのせいで、不気味な感じがしたけど、出てくる魔物は大したことないよ」

「そうなのか。ちなみにどんな魔物が出るんだ？」

「階層によって変わるんだけど……ここって何階層なんですか？」

セリアがクラリスさんにそう尋ねた。

構造自体は俺が居たダンジョンと同じみたいだな。

俺が居たダンジョンも最下層にある魔力塊に近づくにつれ、生まれる魔物が強くなっていたはずだ。

「2階層だよ。だから出てくる主な魔物はゴブリン、コボルト、キラービー、ダンガンアントってところだね。5階層までは主にこの魔物達が出てくるから」

話を聞いていたクラリスさんが答えてくれた。

魔物のレベルは本当に低いようだ。冒険者で言うならばFランクの依頼の魔物たち。

油断していたとしても負けることはないだろう。

6人でしばらくダンジョンを進んでいくと、前方にゴブリン4匹が群れているのが見えた。

どう戦うのか指示を待っていると、カイムさんとクラリスさんが1歩前に出た。

「まずは私とカイムが倒すから見ててね」

そう言うと会話をしながら、散歩をするような軽い足取りでゴブリンの下へと歩いていく2人。

どんな戦い方をするのか気になり、注視する。

ゴブリンもこちらに気がついたようで、雄叫びをあげて突っ込んできた。

カイムさんは二刀流スタイルで、クラリスさんは薙刀と呼ばれる槍のような武器を持っている。

突っ込んでくるゴブリンと歩く2人がぶつかった瞬間、一瞬にして4匹のゴブリンの体が跳ね飛んだ。

見えた限りでは、カイムさんが2匹のゴブリンの首を同時に刎ね飛ばし、クラリスさんが薙ぎ払いで、ゴブリン2匹をまとめて腰の部分から両断した。

「えっ!?　見えなかった。なにが起こったの？」

ピートが口を大きく開けて驚いている。

見ててと言っていたのに、全く見せる気なしの攻撃だったもんな。

俺も注視してなかったら、見逃していたぐらいの速度だった。

ゴブリン相手ではあったが、今の一撃だけで2人の実力が高いことは分かったな。

「まあ、こんなもんだね！」

「ちゃんと見てた？」

ゴブリンを屠って帰ってきた2人が戻ってきた。

「いえ、全然見えなかったです」

「僕も速すぎて全く見えなかったです」

「私も動き出した辺りからは追えなかったです」

３人が口を揃えて見えなかったことを口にすると、２人は満足そうな表情を浮かべた。

もしかしたら俺達を安心させるために先に戦った訳ではなく、俺達に実力を見せることが目的だったのかもしれない。

「ジャックはどうだった？」

「俺は見えました。ただ速かったですね」

「おっ！　見えたんだ、やるねー」

２人は興味深そうに俺を見てくる。

「それじゃ、次は４人に魔物を倒すのを頼もうかな」

「見てもらった通り、弱い魔物しかいないから大丈夫だよ」

そう言う２人に、俺達４人は顔を見合わせてから頷いた。

ゴブリンレベルならば、苦労することなく倒すことができる。

セリアとアデルはカイムさんとクラリスさんに触発されたのか、随分と気合いが入っているようだしな。

「分かりました。次に出た魔物は俺達で倒します」

そう返事をしてから、４人で軽く作戦について話し合う。

「陣形はどうする？　前衛２人で後衛２人で行くか？」

「前衛2人だと過剰になっちゃうんじゃないかな？　しっかり戦いたいし、前衛1人後衛3人にして私、アデル、ジャックで回していけばいいんじゃない？」

「私もセリアの意見に賛成ですね。このレベルの魔物ならば後衛もいらないくらいですし」

「分かった。それでいこう。仮に危険だと感じたら俺、アデル、ヤリアの後衛に回っている人が前衛に行けばいいもんな」

「僕もそれでいいと思う！」

全員が賛同したところで、陣形が決まった。

1人ならば細かな作戦も必要とせずに個人の考えで動けるし、急造パーティならこれがベストなのかもしれない。

「この浅い階の魔物だと、レアドロップ品とか出なさそうだけどどうだろうね」

「やっぱダンジョン攻略の醍醐味《だいごみ》は、レアドロップ品と宝箱だからね。出てくれればハマってくれそうだけど」

俺達が周りを警戒しながら進んでいる最中、2人がそんな会話をしている。

冒険者ギルドで聞いた話だな。

ダンジョンには、魔物を討伐したときに落ちるレアドロップ品なるものがあるらしい。

これは外の魔物は落とさないようで、ダンジョンで生成された魔物限定のもののようだ。

魔物によって、落とすレアドロップ品は違うらしいのだが、どれも希少なものばかりと聞く。

それと、宝箱。

ダンジョンには木、銅、銀、金の宝箱が生成されるようで、その中には希少なアイテムや財宝が入っていることがあるらしい。

生成される仕組みとかはよく分からないが、そんな話を聞いたことがあった。

それも魔力塊が近いところに行くほど、希少な宝箱が生成される確率が高いとも言っていたな。

俺が学園ダンジョンに興味を抱いたのは、元々スケルトンだったからというより、その話を聞いたからだ。

本当は王国兵団時代にダンジョン攻略をしたかったのだが、パーティを組めずに泣く泣く断念したからな。

そんなことを考えながらダンジョンを進むと、前方にコボルトとゴブリンの群れが見えた。

視認出来る限り、コボルト４匹にゴブリン３匹。俺とアデルとセリアは顔を見合わせる。

３人で様子を窺っていると、セリアが声を上げた。

「まず私から行くね。サポートよろしく」

「分かった。セリアの次はアデルでいこう」

「分かりましたわ！」

そう言って前に出たセリア。次の前衛も決めたところで、いよいよ戦闘が始まる。

コボルトとゴブリンの群れもこちらに気づき、先ほど同様になにも考えずに襲い掛かってくる。

不意をついた敵に放てるように、俺は【闇矢《やみや》】を撃てるよう準備をしておく。

背後には俺たちがいるから、不意をつかれることはないとは思うが念のためだ。

剣を抜いて突っ込むセリアの剣が、金色に輝き始めた。

初っ端から大技をかます気なのだろう。

「**【神聖斬波《しんせいざんぱ》】**」

ゴブリンやコボルトから離れた位置で剣を構え、薙ぎ払うように振ったセリア。

刃から剣と同じ金色に輝く衝撃波のようなものが放たれ、その一撃によってコボルト、ゴブリンの群れは斬り裂かれた。

一撃で全滅か……。さすがの威力だな。

満足そうに戻ってきたニコニコ顔のセリア。

「さすがだな。一撃で全滅させられるのか」

「まあ、弱い魔物だからね！　これぐらいはやらないと！」

「流石に剣聖なだけはありますね」

今の一撃にはアデルも素直に褒めていた。

ピートは大口を開けてぽかーんとしている。

剣技で魔法のような大技の攻撃は、初めてみたのかもしれないな。

「ジャック、セリアちゃんって凄いんだね……。僕ビックリしちゃったよ」

「特別クラスって枠組みに入ってるくらいだからな。ただピートも頑張ればあれくらいはできるようになるさ」

「うーん……。僕には一生かけても無理そうだけどなぁ」

目を輝かせてセリアを見ているピート。

師匠を見ていたから分かるが、魔法は無限大の可能性を秘めている。

言った通り、ピートも頑張ればあれぐらいの一撃を放てるようになるからな。

これからピートがどう成長するのか非常に楽しみだな。

続いて現れた魔物はダンガンアントの群れ。10匹ほどのダンガンアントが正面に見えた。

予定通り、前に出たのはアデル。

装備が重装備のため、素早い攻撃を仕掛けてくるダンガンアント相手に少し心配になるが、アデルの実力なら大丈夫だろう。

槍を構えて、ゆっくりと近づいて行くアデル。セリアのように大技を使う気配はない。

ダンガンアントが列を成してアデルに近づいていく。

ある程度の距離まで近づいた瞬間に、一番前のダンガンアントからアデルに突っ込んでいった。

猛スピードで突っ込んでくるダンガンアントに対して、アデルは怯む様子を一切見せずに淡々と槍で突き刺していく。

カイムさん、クラリスさん、セリアのような派手さはないが、一番安心して戦闘を見ていられる安定感がある。

結局アデルは突っ込んできた10匹のダンガンアントを、一撃も外さずに的確に貫いた。

「お疲れ様。流石だな」

「いいえ。前の3人と比べたら地味な戦いでしたわ」

そう言って謙遜するアデルだったが、表情を見る限りかなり満足気だ。

自分の中でも余裕を持って戦えたという感触があったのだろう。

次は俺か。凡ミスだけはしないようにしなくてはな。

それと、【筋力増強《きんりょくぞうきょう》】を使うかどうかだが……今回は使わなくていいだろう。

それよりも今回は魔法中心で戦いたいと思っている。

魔法を試せる敵と戦えることにワクワクしながら歩いていると、前方に見えたのはゴブリン1匹。

単独でいることもあるんだなと思いつつも、単独の敵に内心ガッカリする。

俺が肩を落としてゴブリンを仕留めに行こうとしたとき、後ろから肩をとんとんと叩かれた。

「ねね、ジャック。僕があのゴブリンと戦っていい？」

後ろに控えていたピートが、俺の傍までやってきてそう言ってきた。

そう言えば後衛でサポートと言っても、2人ともあっさり倒したからピートの出番は一切なかったもんな。

ゴブリン1匹なら1人で倒せると思って、俺にそんな提案をしたのだろう。

「ああ、構わないぞ。俺が壁になるか？」

「ううん！　1人で戦ってみる！　危なくなったら助けてね？」

両手を顔の前で合わせ、そうお願いしてきたピート。

「ああ。任せてくれ」

俺が一言そう了承すると、前を向いてゴブリンの下へと歩いていったピート。

足取りがおぼつかないため、少し不安になるが普段のピートの魔法を見る限り大丈夫なはずだ。

「あれ？　ピート君がいったの？」

「ああ、後衛だと出番なさそうだからな」

「ジャック様、ピートってどうなのですか？　失礼かもしれませんが、あまり実力者には見えないのですが」

「そうだな。普段のおどおどした感じのせいでそう思われがちだが、魔法の才能はあるぞ。それにああ見えてガッツもあるから、どんどん強くなると俺は思ってる」

後衛に下がって2人とそんな会話をしていると、ピートとゴブリンの戦闘が始まった。

ゴブリンは遠い位置から一気に攻撃しようと走り出したのだが、ピートは遠距離からの攻撃ができる。

ゴブリンの攻撃の射程圏内に入る前に、ピートの【火球《かきゅう》】が放たれた。

これだけで勝負ありだと思ったが、ピートはもう一射放つようで次の詠唱を始めている。

2射目に放ったのは【火柱《ひばしら》】。

高火力の【火柱】を確実に当てるために、【火球】によって足止めをしたのだろう。

まあ俺の見立てでは、【火球】でゴブリンは瀕死になっていただろうけど。

ピートの放った高く昇る火柱が消えたときには、ゴブリンの姿は跡形もなくなっていた。

「やったな。ピート」

「うん！　初めて魔物と戦ったけど勝てたよ！」

目をキラキラとさせてそう言ったピート。

これはもしかしたら、戦闘や魔法の楽しさを覚えたかもしれない。

後ろで黙って見ていたカイムさんとクラリスさんも、満足そうに頷いている。

「次は俺の番だな」

「ジャック頑張ってね！　ジャックの強さだったら余裕だと思うけど！」

「ありがとな」

激励してくれるピート。

4人でまとまり、またしばらく魔物を求めてダンジョンをさ迷い歩くと前方に見えたのは赤ゴブリン。

確か、オーガだったっけか？

懐かしいな。それにしてもオーガってこんな浅い階に出現するんだな。

俺がそんな感想を抱きながらオーガに向かって歩きだすと、後ろからストップをかける声が聞こえた。

振り返るとカイムさんが来ていた。

「あれはオーガだ。10階層以降に出現する魔物の中でも、凶暴かつ強い部類に入る。危ないから一度止まれ」

そう言って俺を止めたカイムさん。オーガってそんな感じなのか。

今の俺ならば苦なく倒せると思うが、一応指示に従い立ち止まる。

「あれはイレギュラーだな。俺たちが倒すから後ろで見ててくれ」

「大丈夫ですよ。オーガなら小さい頃に、もう複数匹を相手にしてましたから」

俺がそう告げると目を大きく見開いたカイムさん。

「オーガを複数匹？　子供の頃に？」

「はい。だから俺にやらせてください」

「ちょっ、ちょっと待て！」

大丈夫なことは伝えたし、制止してくるカイムさんを無視して俺は、オーガに向かって歩みを進める。

オーガは良い練習台になる。耐久もあるし、動きも力も強いからな。

久々の相手だが俺の魔法がどこまで通用するのか楽しみだ。

こちらに気がついていないオーガに、まずは【闇矢】をぶつける。

狙いすまして、漆黒の魔法の矢を放った。

狙い通り胸に直撃するも、効いている様子はあまりない。

流石の耐久だな。今の一撃でオーガに気が付かれてしまったが、まだ距離はある。

俺の経験通りならば、オーガに遠距離攻撃はないはずだ。

つまりは距離を詰められるまで、こちらは一方的な攻撃を浴びせることができる。

攻撃の通りが悪く感じられたが、塵も積もれば山となる。

とにかく量で押そう。

そこからは距離が近づくまでに、ひたすら【闇矢】と【闇弾《やみだん》】をオーガに撃ち込んだ。

始めは割と平気で耐えていたオーガだったが、流石に何発も被弾したとなると距離を詰められた頃には既にボロボロ。

あとは瀕死のオーガを剣で斬り伏せるだけ。

魔力を相当使ってしまったが、魔法を何発も試せたしそれだけの価値はあったな。

俺を追い詰めたと思ったオーガが、口元をニヤリとさせてからこん棒を振り上げた。

それと同時に剣を鞘から引き抜き、無防備なオーガの胴体を袈裟斬りする。

斬り伏せられたオーガはそのまま赤黒い地面に倒れると、地面に力を吸いとられるように灰となった。

　そして、オーガの灰の中に赤い玉のようなものが見える。

　レアドロップ品の可能性があるため、俺はその玉を拾ってからみんなの下へと戻った。

「ジャック！　止めたのだから1人で勝手に行くな。もし、君が大怪我を負ったらこちらの責任になるのだからな！」

　戻るなり、俺を怒鳴ったカイムさん。

　…………。ただ、その怒り方はどこか嘘っぽい。

　実際に俺を止めるとしたら力付くで止められただろうし、なんなら俺は魔法連射という時間のかかる攻撃をした。

　その間に助太刀に入るなりできたはずだからな。

　俺の実力を見るために体裁では止めたが、本気で止める気はなかったのだろうな。

　カイムさんからは、そんな意図が透けて見えた。

「すいませんでした」

「まあ、本当に余裕で倒していたからこれ以上は言わないが。……それにしても、オーガをあそこまで楽々倒すとは本当に何者なんだジャックは」

「ただの学生ですよ。それよりもオーガからこんなものが落ちたのですが」

　話を変えるように、先ほどドロップした玉をカイムさんに見せた。

　いいドロップ品だといいんだけどな。

「ん？　憤怒の玉か。中々いいアイテムだよ。魔物にぶつけると興奮状態になるアイテムだ」

「へー、そんなアイテムなんですね」

反応的にどうやらレアドロップ品ではなさそうだな。

こうした普通の戦闘用アイテムもドロップするのか。

興奮状態にする玉。……いまいちピンとこないが、折角だし何処かで使ってみたいな。

「こうしたドロップ品ってどうしてるんですか？」

「基本的に倒した人のものとしている。だから憤怒の玉はジャックが持っていっていいぞ。ただ教師の前ではドロップ品は使うなよ」

「それならば、ありがたく頂きます。本来ならドロップ品は、学園に全部渡さなきゃいけないんですもんね。気を付けます」

全部渡さなきゃいけないってのも、ダンジョン攻略部に人が来ない理由なのかもしれないな。

ドロップ品がもらえないダンジョン攻略なんて、ハイリスクノーリターンでしかない。

そこからは、5階層まで同じような感じで前衛を回していき、順調に進んでいった。

ドロップ品は結局俺が最初に手に入れた憤怒の玉だけだったが、言い得ぬワクワク感があったし俺は非常に楽しめた。

「よしっ！　今日はここで引き返そうか。帰りはセーフエリアを使って上がっていくからね」

「セーフエリアですか？」

「ああ。これもダンジョン攻略部の先輩達が作ったものなのだが、魔物が出現しにくいセーフエリアを記した地図があるんだ。今回は俺が覚えているから、地図そのものはないんだけどな」

「へー。そんな場所があるんですね。……と言うことは降りる際もそこを通れば、極力魔物と出会わず、素早く降りていけるんですか？」

「察しがいいね。そういうことだよ。深くまで攻略する際は、セーフエリアを使って降りるんだ」

その地図は正に歴史の積み重ねの成果だろう。

ダンジョンにいた頃はそんなことを意識したことがなかったが、俺のいたダンジョンにもセーフエリアなるものがあったのかもしれないな。

「それじゃ、先ほどの隠し通路に戻るからはぐれないようについてきてね」

そう言って進んでいくカイムさんとクラリスさんのあとをついていく。

カイムさんの話は本当のようで、あれだけ遭遇していた魔物に一度も遭遇することなく、装備や財宝が置かれていた隠し通路の部屋まで戻ってこれた。

体感だが、進んだときの10倍くらいは早く戻れたと思う。

「みんなご苦労様。魔物相手に一切苦労している様子がなかったし、レベルが高くてビックリしたよ」

「こちらこそ貴重な体験ありがとうございました」

「それで、ダンジョン攻略部はどうだったかな？　できればみんなに入って欲しいんだけどなぁ」

クラリスさんのその言葉に、何故か全員の視線が俺に向けられた。

俺は入部してもいいと思ったが……。

ひとまず、保留とさせてもらった方がいいだろうな。

「保留って形でもいいですか？」

俺のその言葉にガックリと肩を落とした2人。

うーん。断った訳ではないのにな。俺に関していえばかなり前向きだし。

「保留ですよ？　決して入らないと決めた訳じゃないです」

「行けたら行くって言うやつだろ？　それで来た試しがないからな」

「私的にも結構手応えあったんだけどなぁ……」

例えにピンと来ないが、どうやら断られたと思っているようだ。

俺は他の3人を見るが、俺を見つめたまま動かない。

「かなり楽しかったですし、本当に前向きに検討してます」

「そうか。楽しいと思ってくれたなら良かったよ。あまり期待し過ぎずに待ってる」

カイムさんはそう言って、右手を差し出してきた。

俺はその手を握り、ダンジョン攻略部の仮入部は無事終わったのだった。

バレないように隠し通路から出て、一度部室に戻ってから解散となった。

部室を出る前に、もう一度2人にお礼を言ってから後にする。

「ダンジョン攻略楽しかったなぁ」

「ピートは本当に楽しそうだったな」

「それで、ジャック様はダンジョン攻略部に入るのですか？」

「俺は入ろうかなと思ってるよ。噂とは違ったし、あの2人からは学べることがありそうだったしな」

「なら、私も入部します」

「僕も入部しようかな」

俺がそう言うと、アデルとピートが続いて賛同した。

この様子なら、先ほど入部しても良かったかもな。

「セリアはどうだったんだ？」

「私も自分で想定していたよりも、しっかりした部活だったから入りたいと思ったんだけど……」

そこまで言って言葉を濁したセリア。

なにかが引っ掛かったのだろうか。

「なにか駄目だったのか？」

「うん。対人戦を鍛えたいと思ってたからさ。ダンジョン攻略じゃそこを鍛えられなさそうだなっていうのが引っ掛かってる」

なるほど。

対人戦技術を上げたいが為に、セリアは剣術武闘部を希望していたんだもんな。

「そっか。残念だけど無理にとは言わないから」

「うん。私は向こうにも仮入部してみて、どうするか決めようと思う」

俺は口ではそう言ったが、できることならば一緒の部活をやりたかった。

ただ、セリアが対人戦を鍛えようと思い至ったのは、多分俺のせいだからな。

「それじゃ2人は実家だよな。俺とピートは寮だから」

「はい。それではまた明日ですね」

「じゃあね、ジャック」

部室棟を出たところで、2人と別れた。

俺とピートはいつものように2人で帰路につく。

「さっきの話なんだけどさ、僕は3人と比べたら弱いから、足を引っ張らないかっていう不安があるんだよね」

寮へ2人で帰っている最中、唐突にそんなことを言い出したピート。

「大丈夫だよ。ダンジョンはみんなで助け合えるんだし、それにピートはまだ成長途中だろ？　今は劣っていようが努力して強くなればいいと思う」

「うん……そうだね！　そう言ってくれるなら頑張ってみようと思う！　ジャック、これからもよろしくね！」

「ああ、俺からもよろしく頼む」

そんなことを話しながら寮に着いた。

ピートとはクラスも同じ、寮も隣でこのまま行けば部活も一緒となる。

性格も良いし、最初に仲良く出来てよかったな。


ダンジョンに潜った翌日。

授業を終えてから、ピートと共にすぐに部室棟を目指す。

多分俺とピート、そしてアデルは今日入部するだろう。

校舎を出てすぐに部室棟へ向かうと、既にアデルが俺たち2人を待っていた。

「ごめん、遅れた」

「いえいえ。私もちょうど来たところですので気にしなくて大丈夫です」

そう言ってくれたアデルと一緒に、俺達はダンジョン攻略部の部室へと向かった。

昨日訪れた部室に着いた俺達は、ノックをしてから中に入る。

中には既にカイムさんとクラリスさんがいて、俺達が入ってきたことを確認すると、目を見開いて驚いた。

「カイムさん、クラリスさん。俺達3人はダンジョン攻略部に入部することにしました」

「本当に来てくれたのか！　もちろん歓迎するよ！」

「昨日ので、完全に断られたと思ってたから本当に嬉しい！　ありがとね！」

手放しで喜んでくれている2人。

ここまで喜んでもらえたら、それだけで入部して良かったと思えるな。

「……セリアちゃんは他の部活に？」

カイムさんが聞きづらそうにそう聞いてきた。

「他の部活も見てみたいってことで、今日は別の部活の体験に行っていると思います」

「そうなんだ。それならまだ来てくれる可能性はあるんだね」

「はい。半々ぐらいだと思いますけど」

「まあ、もしセリアちゃんが入部してくれなかったとしても、これで正式にパーティを組めるようになったわけだ」

「そうですね。あの隠し通路から入らなくても、ダンジョンに潜れるようになりますよ」

「いや……。どちらにせよドロップ品の没収が嫌だから、あの通路からダンジョンの行き来はするんだけどね」

カイムさんは悪い顔でそう即答した。

確かに隠れてダンジョンに入る以外にも、ドロップ品を没収されないためという理由もあったな。

「そういえばなんですけど、ダンジョン攻略部なのにダンジョンに潜ってないことになってますよね？　それで廃部にされたりしないんですか？」

「一応、活動報告としてダンジョンについての考察を、レポートにまとめて提出してるからね。表向きのダンジョン攻略部の活動はそういうことになってる」

「へー。しっかりとそういうことをやってたんですね」

「そりゃあね。それよりも早速だがダンジョンに行かないか？　昨日は適当に決めてたけど装備もしっかり決めよう。それとダンジョンで使う道具も紹介する」

そう言って、部室から歩いて出ていったカイムさんについていくように俺たちも部室を出た。

昨日と同じように校舎の一室から隠し通路に入り、装備品や財宝が置かれていた部屋に着いた。

「装備も適当に選んだと思うんだけど、今日は装備選びで1日使うつもりで選ぼう」

「1日使うと言っても、昨日の装備がわりとベストだと思うんですが」

俺がそう言うと、カイムさんとクラリスさんはニヤリと笑った。

「実は保管部屋はここだけじゃないんだよね！」

「そうそう。10階層にも保管部屋を作ってるからそこにまだまだあるんだ」

これが全てではなかったのか。

ここにあるだけでも相当な量だと思ったが。

「それにしてもダンジョンに、勝手に部屋とか作ってるみたいですけど大丈夫なんですか？」

「うん！　ずっとバレてないし。よしっ！　それじゃ早速10階層に行こう」

俺の質問は軽いノリであしらわれ、10階層を目指すことになった。

とりあえずは昨日の装備を身につけて、ダンジョンへと潜っていく。

「なんだか悪いことしてる気分になるね」

「多分悪いことだとは思うぞ」

耳元でぼそりとそう言ったピート。

確かにピートはこういうことを嫌いそうだもんな。

「バレないといいけどなぁ。ジャックは不安じゃない？」

「うーん、少しは不安だけど、先輩2人が大丈夫って言ってるし大丈夫だと思うぞ」

「そうかなぁ」

未だ不安そうなピート。

それとは対照的になんともなそうなアデル。

「アデルも不安か？」

「いえ、全く。仮にバレて退学になったとしましても、私はやっていけますし」

真顔でそう言い放ったアデル。ピートも今の発言に驚いている様子。

自信満々と言うかなんというか。

俺ももし退学になったとしても、就職先はあるんだけどさ。

そんな会話をしていると、ダンジョンに通じる入口が見えた。

ここから先はダンジョンだ。気を引き締めるか。

「昨日使ったセーフエリアを使って降りていくから、はぐれないようについてきてね」

「わかりました」

俺が返事をしたのを確認すると、スタスタと早足で歩き始めた2人。

そのあとを遅れないようについていく。

結局10階層までに遭遇した魔物は3匹だけで、それもカイムさんとクラリスさんが手早く倒してしまったため、俺達の出番はなかった。

「ここが10階層だよ」

「なんかおかしな階層ですね」

そうピートが感想を漏らした。確かにちょっと異質な階層だ。

今までは入り組んだ迷路のような道だったが、この階層だけは開けた空間となっている。

この階層に保管部屋があると言っていたからその影響だろうか。

「おっ、ピートよく気づいたね。この階層はボス階層と言って他の階層と違って他の魔物が出ない代わりに強力な魔物が1匹いるんだ」

「強力な魔物ですか？」

「そう。10階層のボスは特殊なミノタウロス。通称銀ミノって魔物」

ミノタウロスか。

一度だけ依頼で討伐したことがあるが、確かCランクの魔物だったはず。

ただ、特殊なミノタウロスと言っていたから。通常のミノタウロスとは別物と見るのが正しいだろう。

それと気になったのはボスという言葉。決まった階層にこういった特殊な魔物がいるのかもしれない。

「今からその魔物と戦うのでしょうか？」

「戦うよ。学園の連中は一番深く潜ったとしてもこのボス階層で引き返すから、ＯＢの人たちはボス階層の奥に保管部屋を作ったんだろうね」

「それで、その銀ミノってどの程度の強さなんですか？」

「一般的な学生が挑んだら死ぬレベルの強さだね。ジャック、ピート、アデルの３人で挑めば多分大丈夫だろうけど」

死ぬ可能性がある……か。

ということは、相当な強さを誇っていると見ていいだろう。

サクサクと進んでいたから気付きづらいが、ダンジョンは死の危険もあるほど危ない場所のようだな。

「それじゃボス部屋へ行こう」

「ボス戦、俺達も手伝ったほうがいいんですか？」

「いや、今回は俺とクラリスで戦うから見ててくれて構わない。大丈夫だろうけど事故ったら嫌だからね」

そのカイムさんの言葉に、ピートはホッと胸を撫でおろした様子。

先ほどの銀ミノの話を聞いて、ピートは不安だったようだな。

ちらちらと俺を見る視線も感じていたし。

「分かりました。それでは今回は後ろに控えて様子を見させてもらいます」

「よく見ててね。いつか戦ってもらうことになるだろうし」

そう言って２人が先に進んでいった。

２人の後をついていくように、俺たちも正面の扉へと向かう。

クラリスさんが、扉を開けるとすぐ先に大きな斧を持ったミノタウロスが俯いているのが見えた。

部屋に完全に入ったところで、カイムさんから止まれのジェスチャーが送られ、立ち止まる。

「あれがボスなんですね。一見普通の魔物のように見えますけど」

「確かに普通のミノタウロスにしか見えないな」

アデルのその言葉に賛同すると、侵入者の存在に気がついたミノタウロスが顔を上げて雄叫びを上げた。

激しい雄叫びだったが、イビルガリオンのそれと比べると可愛いもので俺はなんとも感じない。

アデルも俺と同じだったようで、飄々《ひょうひょう》とした態度のままだったがピートは違ったようだ。

ひゃうっと小さな悲鳴を上げたあと、俺の背中に完全に隠れた。

「大丈夫か？　ピート」

「……うん。少しだけ後ろいい？」

俺がそう声をかけると、震えた声で言葉を返してきたピート。

そんなことをやっている内に、戦闘が始まりそうだ。

クラリスさんが薙刀を構えて、カイムさんも二振りの剣を抜いた。

ミノタウロスも斧をブンブンと振り回して、威嚇行動のようなことをしている。

まず動いたのはカイムさん。

2本の剣を持ち、ミノタウロスに突っ込んでいく。

ミノタウロスは突っ込んできたカイムさんに、斬り殺そうと斧を振り上げて叩きつけるように振り下ろした。

カイムさんはその振り下ろし攻撃が分かっていたかのように回避し、懐に潜り込んで二振りの剣で腹を斬り裂く。

そして、腹を斬り裂いたと同時にカイムさんとクラリスさんが立ち位置を変えて、大きく振りかぶった薙刀で倒れかけていたミノタウロスの首を刎ね飛ばした。

首を刎ね飛ばされたミノタウロスは地面に倒れ込んで、この間のオーガのように灰となる。

ボスやら強敵と言っていたから身構えていたのだが、戦闘を見た感じは普通のミノタウロスだったな。

2人がスキルを使った様子もなかったし、ミノタウロスが弱いように感じた。

「3人共ちゃんと見てたか？」

「あっさり倒してビックリしたでしょ？」

戻ってきた2人がそう声をかけてきた。

「そうですね。普通の魔物にしか見えなかったです」

「私も強い魔物とは到底思えなかったのですが」

「それは、俺とクラリスは銀ミノと何百戦もやってるからな。敵の動きも大体分かるし、特徴も知っているからそう見えたのかもしれない」

「通常のミノタウロスと違う点はなにかあるんですか？」

「結構あるわよ。大きな特徴としてまず魔法が効かない。その他にも耐久が高かったり、筋肉量も多かったり、質の高い武器を持ってたり——と普通なら苦労すると思うわ」

なるほどな。魔法が効かない。

だから俺達３人だと倒せるが、苦労すると言っていたのかもしれない。

ピートはともかく俺もクラスは３組だし、昨日のダンジョン探索でも魔法主体だったから魔法しか使えないと思われているだろうしな。

ただ、俺は魔法主体じゃないし、動きを見る限り変則的な動きはなくスピードもそこそこ。

１対１でも余裕で倒せるレベルの魔物だと俺は感じた。

「魔法が効かない。確かにそれは少し厄介ですね」

「んー、まあ正確に言うと、効かないじゃなくて効きづらいなんだけどな。まあボスの話はあとにして、早速保管部屋へ行こうか」

話を切り上げて、ボス部屋の先へと向かったカイムさんの後をついていこうとしたとき、体が引っ張られているのを感じた。

振り向くと、ピートが未だに俺の背中にしがみついている。

「ピート、もう終わったぞ」

「うん。ちょっと待って。腰が抜けちゃって」

恥ずかしそうにそう言うピートを俺がおぶると、ピートは俺の背中で慌てたようだ。

「ジャ、ジャック！　大丈夫だから降ろして」

「腰抜けてるんだろ？　すぐそこだろうし、おぶっていくよ」

「……ごめん、ありがとう」

申し訳なさそうにお礼を言ったピートを背負って、２人のあとをついていく。

それにしてもピートは軽いな。

ご飯をしっかり食べているのか心配になる軽さだ。

そんなことを考えながらピートを背負ってしばらく歩くとクラリスさんが、ボス部屋の先の壁をトントンと叩いた。

叩かれた壁は蠢《うごめ》くように動くと、大きな穴があいた。

「この先だよ」

穴の中に入ると、秘密の通路の比にならないくらい、乱雑に積まれている装備品の数々。

本当に凄い数だな。

ここにある装備品を売るだけで、一生豪遊できるほどの量があるように思える。

「凄い量ですね。王都の武器屋よりも品数多いですよ」

「そりゃ、この部屋自体が今までのダンジョン攻略部の歴史の集大成みたいなものだからね。武器屋なんかとは歴が違うよ、歴が」

「ここから好きなのを選んでいいんですか？」

「いいよ。特殊武器や魔法武器、希少武器はＯＢの人たちが各々持って行っちゃってるからないけど、それでも十分に選べると思うから」

許可も貰ったことだし、さっそく良さそうな武器を拾っては振って試していく。

クラリスさんは希少な武器はないと言っていたが、お宝が眠っていそうでワクワクするな。

俺が次々と剣を見て回っているとき、ピートが話しかけてきた。

「ねぇ、ジャック。僕はやっぱり盾の方がいいかな？」

そう言うピートの手には、バックラーが握られている。

前にも言ったが、魔法使いの装備を俺はあまり知らない。

王国兵団でも魔法使いは1人もいなかったしな。

冒険者ギルドで見かけたことがあるのだが、なにか手に持っている様子はなかったと思う。

「うーん、俺は盾でいいと思うけど、一応カイムさんとクラリスさんに相談した方がいいかもしれないな。あの2人は詳しそうだし」

「そうだね！　ちょっと相談してくる！」

ピートはそう言うと2人の下へと向かっていった。

そして、その様子をじーっと見ていたアデルに目が行く。

抜かした腰ももう大丈夫そうでよかった。

ピートをおぶった時からずっと視線を感じていたんだよな。

「アデルはもう武器決まったのか？」

「いえ、まだです。……それよりピートって本当に男の子なんですか？」

「……？　男だけどどうかしたのか？」

「い、いえ！　少し気になっただけです」

アデルはそう言うと照れ臭そうにして、俺から離れて行った。

なにか意味深だったが、あまり気にせず俺も装備探しの続きをするか。

俺は無難に切れ味の良さそうな剣を手に取り、防具はカイムさんに相談に乗ってもらいながら決める。

物理攻撃耐性に氷属性軽減の服、それから敏捷上昇補正のかかった靴。

あとは魔法耐性のあるバックラーも、念のため身につけている。

確実に王国兵団に勤めていたときよりも、いい装備を身につけているな。

サイズもピッタリだし、すぐにでもダンジョン攻略に挑んでみたいくらい。

「ジャック、完璧だな」

「はい。ここに良い装備品が揃っていたおかげです」

俺の身につけた装備一式を見て、そう褒めてくれたカイムさん。

アデルとピートもどうなったのか気になり、様子を見る。

アデルはガッチガチに鎧と兜を身につけていて、上級地区の門にいる王国騎士よりも重装備となっていた。

近くで見ても到底女の子だとは分からず、喋ってやっと中身が女の子だと認識するレベル。

手には刃が渦を巻いているような形状の槍が握られていて、見た目だけならば勝てる気がしない。

「アデル、凄い装備だな」

「ありがとうございます。せっかくなので良い装備で固めてみました」

「そんな重装備で動きづらくないのか？」

「多少は動きづらいですが、影響はないです。ジャック様の横に立つのならばこの程度で音を上げてはいられません！」

声質的に、相当な気合いの入りよう。

無理してまでやる必要はないとは思うが、大丈夫と言っているなら大丈夫だろう。

最悪、俺がフォローできるしな。

「そうか。期待できそうだな」

「はい！　期待してください！」

槍を持っていない手をグーの形にして、気合いが入っていることをアピールしたアデル。

そんなアデルのところを後にして、ピートのところへと行く。

アデルとは打って変わって、ピートは見るからに軽装備だ。

とんがった紫色の帽子に、全身を被う黒色のローブを身につけている。

遠くから見たら女の子のような服装で近くで見ても、ピートの中性的な顔立ちのせいで女の子にしか見えない。

手にはピートの身長と同じくらいの、大きな杖が握られている。

「ピート、装備決まったようだな」

「うん！　クラリスさんに決めてもらったんだ。どう？　似合ってる？」

そう言うとクルリと一回転して、装備を見せてきたピート。

後ろも正面も防御が薄そうだが、はたして大丈夫なのだろうか。

「似合ってるけど、その軽装備で大丈夫なのか？」

「なんかね。防御面は他の人に任せて、攻撃を重視した方がいいってクラリスさんに言われたんだ。

僕もどうなのかなって思ったんだけどさ」

「なるほど。確かにずっと後衛にいるなら、不意討ちされない限り防御を固める必要ないもんな。その装備はどんな効果があるんだ？」

「えっとね、帽子は魔法の威力を高めてくれる効果があって、ローブは魔力回復促進に、魔法ダメージを軽減してくれるみたいなんだ」

結構凄い効果だな。

魔法を使うのにうってつけの装備のようだ。

「杖はどんな効果があるんだ？」

「杖はね、魔法命中率上昇と魔法威力上昇が補正されるみたい。ただ、正確には鑑定されてないみたいで、他の追加効果もあるかもしれないって言ってた！」

やはり杖も良い武器のようだな。

ここにある武器、防具はどれも一級品に近いものが揃っている。

それでも、魔法武器や希少武器はないと言っていたから、これ以上の装備品がダンジョンから出るってことなのか。

ダンジョン攻略は夢があるな。

「よしっ！　みんな装備が決まったようだね」

かなり長いこと見て回ったが、その分良い装備を決められたと思う。

アデルもピートも良い装備を選べたようだしな。

「それじゃ次は、ダンジョン内で使うアイテムとか、ダンジョン内での戦い方を教えていく」

「アイテムって言うのは、昨日オーガからドロップした憤怒の玉とかですか？」

「そうだね。そのアイテムの中でも必需品を紹介するよ」

そう言ってカイムさんについていくように、部屋の奥へと移動する。

装備品が山ほど積まれた部屋の更に奥には、きっちりと箱にアイテムが分けられて整理された部屋があった。

その箱から、次々とアイテムを取り出しては並べていくカイムさん。

それから取り出された様々なアイテムの説明と、ダンジョンでの動き方や戦い方などを教えてくれた。

ここから1週間ほどは、ダンジョン攻略はせずに死の危険を避けるための勉強を行うらしい。

新しい装備を試したかったが、こればかりは仕方がないな。

全てのアイテムの説明が終わったところで、今日は切り上げてダンジョンから出る運びとなった。

「思ったんですが、アイテムって使いきりですよね？　どうやって補充しているんですか？」

「買ったり、宝箱から出たのを利用してるよ。ここにあるダンジョンから出た装備品を売ってお金の工面をしてる」

「へー。買ったりもしてるんですね。部費みたいなのは出ないんですか？」

「出ない出ない。活動内容がレポートをまとめるだけだからね。顧問もいないし本当に放置されてるような部活だよ」

なるほどな。だからこそ、ここまで好き勝手ができているというのもあるのだろう。

ダンジョンのドロップ品を学園に渡せば部費も出るのだろうが、自分たちで売った方が融通が利くもんな。

そんなことを話しながら、またセーフエリアを使ってダンジョンを上がっていった。

隠し通路に入り、それぞれ決めた装備をこっちの保管部屋に置き、ダンジョンを後にする。

ピートやアデルも装備を外すときに少し名残惜しそうにしていたから、俺と同じように魔物相手に試したかったという気持ちがあるのかもしれない。

校舎へ出て部室に戻ると、部室にはセリアの姿があった。

剣術武闘部の体験が終わったのだろうか。

どちらの部活に入るのかを、俺達に報告しに来たのかもしれない。

「セリア、武闘部はどうだった？」

「うん。しっかりとした部活だったよ。対人戦技術を鍛えるって面ではかなり期待できそうだった」

俺の問いにそう答えたセリア。

この感じだと断りの挨拶に来たって感じかな。

「それじゃセリアちゃんは剣術武闘部に入るの？」

「…………いえ、ダンジョン攻略部に入部させてもらおうと思います」

クラリスさんのその質問に、長い間を開けてからそう答えたセリア。

俺は嬉しいが、昨日の話と矛盾しているように感じたため、質問をする。

「どうしてこっちに決めたんだ？」

「ジャックと同じ部活に入りたかったから」

軽く照れ笑いをしながらも、面と向かってそう言ったセリア。

その言葉を聞いたクラリスさんが両手で顔を隠すようにし、カイムさんは軽く茶化してくる。

アデルは拳を握りしめ、ピートは目をぱちくりとさせながら、顔から耳まで真っ赤になっている。

みんなの多種多様な反応に、俺まで照れてしまいそうになるが、ぐっと堪えて返事をする。

「俺としては嬉しいがそれでいいのか？」

「うん。結局は私の努力次第だからさ。それに実力で言うなら剣術武闘部の人達よりも、カイムさんやクラリスさんの方が圧倒的に上のようにも感じたし……。何よりジャックと一緒にいた方が強さの秘密にも迫れるから」

確かにカイムさんとクラリスさんが実力者であることは明白。

直接教えてもらうことも、2人を見て覚えることもできるもんな。

「ということですので、皆さん改めてよろしくお願いします！」

そう締め括ってから、深々と頭を下げたセリア。

なにはともあれ、セリアとも同じ部活でやっていけるのは嬉しい。

カイムさんもクラリスさんも、凄く嬉しそうな表情をしている。

「実はこれで今年の入部希望者は来ないと思って、もう活動始めちゃったんだよね。セリアちゃんが時間あるなら、ダンジョンに潜りたいんだけどどうかな？」

「はい！　時間は大丈夫です！」

クラリスさんの提案に、そう返事をしたセリア。

多分、先ほどやった装備決めと軽いアイテム説明をしに行くのだろう。

今日は早めに切り上げたから、時間的にはまだ余裕はあるからな。

「それじゃ俺たちはセリアちゃんを案内してくるから、3人は帰っていいぞ」

「俺もついていっていいですか？」

「えっ？　ジャックがついてきてもやることなんか特にないぞ？」

「大丈夫です。少し話したいだけなので」

「なら私も行きます！」

「じゃあ僕も、行こっかな？」

俺に続くように、アデルとピートもついていくと志願した。

結局、全員でまたダンジョンに潜ることになりそうだ。

「ごめんなさい。二度手間かけさせてしまって」

「いやいや、こっちが早まりすぎてただけだから気にしなくていいよ。それじゃもう一度みんなでダンジョンに行こうか」

俺たちは再び10階層を目指し、ダンジョンに潜ったのだった。

部員的には俺の思い描くベストメンバーだし、いい部活となりそうだ。

第8章　予想外の展開

正式に入部を決めた日から1週間が経過した。

昨日で長かったダンジョン攻略部の座学を終えて、今日から本格的にダンジョン攻略が始まるという事で、俺のテンションもかなり上がっている。

多分浅い階層からのスタートになるだろうが、セリアにアデル、そしてピートもいる。

このメンバーならば、すぐに深い階層にも潜ることが出来るようになるはずだ。

深い階層に潜ることが出来れば、噂されていた師匠らしき人物が残したと言われる武器を、見つけることが出来る可能性がある。

この学園ダンジョンでの武器探しは、ダンジョン攻略部に入部を決めた大きな理由の一つでもあるからな。

卒業までには絶対に見つけ出す。

そう意気込んで部室に入ると、中には既に全員が揃っていた。

俺とは意気込む理由は違うだろうが、みんなも思い思いに気合いが入っている様子。

「よしっ、みんな揃ったね。今まで勉強ご苦労様。今日から本格的にダンジョン攻略を始めて行こうと思う。最初は俺たちも帯同するけど、慣れてきたと思ったタイミングで俺達は外れ、セーフエリアを使わずに10階層まで目指してもらう予定だから！」

「この間ダンジョンに潜ったところを見る限り、10階層くらいならあっさり到達はできそうだけどね」

「撤退の方法は何通りも教えてあるから、どんな時でも冷静に実行できるように、〝命を大事に〟の精神で潜ってくれ。それじゃ行こうか」

　いよいよ本格的な攻略が始まる。

　ダンジョン攻略にワクワクしていると、不安そうなピートが小さな声で話しかけてきた。

「……ねぇ、ジャック。ドキドキするね」

「うーん、仮入部の時と変わらないから大丈夫だと思うぞ」

　俺はピートに心配ないと声をかける。

　軽くではあるが、既に何度か潜っているからな。

　不安要素があるとしたら今日初めて使う慣れていない装備だろうが、最悪のケースでも魔法で対処できるし問題ないと思う。

　魔物自体もレベルが低い魔物ばかりだからな。

　不安そうにしているピートを励ましていると、あっという間に保管部屋に着いた。

　早速、各々装備をしていき、この間10階層で決めた装備に身を包む。

　悩んで決めた装備ということもあって、装備を身に着けていくみんなの表情が緩んでいるのが分かる。

「よしっ、みんな準備はいいな。今日の目標は8階層にしようか」

「いきなり8階層なんですね」

「俺達もついていくし、実力的には余裕だろうからな」

「みんな、アイテムの確認もしてね。ダンジョン内での確認漏れは命取りだから」

全員がアイテムと装備をしっかりと確認したところで、カイムさんが頷き、ダンジョンへと向かっていく。

俺のアイテムは体力用と魔力用の回復ポーションと、周囲の注意を引き付ける音玉。

それと、仮入部の時にドロップした憤怒の玉を持っている。

10階層までの出現魔物を考えたら過剰なくらいだが、警戒するに越したことはないからな。

隠し通路からダンジョンに入り、周囲に気をつけながら進んでいく。

陣形は俺とセリアが前衛で、アデルとピートが後衛。

この割り振りは座学の時に決めていた陣形で、前衛はメインアタッカーが1人にサブアタッカーが1人。

そして2人がサポート重視で後衛に入り、前衛と後衛を順番に回していくことになっている。

ピートがメインアタッカーとなる場合のみ、前衛は壁役つまりはタンクの役割に回り、ピートが後衛から攻撃魔法で攻撃する手筈だ。

これで、全員が攻撃役とサポート役を経験することとなり、満遍なく経験が積めるようになっている。

4人で固まり歩いていると前方から、コボルトが数匹近づいてくるのが見えた。

2階層は俺がメインアタッカーで、セリアがサブアタッカーとなっているため、このコボルトは俺の獲物。

「セリア、なにかあったらサポートよろしく」

「分かってるけど、ジャックならコボルト相手は余裕でしょ」

小さな声でそう呟いたセリア。

確かにコボルト相手なら、天地がひっくり返ったとしても負けるはずはないのだが、ダンジョンならば天地がひっくり返る以上のことが起こる可能性がある。

俺は剣をしっかりと握り、コボルトに向かって走っていく。

コボルトの数は6匹。数は少し多いが、コボルト程度ならば何匹いようと問題はない。

コボルトがこちらに気づいて戦闘態勢を整える前に、俺は突っ込んでコボルトを斬り裂く。

3匹を一瞬で倒したところで一度距離を取り、ここからは魔法主体に切り替える。

【闇弾《やみだん》】で1匹の頭を打ち抜き、【闇矢《やみや》】でもう1匹の心臓を射抜く。

最後の1匹は、習得したばかりの【弱体化《じゃくたいか》】を放って、動きを鈍くして頭を刎ね飛ばした。

うん。今日は魔法の調子もかなり良い。

【闇弾】も【闇矢】も狙ったところに放てたし、【弱体化】もしっかりと決まった。

「ジャックお疲れ様。やっぱり余裕だったね」

「そうだな。ただ、油断だけはしないようにしよう」

「先輩達もいるけど……そうだね。ダンジョンで気を抜いたら駄目だもんね」

「ああ。次もサポートを頼む」

セリアとそんな会話をしながら、どんどん2階層の攻略を進めていく。

まだ使い慣れていない攻撃魔法を駆使して、殆ど余裕でゴブリンにコボルト、キラービーなどを蹴散らしていった。

　合計で30体の魔物を倒したところで、ようやく3階層に続く階段が見えた。

「ジャックお疲れ様！　3階層からは私の番だね」

「そうだな。3階層からのサポートは任せてくれ」

「うん！　頼りにしてる」

　そんなこんなで俺達は難なく、1階層ごとにローテーションして魔物を蹴散らしていき、目標の8階層まで辿りつくことに成功した。

　ダンジョンの装備が優秀なのもあるのか、危ないと思うことは一度もないまま、初日の攻略を終えることができた。

「あっさり到達したな」

「はい。余裕でしたね」

「クラスで挑んだときは、もっと苦戦したんだけどな……」

「ジャック、壁役ありがとうね！　お陰でかなり余裕を持って魔法を当てられたよ」

　各々が感想を言い始める。

　8階層に入り、バーウルフやワイルドボアなど魔物の強さも上がっていたのだが、後衛からのサポートのお陰もあり、全く苦労しなかった。

　それと、ピートの魔法の威力が大幅に上がっている。

　多分、杖の補正効果なのだと思うが、ただの【火球《かきゅう》】でワイルドボアを一撃で焼き殺したときは正直驚いた。

バーウルフは動きも早いのだが、誤射もなくタンクとして立ち回っている俺やセリア、アデルのすれすれを通り過ぎて、的確に魔物に当てていたのがかなり印象的。

セリアは言わずもがな、強烈なスキルの一撃に加えてスキルを使わない立ち回りも意識していたのか、一度も使用せずに全ての魔物に圧勝していた。

アデルは重装備を生かした、ガードからのカウンター攻撃でほぼ無傷で敵を屠っていて、3人の中で一番安定していたのはアデルだったな。

「みんなお疲れ様！　やっぱり余裕だったね」

「俺の見込んだ通り余裕だったな。明日は早いが銀ミノまで倒そうか」

「もうボス戦ですか？　確か……ボス戦は逃げることが出来ないんでしたよね？」

「ああ、ボス部屋は一度入ると抜けられない。だけど、俺らもついて行くから大丈夫だよ。それに銀ミノレベルなら、それぞれの役割をしっかり果たせば余裕で倒せるさ」

明日はもう10階層に挑戦か。

本格的に攻略を始めて2日目で挑戦するのはペースが早い気はするが、8階層までは余裕だったからな。

カイムさん達もいるのならば、もしものことがあっても大丈夫だろう。

それにボスはレアドロップの装備を落とすらしいから、少し楽しみだな。

そんな期待をしながら、今日のダンジョン探索は終わった。

翌日。

今日は昨日言われていた通り、10階層で銀ミノタウロスと対峙することになっている。いつものように保管部屋で身支度を整えてから、ボスと戦うということもありセーフエリアを使って10階層に向かった。

装備は昨日使ったものを装備しているのだが、剣だけは使い慣れた師匠の剣を持ってきている。

カイムさんの案内の下、あっさりと10階層に辿り着くと、扉の向こうに銀ミノタウロスが項垂れた状態で座っているのが見えた。

「銀ミノタウロスに関してはもう何度も見てるけど、実際にこれから戦うと思うと……なんだか大きく見えるね」

「それは思い込みだろう。ピートは一度深呼吸した方がいいぞ」

扉の先の銀ミノタウロスに怖がる様子を見せたピートに、俺はそう声を掛ける。

セリアとアデルはいつもと変わらない様子で、少しも緊張していなさそうなのは頼もしい。

まあ、座学を行っていたときもこの先の隠し部屋に行ってたし、銀ミノタウロスを何度も見ているから、緊張する理由はないもんな。

実際に何度も見て、俺１人でも問題なく倒せるレベルの魔物ということは分かっている。

「それじゃ部屋に入ったら４人で戦ってくれ。俺とクラリスは後ろで見ているから、何かあったら手助けする」

「この４人だったら、あっさり倒せると思うけどね！　怪我しない程度に頑張って！」

カイムさんとクラリスさんから応援の声を貰い、４人で合図し合ってから部屋に入る。

部屋に入った瞬間に銀ミノは動き出すはずなのだが——。

……何か今までとは様子が違う気がする。

「………銀ミノ、動かないね。死んでるのかな？」

「分からない。戦闘を見てきた限り、もう動き出していいと思うんだが」

ピートのそんな問いに俺が言葉を返すと、突然俺の持っていた師匠の剣が光り輝き始めた。

その光に呼応するように、銀ミノの心臓部分も光ったように見える。

師匠の剣が、今まで何か反応を示すということがなかったため、初めての経験に動揺を隠せない。

「えっ、なになに!?　ジャックの剣が光ってるよ！」

「一体何が起こっているのでしょうか」

突然の異常事態に、セリアとアデルも首を傾げながら不思議がっている。

流石におかしなことが起こったと確信した俺達は、後ろに控えているカイムさんとクラリスさんに確認を取ろうとしたのだが、背後には大きな壁のようなものが出来ていて、完全に向こう側と遮断されていた。

「みんなっ！　聞こえるか!!　一体そっちで何が起こってるんだ!!」

「聞こえてます！　突然、おかしなことが起こりまして——」

「4人共、聞こえてたら返事して！」

壁の向こうからカイムさんとクラリスさんの声が聞こえるが、こちらの声は聞こえないようでまるで反応がない。

俺がどうやってこの部屋から抜け出そうか考えていると、背後でなにかが動く気配を感じた。

即座に振り返ると、先ほどまで項垂れた状態で座っていた銀ミノが、顔面から崩れるように倒れている姿が見える。

「……なに。本当に何が起きてるの？」

「分からないが……凄く嫌な予感がする」

倒れたはずの銀ミノから、俺は寒気がするほどの嫌な気配を感じている。

師匠の剣に呼応するように光り輝いた銀ミノの心臓部分は、依然として光り輝いており、その倒れた銀ミノを見ていると光り輝いていた部分から、溶けてドロドロになっていくのが分かった。

そんなグロテスクな銀ミノの体の溶け方に、４人共数歩後退する。

溶けだした銀ミノが完全にドロドロの液体となり、その液体によって赤黒い水たまりが出来た。

その銀ミノで出来た赤黒い水たまりには、光り輝いた心臓だけが残されており、体はなくなったにもかかわらず怪しげに鼓動しているのが見える。

光る心臓の鼓動する音が聞こえる程の静寂が訪れ、ゆっくりと心臓が水たまりに沈んだ次の瞬間。

さっきまでの静寂が嘘のようにダンジョン全体が轟くように震え出し、銀ミノだった赤黒い液体から何かの片手が突き出てきたのが見えた。

それからもう一方の手も這い出てきたと思うと、水面から出るように巨大な怪物が俺達の前に姿を現す。

「なんですか……。あの化け物は」

「書物でも見たことない魔物ッ！　凄く嫌な気配がする」

セリアとアデルが言う通り、俺も見たことのない化け物だった。

全長は4～5ｍ。全体的に見ると頭が異常なほど大きく、更に下顎が発達していて顔の半分は下顎だ。

そしてその大きな口からは、びっしりと不規則に生えた巨大な牙を覗かせている。

羽や角などはなく、代わりに全身を支える太い後ろ足があるのが分かった。

体は岩のような鱗で覆われており、何処かドラゴンのような姿をしているようにも見える。

「銀ミノから化け物が生まれた……？　本当に何が起きているのか訳が分からない」

「ジャ、ジャック!!　に、逃げないと……！　あんな化け物に勝てないよ!!」

ピートは我を忘れているのか、涙目で捲くし立てるように俺にそう提案してきた。

……ただ、背後の壁は壊せそうにないし、逃げる場所などこの閉ざされたボス部屋にはない。

生きて帰るには、あの下顎の魔物を討伐するしかないのだ。

「いや、逃げる場所なんてない。あの魔物を倒すんだ」

「む、無理だよ！　あれには勝てないのは経験の少ない僕でも分かる！」

「ピート、大丈夫だ。俺が必ず倒す。深呼吸して落ち着いたら、後衛でサポートしてくれ」

ピートを慰めてから、俺は輝きが収まった師匠の剣を持ち、ゆっくりと下顎の魔物に向かって歩く。

ピートの言う通り、あれは相当危険な魔物。

イビルガリオンと対峙した時と同じような感覚に陥っている。

「ジャック、私も行くよ！」

「ジャック様、私もサポートします！」

下顎の魔物に向かう俺に、そう言葉を掛けてきた2人を片手で制止する。

サポートは非常に助かるが、この魔物相手では駄目だ。

下手すれば一撃で殺されてしまう可能性がある魔物相手に、一緒に前線へは連れて行けない。

ダンジョン内でのイレギュラー。

この中で一番実力がある俺1人で対処するのが最善の策。

「2人はピートと一緒に後衛からサポートしてくれ。あの魔物は……俺が倒す」

「いくらなんでもジャック1人じゃ――」

「セリア、大丈夫だ。策はちゃんとある」

2人を安心させるようにそう言ったが正直な話、策なんて1つもない。

唐突な強敵の出現に、思考すらまだ追いついていないしな。

……ただ、イビルガリオン、そして、団長にも勝った俺ならば倒せないことはない。

この学園に来てから魔法も習得し、【筋力増強《きんりょくぞうきょう》】の練度もかなり上昇した。

大きな口を開けて、涎《よだれ》をだらだらと垂らしている下顎の魔物に近づきながら、俺は強化魔法を使用する。

「**【筋力増強】【筋力強化《きんりょくきょうか》】**」

2つの強化魔法を自身に掛けてから、俺は腰に差した師匠の剣を握る。

未知の相手に対して重要なのは初撃。

油断している魔物に対して、一撃目でどれだけダメージを与えられるかに全てが掛かっていると言っても過言ではない。

下顎の魔物と一定の距離を保った状態で、【瞬閃《しゅんせん》】の構えを取り、間合いに入るのをジッと待つ。

知能に関しては見る限り、ただの魔物と同等程度しか持ち合わせていないように見える。

【瞬閃】は警戒されたら終わりだが……下顎の魔物は何も考えていない様子で、ゆっくりと近づいてきてくれた。

………3……2……1。

心の中でカウントダウンをして、【瞬閃】で下顎の魔物に斬りかかる。

脱力した状態からの爆発的な力で超スピードで斬りかかったのだが、俺の動きに反応した下顎の魔物はすぐに躱しに動いてきた。

俺も即座に軌道修正し、攻撃をなんとか当てることができたのだが、俺の脳天を狙った一撃はハズれて、硬い胴体へ当てるのが精一杯だった。

――くそっ！

【瞬閃】からの【光速斬《こうそくざん》】まで繋げたかったのだが、予想よりも遥かに動きが速い。

体が重そうだし、動きは遅いと思っていたが、下手すればイビルガリオンよりも動きが速いかもしれない。

それに胴体へのダメージも殆ど入っていない。

見た目だけでなく、本当に鋼鉄のような体をしている。

一体何なんだ、この魔物は。

銀ミノタウロスと比べるまでもない、圧倒的な強さを誇っている下顎の魔物。

せめて準備する時間があればと考えている間にも、下顎の魔物は巨体を揺らしながら近づいてくる。

先ほどの攻防から考えると、こちらから仕掛ける攻撃は恐らく通らない。

相手の攻撃に合わせ強力な一撃を決めることを考えて、攻撃を仕掛けてくるのを待つ。

俺がカウンター狙いとは知らない下顎の魔物は、頭を下へと落としてから弓のように全身に力を溜めて、その溜めた力を噴出させて突っ込んできた。

【光速斬】をぶち当てる。

そのことだけを考え、【筋力増強】と【筋力強化】によって上がった筋力を活かし、剣を振り上げてから下顎の魔物に合わせて振り下ろす。

突っ込んだ力を全て尻尾に加えた、下顎の魔物の大剣のような振り下ろしが飛んでくるが、躱さずに予定通り攻撃を合わせに掛かる。

２ｍ近いぶっとい剣のような尻尾に恐怖を感じるが、【光速斬】を完璧に放てば確実に打ち負けない。

「**【光速斬】**」

自身の筋肉が膨張し、体が破裂するのではと思うほど力を入れた俺の【光速斬】が、下顎の魔物の尻尾とぶつかった。

剣と剣がぶつかるような甲高い音がボス部屋に鳴り響いたが、完璧に放てた【光速斬】に斬れぬものはない。

俺の腕が振り下ろされたときには、極太の尻尾は両断されていた。

『ギャオオオオオ！　ギイイイイイイ』

斬られた尻尾がボトリと地面に落ちてから、下顎の魔物は泣き叫ぶように咆哮《ほうこう》した。

その爆音の咆哮に一瞬怯むが、下顎の魔物が痛みで暴れている間に、俺が距離を取って魔法をちょこちょこと当てていると、次第に興奮が収まったのか、１つ大きく咆哮したあとこちらを睨み、ドッシリと構えた下顎の魔物。

大きな尻尾が斬り落とされているため、その尻尾の部分からはドバドバと大量の血が未だに流れている上に、体のバランスが非常に取りにくそうなのだが……。

先ほどよりも目が血走っており、体から赤いオーラのようなものを発していて、とても弱っているようには見えない。

――――くるっ！

片方の後ろ足を引いたことで、攻撃を仕掛けてくることを察知した俺は、剣を構え直し待ち構える。

そして俺の察知したタイミングで、前かがみになって大きな頭を振り乱しながらこちらに向かって突進し始めた下顎の魔物。

大きく開けられた口から舌を出し、多量の涎を垂れ流している姿はとても禍々しく思える。

「**【光速斬】**」

頭から突っ込んできた下顎の魔物に合わせて、俺は再び【光速斬】を思いっきり振りおろす。

先ほどと同じ展開で、下顎の魔物は一切怯むことなく突っ込んできていることに酷い違和感を覚えたが、この一撃で決めれば関係ない。

下顎の魔物の脳天に【光速斬】が完璧に決まり、またも剣と鱗がぶつかり、金属音のような甲高い音がフロア中に鳴り響く――。

そして師匠の剣は下顎の魔物の岩のように硬い鱗を斬り裂き、頭から口元まで深く斬り込んだ。

顔を深く斬られた下顎の魔物は大きくよろめき、2度目となる泣き叫ぶような甲高い咆哮を上げた。

多分あと少しで倒せるはずだが、その暴れ回っているところには近づくことが出来ない。

……と言うか、さっきよりも動きが速くなっているように思える。

確実に致死に近いダメージを与えているのに、ダメージを受けるにつれて激しくなる下顎の魔物の動き。

死ぬ前の最後の足掻きだとは思うが、表情を見ているととてもそうとは思えないのが嫌なところ。

目は真っ赤になっていて、岩のような鱗が逆立っていて、そして口から出ている舌からは血の混ざった赤黒い涎をベトベトと地面に垂らしているのだ。

「……本当に気味が悪い」

生物として非常識なものを目の当たりにしている感覚。

この魔物からはなにか気持ち悪さを感じる。

痛みがある程度落ち着いたのか、ゆっくりと体勢を戻すと、俺に向き直った下顎の魔物。

あと少し。あと少しで倒すことができる。

俺はそう確信して、下顎の魔物との第3ラウンドが開始された……のだが。

第3ラウンドが開始されてから、戦闘時間が30分を越えても未だに下顎の魔物は倒れない。

それどころか勢いは更に増していて、後衛の3人のサポートがあるにもかかわらず、俺は全く攻撃に転じられなくなってきている。

もう瀕死だろ。なんで倒れないんだ!!

焦りは次第に不安へと変わり、自分の体が自分の体でなくなっている感覚が襲う。

「ジャック！　落ち着いて！」

「ジャック様！　右、左から腕も飛んできてます！」

「【火柱《ひばしら》】【火球】」

後ろから飛んでくる声で、なんとか対応出来ている状態。

追い込んでいるはずなのに、精神的には俺が完璧に追い込まれている。

【弱体化】も効いている様子がなく、もはや下顎の魔物は不死身でこのまま勢いが増し続けるのではと、錯覚してしまうほどにおかしな状況。

状況に混乱したその瞬間、真横から強い衝撃が飛んできて、意識が飛びかける。

何が起きたのかと確認すると、下顎の魔物が切れたぐちゃぐちゃの尻尾で攻撃を放ったのだ。

予想外の攻撃に俺は片膝をついてしまい、そんな俺を喰い殺そうと大口を開けて迫って来る下顎の魔物の姿が見えた。

「【豪火球《ごうかきゅう》】」

「【聖天斬《せいてんざん》】ッ!!」

口が俺に届く前に後ろからピートの魔法が下顎の魔物を襲い、その【豪火球】に怯んだ一瞬の隙に、セリアが俺と下顎の魔物の間に滑り込み、【聖天斬】をぶっ放した。

その間にアデルが片膝をついた俺を抱きかかえると、ピートのいる後ろへと連れ出してくれたのだ。

「ジャック様、大丈夫ですか!?」

「ああ。ありがとう、3人のお陰で助かった」

お礼を言うと、すぐに駆け付けたピートがポーションを振りかけてくれる。

助けられたことで冷静になり、混乱していた頭も大分回復してきた。

「ジャック様、どうしますか!?　ここからは4人で――」

「いや……。すまないが、最後まで俺に行かせてくれないか？」

「で、でも……」

アデルは4人でと提案してくれているが、セリアの今の戦闘を見るに持たない可能性が高い。

あの下顎の魔物相手にアデルをタンク役にする訳にもいかないし、俺が1人で倒すほかないのだ。

「絶対に倒してくるから。アデル、本当に申し訳ないがまたサポートを頼む」

「…………はい」

アデルにそう告げてから、俺はセリアと入れ違うように再び前へと躍り出ると、最後の力を振り絞り、下顎の魔物との最終ラウンドを開始する。

セリアを再び後衛に戻した俺を見て、首を傾げて不思議そうな態度を取った下顎の魔物。

そんな下顎の魔物を無視して、俺は全身に巡らせていた魔力を師匠の剣に流し込む。

……これは【勇者】であるディアスが、武闘会で行っていた技。

魔力を剣に流すことで、切れ味をより引き出すことが出来る。

ただ、剣は自分の体ではないため、その分魔力消費が馬鹿にならない。

この戦闘で既にかなり魔力を使用してしまっているため、恐らく一撃で決めなければ魔力切れで負けが決まる。

俺が決めるか、下顎の魔物が耐えるか。

お互いがお互いに向かって駆けだし、俺は攻撃を避けることを一切考えず、全力の一撃をぶつけることだけに集中。

顔もぐちゃぐちゃとなり、原形を留めていない下顎の魔物に俺は剣を振り下ろした。

「**【光速斬】**」

下顎の魔物の噛みつきよりも、俺の攻撃の方が一瞬だけ早く到達し、顔を再び深く斬り裂いた。

——まだだ、まだだ！

振り下ろした手首を返し、力を振り絞って俺は追撃をしかける。

「**【光速連斬《こうそくれんざん》】**」

振り上げた俺の剣が、下顎の魔物を捉えて頭を完璧に刎ね飛ばした。

下顎の魔物は頭を刎ね飛ばされても、まだ動いているのが見える。

ただ、永遠に動き続けるとも思えた下顎の魔物はようやく動きを止めると、崩れるように地面に伏せた。

……よかった。何とか、本当に何とか倒せた。

俺ももう力は一切出ず、力を使い切ったことで意識がだんだんと遠のいていくのが分かる。

脱力症状と意識の朦朧《もうろう》が重なりバランスを崩した俺は、地面に伏せるその瞬間に下顎の魔物の死体から、這い出るように出た光り輝く心臓を見て、強い光によって視界がホワイトアウトした。

　この感覚には覚えがある。そう、イビルガリオンと戦い、生死の境を彷徨った時と酷似しているのだ。

　そう感じた時、倒れた俺を見下ろす師匠らしき人物の影が見えた。

「はっはっは！　あの魔物をその体でよく倒したよ。流石はワタシが見込んだだけあった！」

　不思議なことに師匠の笑い声と喋る声も鮮明に聞こえる気がする。

　俺は倒れながらも、師匠に褒められたことへの高揚感を強く覚えた。

　それと同時に会話したいという欲が湧き出てくるが、いくら頑張っても言葉を発せず、視界がぼやけていて師匠の顔もぼんやりとしか見えない。

「とまあ……時間がないから、関係ない話はここまでに要件を手短に伝えるよ。お前さんが倒したあの魔物は言わば、ワタシの装備を守る番人のような魔物なんだ。ワタシがお前さんに残した剣が鍵となって、魔物が現れる仕組みになっていたんだが……。まさか未熟な状態の体で向かうとは思わず、危険な目に遭わせてしまったようだな！」

　そう言ってから楽しそうに笑った師匠。

　どうやら師匠が想定していなかった事態が起こっていたようだが、俺は無事だし師匠も嬉しそうにしてくれているから良いだろう。

「実はあの魔物の中には、お前さんに渡した剣とは別の剣が遺されている。本来はジークに遺した剣だったのだが……こうなった以上は、あの剣もお前さんが有効活用してくれ。——ちなみにその剣は今の状態では不完全なままで、私がこのダンジョンに残した他の魔物達をその剣で倒すことで、本来の力を取り戻す仕組みとなっている。その貧弱な体を鍛えるついでに剣も鍛えるんだな！」

そして再び楽しそうに笑う師匠。

遺した剣だの、不完全なままだの。

師匠の発している言葉のほとんどを理解出来ないが、言葉を発せないため質問することができない。

非常にモヤモヤするが、これは自力でなんとか理解するしかないのだろう。

「……ん？　おっ、そうか。早いが、どうやらもうお別れのようだ。スケルトン……いや『ジャック』。いつかお前さんがジークを止めて、ワタシの意思を引き継いでくれるまで、こうして近くで見ているからな。今はまだ、ワタシが何を言っているのか分からないだろうけど、いずれワタシが言っていた言葉の意味が分かる日が来るはず。はっはっはっ。――廃ダンジョンでの日々を乗り越えたお前さんに越えられぬものはない。自分を信じて突き進むんだぞ」

その言葉と共に、徐々に師匠の気配が去っていくのが分かった。

必死で引き止めたいが言葉は出ず、腕を伸ばそうにも力が入らない。

そして、師匠の気配が完全に消えたと分かった瞬間に、俺の意識は完全にブラックアウトしたのだった。

エピローグ

下顎の魔物を倒した俺が目を覚ましたのは、ダンジョンから脱出し部室に運び込まれてからだった。

下顎の魔物を倒した瞬間に、俺達とカイムさんとクラリスさんを阻んでいた壁が消え、2人が即座に俺をダンジョンからと外へと運んでくれたらしい。

俺の怪我は、最後に食らわされた尻尾による攻撃での肋骨骨折だけで、今後に関わるような怪我はなかった。

「カイムさんと、クラリスさん。運んでくださりありがとうございました」

「お礼を言われるようなことはしていないよ。こちらこそ何も出来ずに申し訳なかった」

「本当に……本当に良かった。折角、ダンジョン攻略部に入部してくれたのに、命を落としたりしたらどう責任を取って良いのか分からなかったよ」

クラリスさんが涙目でそう俺に告げてきた。

「責任なんか取らなくて大丈夫ですって。俺達は自分の意思で入部したんですから。それにこうして無事でしたし」

「それは、そうだけど……さ」

「それよりもジャック。本当に医務室に行かなくていいのか？」

「ええ。説明も面倒くさいですし、そのせいでダンジョン攻略部が制限掛けられるのは嫌ですので。怪我もそれほど大きいものではないですしね」

２人にそう伝えてからゆっくり起き上がると、俺はセリア、アデル、ピートの下へ歩く。

動かすと胸部が少し痛むが、本当にこの程度で済んで良かった。

「みんな、我儘《わがまま》を言って悪かった。サポートしてくれて助かったよ」

「私達が不甲斐なかっただけですから。ジャック様１人に背負わせてしまい申し訳ございませんでした」

「アデルの言う通りだよ。あの魔物と少し対峙したけど、私なら数分も持たなかったと実感したし。ジャックにまた助けられちゃったね」

「僕も気が動転して、本当に何も出来なかったからさ。ジャックには感謝しかないよ」

３人からは、そう優しい言葉を掛けて貰えた。

最初から４人で挑んでいたら、もしかしたらもっと楽に倒せていたのかもしれないが、俺がだれか１人でも殺されるのを嫌がり、結果的に危険を招いてしまった。

「いや、もっと３人に頼れば――」

「そんなことないよ。私達が前衛にいってても足手まといにしかならなかった」

「そうです。だから、もうジャック様は謝らないでください。いつか守ってもらうのではなく、肩を並べるようになりますので」

真剣な目でそう言ってきたアデル。

そして、そんなアデルの言葉に力強く頷いたセリア。

俺もそんな2人を見て……小さく頷き返す。

全員がもやもやを残した結果だったかもしれないが、この一戦は全員が成長するためのいい機会だったのかもしれない。

4人での話を終えたタイミングで、カイムさんが後ろから話しかけて来た。

「……それでずっと気になってたんだが、ピートがもってるそのボロボロの剣はなんなんだ？」

その言葉と共に、全員の視線がピートの手元にいく。

実は俺も、ピートが大事そうに持っているその剣が気にはなっていた。

「えーと、ジャックが倒した魔物が消えたところに落ちてたんです。ジャックに渡すために、一応拾っておいた方がいいのかなと思って……」

何故か申し訳なさそうにそう話すピート。

そうかと思っていたがピートの持っている剣こそ、師匠が遺したと言っていた剣なのだろう。

「ピート、ちょっと持たせてもらってもいいか？」

「うん！　もちろん！」

快諾してくれたピートから、何処か禍々しい剣を受け取った。

ズシリと重く、片手では扱えないであろう重さの剣。

刃の部分は錆びついており、重さに反して切れ味は悪そうで、師匠の言葉がなければ捨ててしまっていたであろう剣だ。

「凄い剣だな。ドロップ品というか、まるで4人が倒した魔物の体内にずっとあったような……。

そんな汚れ方と錆びつき方をしている」

俺が持った剣を遠くから確かめるように見て、そう呟いたカイムさん。

カイムさんが呟いた通り、この剣は師匠があの魔物の体内に遺したからこそ、こんな感じで錆びついてしまっているのだろう。

ただ、師匠の言葉を信じるのであれば、ダンジョンを攻略していけば剣に力が戻り、この錆びや汚れも落ちるのだと俺は思っている。

「確かにカイムさんの言う通り、使い物にならなそうな剣だね。折角、正体の分からないレアボスらしきものからドロップした剣なのに……」

「いや。なんとなくですが、この剣からは強い力を感じていますので、使っていこうと思います。……俺が使ってもいいですか？」

「あ、ああ。そりゃ、ジャックが倒した魔物からドロップした剣だからな。――ただ、いいのか？俺には到底……ジャックが言うような代物には見えないんだが」

「はい。大丈夫です。みなさんがそう言ってくれるなら、ありがたく使わせて頂きます」

俺に対し、いつも肯定的な意見を言ってくれるピートまでもが、カイムさんと同様の意見のようで、５人の懐疑的な視線が俺とドロップした剣に向けられるが……。

俺はこの剣が重要な剣であることを知っている。

……まあ、俺が気絶する前に見たあの師匠の姿が単なる幻覚だったのであれば、話は変わってくるのだが、流石にあの脳裏に焼き付いた光景が幻覚なはずはない。

自分の感じた気持ち、そして俺に伝えてくれた師匠の言葉を信じて、俺は師匠が遺したこの剣を

使ってダンジョンを攻略し、この剣の本来の力を取り戻すと心の中で決めたのだった。

あとがき

お久しぶりです。トラジロウです。

まさか一巻を出した時は、こうして二巻も出せるとは思っていませんでした。

皆様がこの作品を手に取って頂いたお陰で、続きを書く機会を頂けたことを厚く御礼申し上げます。

二巻も楽しんで読んで頂けていましたら、嬉しい限りです。

さて、今回のお話なのですが、舞台を王国兵団からプロメトル学園へと移して、お話が進行していきました。

ただ、ｗｅｂ版とは主人公の性格が若干違うことから、この舞台を移す際の心情に苦労致しまして、大筋は同じですが内容はほぼ全改稿致しました。

作者としてはかなり大変な作業でしたが、内容が大きく違うため、ｗｅｂ版を読んだ方でも楽しんで読んで頂けたのではないかと思います。

ここからは謝辞を贈らせてください。

まずは、今回も素晴らしいイラストを描いてくださいましたファルまろ様。

改稿作業で気持ちが折れかける度に、届いたイラストを見て元気を頂けました。

戦闘シーンでは動きと場面の情景を、日常のシーンではキャラ一人ひとりの表情を、美麗なイラストのお陰で鮮明にイメージすることが出来ました。

次に、編集の鈴木様。

改稿に手こずり、締め切りに間に合わず申し訳ございませんでした。

最後の最後まで親身になって相談に乗って頂いたお陰で、無事に書き上げることが出来ました。

そして何より、読者の皆様。

皆様の応援にはいつも力を頂いております。

再びこの作品を手に取って頂き、本当にありがとうございます。

それではこの辺で、そろそろお別れと致したいと思います。

もし次回があれば、またよろしくお願い致します。

マンガUP!
毎日更新
名作&新作100タイトル超×基本無料＝最強マンガアプリ!!
GC UP! 毎月7日発売
失格紋の最強賢者
～世界最強の賢者が更に強くなるために転生しました～
原作：進行諸島（GAノベル／SBクリエイティブ刊） 漫画：肝匠&馮昊（Friendly Land）
キャラクター原案：風花風花
転生賢者の異世界ライフ
～第二の職業を得て、世界最強になりました～
原作：進行諸島（GAノベル／SBクリエイティブ刊） 漫画：彭傑（Friendly Land）
キャラクター原案：風花風花
魔王学院の不適合者
～史上最強の魔王の始祖、転生して子孫たちの学校へ通う～
原作：秋 漫画：かやはるか
キャラクター原案：しずまよしのり
神達に拾われた男
原作：Roy 漫画：蘭々
原案：りりんら
異世界賢者の転生無双
～ゲームの知識で異世界最強～
原作：進行諸島（GAノベル／SBクリエイティブ刊） 作画：三十三十
キャラクター原案：柴乃櫂人
ここは俺に任せて先に行けと言ってから10年がたったら伝説になっていた。
原作：えぞぎんぎつね（GAノベル／SBクリエイティブ刊）
作画：阿倍野ちゃこ
ネーム構成：天王寺きつね
キャラクター原案：DeeCHA
勇者パーティーを追放されたビーストテイマー、最強種の猫耳少女と出会う
原作：深山鈴 漫画：茂村モト
https://sqex.to/mup
※一部アプリ内課金あり
●「攻略本」を駆使する最強の魔法使い ～<命令させろ>とは言わせない俺流魔王討伐最善ルート～
●おっさん冒険者ケインの善行
●二度転生した少年はSランク冒険者として平穏に過ごす ～前世が賢者で英雄だったボクは来世では地味に生きる～
●最強タンクの迷宮攻略～体力9999のレアスキル持ちタンク、勇者パーティーを追放される～
●冒険者ライセンスを剥奪されたおっさんだけど、愛娘ができたのでのんびり人生を謳歌する
●落第賢者の学院無双 ～二度目の転生、Sランクチート魔術師冒険録～
他
©Roy ©Shinkoshoto/SB Creative Corp. ©SHU 2021
©Suzu Miyama ©Ezogingitune/SB Creative Corp. Licensed by KADOKAWA CORPORATION

SQEXノベル

ダンジョンの奥地にて剣を500年振り続けたスケルトン、人としての生を受け最強に至る 2

著者
トラジロウ

イラストレーター
ファルまろ

2021年10月7日　初版発行

発行人
松浦克義

発行所
株式会社スクウェア・エニックス
〒160－8430
東京都新宿区新宿6－27－30　新宿イーストサイドスクエア
（お問い合わせ）スクウェア・エニックス　サポートセンター
https://sqex.to/PUB

印刷所
中央精版印刷株式会社

担当編集
鈴木優作

装幀
冨永尚弘（木村デザイン・ラボ）

本書は、カクヨムに掲載された「ダンジョンの奥地にて剣を500年振り続けたスケルトン、人としての生を受け最強に至る」を加筆修正したものです。

この作品はフィクションです。
実在の人物・団体・事件などには、いっさい関係ありません。

ISBN978-4-7575-7521-9　C0093

Printed in Japan